Anhui Sanwen
2024 Chun Zhi Juan

安徽散文

2024 春之卷

主 编◎潘小平 许泽夫
执行主编◎沈天鸿

时代出版传媒股份有限公司
安徽文艺出版社

图书在版编目（CIP）数据

安徽散文. 2024. 春之卷 / 潘小平，许泽夫主编. 合肥 ：安徽文艺出版社，2024. 4. -- ISBN 978-7-5396-8114-6

Ⅰ. I267

中国国家版本馆CIP数据核字第202422UR78号

ANHUI SANWEN 2024 CHUN ZHI JUAN

出 版 人：姚　巍

责任编辑：宋潇婧　　　　装帧设计：许含章　张诚鑫

出版发行：安徽文艺出版社　www.awpub.com

地　　址：合肥市翡翠路1118号　邮政编码：230071

营 销 部：(0551)63533889

印　　制：安徽乡愁文化产业科技发展有限公司 (0551)67689980

开本：787×1092　1/16　印张：13　字数：230千字

版次：2024年4月第1版

印次：2024年4月第1次印刷

定价：68.00元

编　委　会

写在前面

更高的存在

枯坐是一种身体的姿态，也是一种思想的状态。纠结于今天的散文每每止于"世俗的诚意"，汪惠仁枯坐灯下，苦思冥想，敏感而焦灼。正如他自己所言，作为编辑而且是著名的文学编辑，他自己"很少写作"，但写得少并不意味着想得少———相对大多数散文作者来说，很少写散文的汪惠仁，更执着于散文审美本身，更接近于散文文体的精神内核。

也因此开篇的《枯坐集》，非常值得我们沉下心来，多读上几遍。

如汪惠仁所忧虑，今天的散文普遍"缺乏深度、纯度，缺乏与普遍性深度关联的诚意"，很多文字就是嘈杂的生活记录，或是互联网上千篇一律的资料摘录。这在我已经是老生常谈，但每当说起这些，我仍然痛心疾首。散文生态包括整个文学生态，都几乎失去了"自生"和"自净"的能力，散文如何凝视历史，描述当下？如何找到城市的感觉并同时拥有批判的能力？《枯坐集》在诸多问题上，为我们提供了诸多感性的经验和理性的思考。

似乎为了接续《枯坐集》的精神脉络，吴忌的《退上阳台》以世俗生活的一步步后退，完成了绝不妥协的精神宣告。散文写作应该是一种"更高的存在"，更高的情感诉求和精神需求。所以，它不能仅仅止于"世俗的诚意"，止于表层的“赞美或批判”，它需要退上阳台，跑上楼顶，去感受夜空的长风和满天星斗。可能有人会说，现在世界都成了一块压缩饼干，人们对一分钟短视频都失去了耐心，真的还有人去读几千字的散文吗？在互联网的信息狂潮下，散文早已魂飞魄散，只剩下一副躯壳，我们还在这里奢谈精神追求和理想主义，还有意义吗？

有，当然有！

在这个世界上，任何人都无法与时间抗衡，与死亡抗衡，但文学永恒。文学像一条隐秘的河流，从古到今，绵绵不断，直抵时间的尽头，人类的尽头。生活日常中那一个个鲜活的生命，那些微不足道的小人物和小事件、微表情和微情感，历史不会关注，历史也不会记住。那么，生命个体的卑微与欢欣、抗争和毁灭，由谁来关注、来书写呢？由文学！文学所要关注的，是历史车轮滚滚向前时被碾压的生命，是文明推进过程中受伤的个体，文学是藏在世俗之后的上帝视角。泥沙俱下的互联网，即生即灭的互联网，日浮亿万信息的互联网，拿什么去和时间抗衡、死亡抗衡、文学抗衡？所以我们要坚信文学。

文学是一种更高的存在，如太阳永不陨落。

许春樵是著名的小说家，极少见他写散文，但这篇《圩与堡》写得简净、疏阔，还有一丝悲凉。历史上所谓的“合肥西乡”一带，曾经有大大小小上百座圩堡，都是淮军将领归田后所建造。而如今这些圩与堡，都“在深秋的风中沉默不语”，以“废墟的穿透力”，“让时间停滞，让历史摇晃”。在中国历史的长河中，变革最剧烈、色彩最斑斓者，当数19世纪下半叶，内忧外患纷至沓来，山河板荡，风雨飘摇。身处其间，个人的命运也起伏跌宕，难以言说。淮军在完成了对内镇压太平军和捻军后，仍然保留了一支具有相当实力和现代化水准的军队，并最终投入抵御外侮的战争中，成为中国国防的主力军。面对这一段错综复杂的历史，作家的情绪和文字难免复杂和彷徨。

诗人木叶的《去桃花》，真乃诗人之作，“月出于东丘之上”这样明亮的句子，让我想起藏族歌手完玛三智的《在那东山顶上》。诗人散文和凡人散文最大的不同，在于有诗意缭绕。是的，是缭绕，无所不在的迷蒙诗意，长时间地缭绕于日常描述甚至是商业表述之上,真好。在日益喧腾的城市语境下,在日益频繁的市场化文学活动中,如何化腐朽为清奇?如何出商场入文场?读一读《去桃花》,或许会有启发。王利雪的《风里有只聆听的耳朵》,是一篇非严格意义上的人物散文,切口和呈现都很有散文特色。而在风格上,又远离淮北作家的粗犷和粗粝,给人一种轻灵的感觉。也很喜欢王汉英《端午景》中"鸟鸣一下子多起来了"这样的句子,这是真正的"散文语感",可惜这样的感觉,还没有成为整篇文字的笼罩。盛敏的《物品》感觉就比较好。散文的语感来源于什么?来源于"散文思维",而散文思维是什么?是一切从自我出发:所有的人和事、景和物、思与想、知与觉,都非常非常自我。

时至今日,我仍然坚守知识分子的立场并坚信知识分子的力量。

网络上的"知道分子"铺天盖地,以致"知识分子"都成了一句骂人的话。知识分子是传统的,知道分子是流行的,传统需要时间的积淀并不断经典化,而流行却像流感病毒一样不断变异,不可琢磨。知识分子的本能是对弱者的同情,对苦难的悲悯,不是"百度搜索",什么都知道。在这个快节奏的时代,当碎片化阅读成为主流,散文不能"知道"至上、速度至上,散文也不能仅有世俗视角和世俗立场,因为越是世俗的生活,越是要有理性的关照。

近来,常常想起王安石的几句诗:"愿为五陵轻薄儿,生在贞观开元时。斗鸡走犬过一生,天地安危两不知。"这是王氏一生中最悲观、最悲切,也是最悲悯的一刻,每一念及,都黯然泪下。

潘小平

2024 年 4 月

目　录

写在前面

开卷

人间世

最先锋

不染尘

皖地风

剔银灯

金蔷薇

八斗岭

汪惠仁

作者简介

汪惠仁，百花文艺出版社总编辑，《小说月报》《散文》主编，天津文艺批评家协会副主席。

开

卷

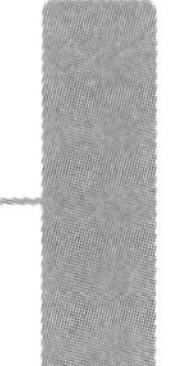

枯坐集

——语言自治或文学活性问题

汪惠仁

我很少写作，一点关于写作的观察与想法，无非来源于两个时刻，一是我工作的时刻——我是个文学编辑。另外，就是夜里，家人都睡了，我在灯下枯坐，这个世界和我建立起一种奇妙的关系——

那个时刻，在枯坐中，我仿佛获得了所谓的静观能力。

1

生计受限是令人忧伤的，比生计受限更令人忧伤的，是精神世界里活性的萎缩与坍塌。如果说，新的一年文学有什么任务的话，那任务就是留住精神世界里的活性。

想起有一年，乘车在四川的莽莽大山里奔驰。那是我较早地见识原始森林的一次外出，车窗并没有开，但车里渐渐弥漫着特殊的气息，我想那气息一定来自窗外的森林。那气息是纯净的——纯净里带着混合物，这混合物在此群山亿万年而获得某种秩序，于是又归于纯净。在车里，我就被这样有密度的纯净气息浸泡着，同行的朋友说，附近有熊猫。

一种古老生物一直繁衍到现在，生存环境未发生剧烈变迁是至关重要的。而环境得以良好维护，依靠的是两种内在的能力，一是自生，一是自净，概而言之，就是活性。

活性的前提，是生物多样性——多样性保持着生机，多样性维持着奇妙的平衡。

近年来，我一直看重写作者的语言自治能力。其实，个体的语言自治，所造就的正是文学的多样性，也就是文学的活性。文学活性的受益者，不仅仅是不同审美趣味的读者和作者，它的最大的受益者，是共同语。共同语因接纳文学的活性而获得不停向着未来生长的能力。

2

第二十届百花文学奖开始筹办的时候，为了寻找合适的来客住宿及举办典礼场地，我在天津城区看了很多地方。这里包括利顺德酒店和天津音乐厅。对我而言，这两处自然不陌生，是上下班必经的建筑，尤其利顺德——清末政经外交最重要的办公场所，李鸿章在这里与各派人物周旋，孙中山北上，途经天津，也住在这里——从解放北路那个木质旋转门进去，左拐，和朋友在那里喝过几次咖啡。如果凑巧，咖啡馆里还会安排女中音爵士风的演唱。至于天津音乐厅，我没有考证过，印象里是中国最早的专业音乐厅。

这次是带着一个实用的目的去两个熟悉的地方，然而，一进去，那个实用的目的就淡了。也许是因为自己的年纪日益老大，两处建筑里的每个老物件都在超额生产着“时间”感，我就觉得身体周围的时间浓度在抵消那个实用心思，以至于有那么几分钟，我忘了此行的目的。

总想补补课，关于理论物理上的时间观念，我想了解别人是怎么解释的。然而，通常是翻几页，然后就翻不下去了——除了自己学习能力差，“专家”未必真能说得明白，说不清楚就开始弄迷魂阵放烟幕弹，学术花招也是我补课“未遂”的一个原因。我想，你也许有过这种阅读经验与体会的。

好在，即便没有理论物理，时间是在的；尽管我们用手也抓握不住它，用口也不能辨析清楚它，时间还是在的。对觉悟的写作者而言，时刻表、年月日，这是我们对时间捉襟见肘的表述，这是我们加在时间这个天使身上的俗名，而效率、“抓紧时间”则是我们加在时间身上的苦役。

时间是一个浑然的、无边的存在，而我们的理想的写作，正是要面对这样的存在。

3

王懿荣是甲骨文最早的发现者，他是在一种药材——龙骨——上发现的甲骨文，很多人都知道这样一个近代重大的考古发现。五月得空在烟台做了一次读书交流，交流会后，我匆匆参观了王懿荣纪念馆及王懿荣故居。

回到天津后，“王懿荣”这三个字，居然就萦绕不去，这是我未曾料到的。对甲骨文，对王懿荣，原先只是十分粗浅的了解，事实上，即便经过烟台一访，我清楚地知道，关于王懿荣与甲骨文，我仍然是个门外汉。幸运的是，有此一访，我获得了凝视甲骨文与王懿荣的机会，那个机会，也许就在当下，也许在更方便的未来——总之，一念既然发动，凝视便开始了。

王懿荣之发现甲骨文，我粗浅地理解，也在“凝视”。从《神农本草经》到《本草纲目》关于龙骨的疗效均有记载，刻有甲骨文的龙骨未必是多数，但总归是有的。这就意味着，在清末王懿荣之前，近两千年，“见过”刻有表意符号的龙骨的人一定会有，但是，对着这些表意符号，进行“凝视”的人几乎没有，即便有过，也没有追问下去。故事到王懿荣这里，变得不同起来，他是通晓钟鼎文与石鼓文的，他一眼便看出了龙骨上的刻画符号与钟鼎文、石鼓文隐约的亲缘关系，关键在于，他“凝视”后发问，这些药材来自哪里，有人答，来自安阳。

于是，一个人的“凝视”和一片大地联系了起来——那个原本只停留在“信史”之前的殷商，那个缥缈的殷商，在甲骨上的种种刻画当中，透露出一层又一层可辨认的信息。五月，在烟台黄渤海新区古现东村，我推开了王懿荣故居的门，许久没人来了吧，见院子里蒿艾盈尺，眼里就有热泪在涌，心里记得的，是那两句，后之视今，亦犹今之视昔。

表达你的发现。你当有所专，不然，就无缘“凝视”；你当有所追问，以便将你的“凝视”与这片大地连接，不然，“凝视”无果。

4

不少作家回忆人生之路时，透露着这样的信息：“我”当初是个“问题儿童”“问题青少年”。我相信，其中有诚实的叙述，有些，则是虚伪而作秀的叙述。这虚伪作秀的目的，无非是沉醉于目前的“著名”与“成就”，或者在暗示，“问题人生”有着某种逸出庸常的诗意。

我今天要讲的，不仅是“问题儿童”“问题青少年”，我想把话题扩展到“问题人生”。谁的人生没有问题呢？我们恐怕找不到那样完美的人生，我们的身体、我们的心理，不会那么完美，多少都会裹挟着问题。贫穷会伤害我们的身心，富贵也会伤害我们的身心——上流社会,那个流淌着财富的、在我们想象中生活必定如蜜一样甜美的阶层,光鲜的皮相下,同样演绎着“问题人生”。

无论是“问题人生”,还是人生当中阶段性的问题,如果在心理学当中构成了严重的“问题”,我们必须承认“问题”的不良性质——尤其当这一“问题”直接构成了对他人和社会的侵害的时候。

问题,它就是问题。问题本身并不直接拥有美学与思想价值。不要以为,“问题人生”与良好品行、稳定而获得公认的理智与情感有着相位差异而能先天获得某种艺术优势。虚妄的“高大全”概念化的宏大叙事是病态写作,但这并不天然意味着,只要我们触碰卑微与日常,我们的写作就赢了。

有时,我们的写作不得不始于“问题人生”,但我们应当知道,魅力不在“问题人生”本身,而在于,我们由“问题人生”出发,向着光源行进,我们每个人都找到了一条特别的路径。

5

1980 年《散文》创刊之后,百花社于 1993 年又创办了《散文海外版》——这是百花社关于散文出版的另一层眼光。“我”是这样来做原创散文的,于是有《散文》;“我”是这样关注同行做散文的,于是有《散文海外版》。

《散文海外版》三十年的庆典在沅陵举办。关于沅陵,沈从文先生自己说,这地方是他的第二故乡——于是庆典获得了一个天然的精神背景,那就是沈从文。曾经看见有论者说,鲁迅逝世之后,其留下的巨大空缺可能由沈从文先生来弥补——我想,沈先生并没有意愿真的来领受这样一个任务,他们之间几乎没有来往,志向趣味也极为不同。

现代文学的最大贡献就是它的现代性——这是个阐释的循环,因为它带来了不同以往的“现代性”,让它成为现代文学,而当我们称它为“现代文学”,意味着它又必然与现代性相关。诚然,我也认同那样的看法,现代文学史上真正的杰作并不是我们想象的那样多,但是,我们还是要看到现代文学的功绩,看到它残破的残缺的觉悟——都大彻大悟了,街上都走着十全十美的人,文学可能也就终结了。

沈从文先生的贡献也是在现代性上的局部的觉悟。别人亢进于革命文学的时候、改造国民性的时候、谈论欧美的时候,他以“乡下人”的身份在追忆、在留恋、在旁观。

他给我们一个极好的启示，他和他的反对者共同构筑了中国文学的现代性：他无意于用崇高的信仰为世界立法，他也感到没有能力与足够的热情去推进人间革命，他的兴趣只在自己的神庙里供奉人性。

想到沈先生的时候，我想到的不仅是他这个天才所提供的关于人性的丰富性，我想到最多的，还是文学现代之路的丰富性、活性问题。

6

写作不是强求的事，愿意写什么，是个人的自由。那为什么我们要把写作与当代的关系单独挑出来呢？

可能你要说，我们现在有很多的“主题”写作，就是与当代、新时代相关啊，并不少啊。我理解你的意思。但我们要看看优异者的数量，最重要的，看看独创者的数量。我看见的是，多数作品只是在项目悬赏下的复制——其文本稍显讲究的，大致也只是借鉴了“十七年” 文艺的一些调性与技法。1949 年至 1966 年这十七年，面对新中国与新生活，我们的文学史留下了属于那个时代的篇章。我们现在与“十七年”的生活变化是多大啊，但现在还在复制“十七年”之文艺，不能不说是让人遗憾的。

你以为你写的是眼下，阅读者却感觉写的是“十七年”。本质上，这是缺乏勇气与诚意的书写。当代是我们所能面对的社会意义上的“第一自然”，用“十七”年笔法来书写我们眼下的当代，这是将当代幻觉化的表现，这是回避“第一自然”的表现，这是从语言自治到思想自治能力上双重衰退的表现。

孔子一句“吾从周”，让我们误解他是个时刻梦想复古的人。而事实上，他是在说，周的典章我们还有据可循，所以值得参考，而不是让现存生活回到远古去。

7

近来参与研讨、审读了不少自然写作方面的作品。自然文学这个话题，以前谈过，还想补充几句。为了便于交流，我还要提到他：鲁迅。

中国现当代文学的百年，其大的背景是国家与民族追寻治理现代化、生活现代化的百年，是中国知识分子(当然也包括写作者以及一切有自我革新、觉悟诉求的人)追寻现代之“我”与“我”之现代的百年。可以说，正是“我”与“现代”的相互编码，生成了中国的现当代文学。当年的《狂人日记》是多么奇异的文学叙事啊！这就是因为，作为叙述者的“我”与观念中的古典之“我”发生了决裂。但鲁迅的高明在于,他知道如何在自己内部培养反对派。在社会问题的疆场上,他是一个不妥协的战士,而他在他的书法当中,在《朝花夕拾》里,他又透露着他温柔敦厚的“暖男”气质。鲁迅天才的平衡感造就了他非同凡人的成就与见识。我相信,在鲁迅那里,“诸相非相”一定转换成了“诸我非我”——明明是我,却挣脱了“我”相;明明是与过去决裂的现代,却挣脱了流于表演的“现代”相。不在“我”之窠臼,不在“现代”之窠臼,那在哪里?我相信,鲁迅之“我”,合于自然。

合于自然,对大部分现当代作家是个难题。大部分现当代作家追寻的,是指标化的现代。敷秀于指标化现代上的“我”,是没有能力与勇气培育出自身的反对派的,他们最多只能做到以“有我”自证,却无力回应诘问,所以他们只能合于潮流,而无力合于自然。合于自然,需要有以“无我”自证的能力——常常,我是从这样的角度来想自然给予人生的意义、自然写作给予中国文学的意义的。

8

写作者面临的语言系统大致由三部分组成:共同语的正典、个人化的经典,再加上现时代的活力语言。所谓共同语的正典,指那些为共同体的人们提供了基因性文化路径及典型修辞方式的语言系统;那些在写作者个人作品风格形成中曾发生过特别影响的语言资源,构成了个人化的经典——写作之种种魅力,往往发生在这个部分,经典与个体的关系不是单向的,而是交互影响的;现时代的语言,以时间上的当下、以空间上的当场,获得表达上的活力——其中,一些广为流传而深入人心的部分,迟早会汇入语言的经典化过程。

对写作者而言,其实不必时时在意这样的分类,这只不过是应用语言学在文学文本之中呈现的事实而已。写作者总是带着旁观之眼看待写作,这并不是好事,这很容易将写作变成所谓“纯粹的技术活儿”——将概念混合、化合、配平,相应的系列考量还包括:题材的酸碱度、叙事密度与长度及既往同类作品市场卖点提纯,等等。写作当然有技术的一面,但万不可因此就斩断作品与生活的真实对话。我们常说好的文艺贵在有根,这“根”,正生于对话。

傲娇、得意于技术,可以生产“存心”的文学、“故意”的文学,而我们理想的文学,是尽心尽意的文学、诚心实意的文学。

9

6月7日午饭后有点空闲,随手就写个“有闲”的手札。关于闲、闲话,我原来写过,那次是说,“闲”,也是一个责任的场域。所谓世俗责任,往往是较明晰的有限责任,比如,我们见过的公司几乎都是“有限责任公司”;而闲,带有“无限责任”的意思,无限自由的另一面即是无限责任。

有这样一首禅诗:

山前一片闲田地,叉手叮咛问祖翁。
几度卖来还自买,为怜松竹引清风。

我盯着“闲”字看了半天,想看出闲的另一层意义来。这表述可能并不恰当,意义当然不是硬生生看出来的。意义,只可能来自于人与世界的真切对话。但我是不愿意把闲当作无所事事理解的。你我皆在俗世,必须要踏实的做事,这是个前提——事实上,僧侣也在俗世,他们的管理制度、生活给养,哪一样不落脚于俗世?

那么此刻,该如何看这个“闲”字?

闲田地,之所以卖出又买回,这份舍不得,是因为它有“不染着”的天真与天良。我们习惯于重复现代美学中的艺术“无用论”,以此为高妙超群,其实,文艺并不真的是无用的。只不过文艺的用处,若是身无“不染着”的警惕心、保护天真与天良的决心,是不容易看见的。“不染着”,是不是空想呢?若没有“不染着”的警惕心、保护天真与天良的决心,那就的确是空想。而有此警惕心与决心,它就不再是空想。所以,“不染着”的闲,对文艺人士而言,比普通忙碌需要更大的人生投入。

抄完这首诗,落款“高考第一日”。希望这些渐渐汇入忙碌世界的孩子,能够慢慢懂得这个“闲”字的真义。

10

宗教对世俗生活曾经有着强烈的干预,总体而言,这种干预的深度及广度在下降。而我们所说的存在主义思潮,正发生在这样的大背景之下。不管是被宗教放逐,还是世俗人类的斗争所得,获得世俗生活自治的人类,迟早要面对人在世界(宇宙)中的真实处境及应对方式——在漫长的时间里，这样的问题，它的提出、解答及践行意义上的“楷模”，都和大众无关，大众只需要记住“答案”。而现在，当人类获得了日常生活的自治权，个体在收获自由及财富的同时，也必然要独立面对一些边际或者说终极追问，更何况，战争及人道意义上的灾难，也在提示人类：这些问题不容回避。

基督徒有忏悔的习惯。尽管忏悔的仪式可以减省，但是至少，忏悔的习惯及修辞，在我们所见的很多西方文学文本中保留了下来，这当中自然包含着存在主义文学。与忏悔文本匹配的修辞，只能是诚意修辞。诚意修辞，并不是西方的专利，但我今天想说的是：仅仅有诚意，还是不够的。

这份诚意向谁倾诉，是需要追问的。存在主义不仅仅影响着欧美文学，四十年来的中国当代文学也受到了它的巨大影响。从《活着》到各种各样与“活着”有关的文本，其实都与存在主义发生着关联。人与世界的关系，存在与虚无，是我们所见作品中常见的主题。

等待戈多。因为戈多的缺席，存在者的荒诞有了更高的倾诉对象。缺席与虚空，构成了意义的涡旋。戈多缺席，但那个更高的存在并没有缺席。《等待戈多》实现了存在者向更高存在的倾诉，而诚意，也实现了它高级的修辞价值。

《赤壁赋》里苏轼梦中的大鸟，也是这样更高的存在。

但我们常见的文学，每每止于世俗诚意——缺乏深度、纯度，缺乏与普遍性深度关联的诚意。世俗的诚意适用于礼尚往来，只适用于存在者与存在者相互倾诉，而不适用于存在者向更高的存在进行倾诉。所以，我们所常见的文学，也每每仅止于赞美或批判。

（汪惠仁，《散文》《小说月报》主编，百花文艺出版社总编辑，中国作协散文专委会委员。）

圩与堡

许春樵

有水必有圩，有圩却不必有堡。

江淮之间，夏天漫长的雨季开始了，人们最常见到的景象是，圩的外面滔天大水，圩的里面是万亩良田和棋子般散落的村舍。圩是为防水而筑，而晚清肥西100多个圩子却是为防匪防盗而建。圩子里面是壁垒森严的城堡和雕梁画栋的建筑群，熙来攘往的达官贵人通过吊桥进入圩堡要穿过两道圩沟，而圩堡里面没有水稻和农民，只有盛开的鲜花和鲜花一样美丽的闺阁小姐，以及主人成群结队的妻妾在水系边眺望着圩子外面的天空和阳光。

圩堡的主人回来了，圩子里缭绕着无休无止的笙箫管笛和酒肉的香气，然而，歌舞升平的屏风后面是主人拈着胡须在议论着淮军如何将洪秀全和他的太平天国送往天国。他们的表情和语气，与圩堡里弥漫着的祥和与安宁的氛围截然相反，这些圩堡主人嘴里蹦出的每一个音节都如同呼啸的子弹，并且持续流淌着血腥的气息。

这些圩堡的主人是淮军的将领，他们从战场回来短暂休整，也有的从仕途上摔倒归隐老家，能有告老还乡者回到圩堡安享晚年当属福如东海了。大多数淮军将领都没有在他们亲手建起来的圩子里享受过足够的世俗温暖与欢乐，他们戎马天下，血战沙场，拿性命和智慧兑换了乌纱、勋章、圩堡和历史书上的某一节或几行文字。

晚清近半个世纪里，这样的生活场景在肥西100多座圩堡里像一幕幕戏剧一样，不间断地连续上演，没有人能准确地理解和把握戏里主人公有怎样的心境与情绪。

刘老圩是眼下肥西张刘周唐四大圩子中保存和修缮最好的私家庄园，这座目前已经对外卖门票的私家庄园后面却埋伏着令人感慨唏嘘的故事和惊天动地的情节。刘铭传的“铭军”在陕西哗变时，他正在刘老圩里休假，部下谋反刘铭传负领导责任，被朝廷革职也算合乎情理，可后来虽复职，三个月的休假，却一下子休了十三年。他像一串报废的旧钥匙被扔在江淮丘陵的圩子里，那时候的圩子尽管有两道圩沟，刘铭传依然是不安全的，如果大清王侯将相们对“度日如年”理解最深刻的只有一个人，这个人肯定就是刘铭传。“精忠报国”的传统根深蒂固地驻扎在军人刘铭传的灵魂深处，这是宿命。受尽了委屈和冷落的刘铭传在法军欲占台湾时，居然不计个人恩怨，义无反顾地站出来，接受朝廷的任命，然后率大军直扑台湾，中国历史与历史的版图因此而被重新书写。在圩子里的十三年，刘铭传养精蓄锐，韬光养晦。他离开圩子前，大宴宾朋，觥筹交错，从中午一直持续到黄昏，他的蛰伏最终被证明是为了下一次惊心动魄的爆发。

唐五房圩的转心楼是圩堡群中最有特色的建筑了，转心楼上下两层，四面合围，天井如心，转楼围绕着心跳的律动而固若金汤。唐老圩三百多亩，在肥西圩堡群中面积最大，但福建陆军提督唐定奎并没有在这里享过清福，戎马倥偬、累垮了的唐定奎在这里养过病，病一好，又出发了。这是一个令日本人和法国人听到名字就胆寒的将领，最终却因病客死在他乡，人们只能看到并祈祷着他的棺柩和他的灵魂一同被运回唐老圩。

张树声科举不第弃笔从戎，官至两广总督，而与他名望一脉相承的张老圩如今却以废墟的形象出现在人们的视线中。当我们站在这片废墟上时，内心被死不瞑目的历史震撼了，正如圆明园，废墟的穿透力足以让时间停滞，让历史摇晃。淮军的发展壮大除了李鸿章，张树声是无论如何也绕不过去的，周盛波、周盛传、潘鼎新、吴长庆等淮军名将最初都是张树声召集起来的团练首领，这是一个居功至伟的淮军名将。在他的背影下，张老圩里不仅走出了张树声和张树珊，还走出了张元和、张允和、张兆和、张充和四姐妹，“张氏四姐妹”与“宋氏三姐妹”一样在中国近现代史上演绎了无数超出了人们想象力的人生与命运的故事。张树声并不知道“张氏四姐妹”与他一样走进各种版本的图书和影视剧中，他客死广州的时候，张老圩里没人能目睹他人生的最后一个造型，圩子在那一刻是悬空的。

叶落归根对100多个圩子的主人来说，是很困难的。他们都是国家的栋梁，几乎都为朝廷效力到生命的最后一刻。这样看来,肥西的圩堡群更像是淮军将领们人生的条形码,成功的纪念碑。如同徽州建筑群,外出闯荡世界的铁血男儿,四处打拼,出生入死,建功立业,衣锦还乡,他们需要一个总结,需要一个标签,留给自己,留给后代,也留给历史,于是在肥西就有了圩堡群。

圩和堡在深秋的风中沉默不语,而圩和堡的往事早已在每一个造访者的心中扎根,那些大开大合、进退自如的风度,那些运筹帷幄、敢为人先的气魄,那些喋血沙场、杀身成仁的勇气,像血脉的延续,也像基因的遗传,正在不遗余力地塑造和繁衍着这块土地上芸芸众生新的形象和新的气质。

圩和堡里面的土地有限,圩和堡外面的天空很大,从圩堡里向外走,就从历史走向了现实。回眸身后,圩和堡的影子已经大面积地笼罩了我们,这个时候,当是阳光大好的天气。

(许春樵,安徽省政协委员,中国作协全委会委员。享受政府特殊津贴。主要作品有《放下武器》《季节的景象》《找人》《请调报告》《谜语》《一网无鱼》《与荒谬较量的人》《逃亡的脚步》《生活不可告人》等中长篇小说。中短篇小说多次被《新华文摘》《小说选刊》《小说月报》《中篇小说选刊》《短篇小说选刊》《中华文学选刊》《作家文摘》《书摘》等数十家报刊转载,收入数十种小说合集。长篇小说《放下武器》进入"2003 年中国长篇小说排行榜""长篇小说专家排行榜"前十位。)

去桃花

木　叶

一

我有时候想，倘若回到20世纪六七十年代的冬天，秋收过后的岗地，萧瑟荒凉，草屋横斜，月出于东丘之上，寒霜铺地，一排大雁在高空中排掠而过。郢子的东南方向，隐隐约约泛起一座城市的紫雾与红光，这对于乡村的少年郎，会产生多大的情感冲击力。真实的一座城在嘶嘶地呼吸，代表着远方和梦想、文明与富庶，既近在眼前仿佛触手可及，却又分明隔着无穷的距离。

少年心下也许会这样想：远处的合肥城既然缥缈，那就去爷爷口中常说起的桃花城吧。在祖祖辈辈的传说中，离郢子不太远的地方，有一座桃花城。据说在已经不可考证的当年，有一个放鸭子的，把手中的竹竿插进地里，不料片刻过后，但见长出一棵生有十个枝丫的桃树，其中九枝桃丫，已然开满桃花，引来蜂转蝶迷，只有一枝不见动静。于是就有民谣流传开来：“十丫桃花九枝开，一枝在等状元来。”在这个过于简略的故事当中，有养鸭人、桃花，有对于状元的钦慕与期待，但并没有“城”。这自然既吸引了少年，激起了他无穷的向往，却又注定了他的失落。

去桃花城真的让我失望，一条东西向的路贯穿而过，两边是荒丘，一个连着一个地起伏，杂树和荒草时而搅拌着风，怪怪地发出声响。不要说桃花，连野草的花也干瘪粗糙。

这是去桃花城的路上的失望。让少年更加不满意的是，他并没能看到心中期待已久的城——桃花城。“城是什么概念，至少有小小的城池和高墙，桃花城没有，四野荒凉……”当年的少年后来回忆说，对于桃花城的失望成了他人生中最早的失落。

不能责怪少年，也不能责怪绵延无边难以考稽的乡野传说，相对于合肥城，桃花城的存在过于美好也过于梦幻。

繁华、热闹的省城合肥就在离桃花城并不很远的东南方向，在那个时代，宛若一块巨大的磁石，吸附着她周边乃至全省的草草木木。我想，失落于眼前无凭无据的桃花城之后，虽然听不见远处的鼎沸市声，当从郢子里极目远眺，这合肥城该也曾吸引过当年胸中暗怀远方的桃花少年郎的无数目光。

二

短短十年多一点的时间，一座现代的桃花城果然出现了，它就是现在的肥西县桃花镇。

我第一次去桃花镇，是因为一场诗歌活动，同行的有来自全国各地此前见过面、没有见过面的诗友，心里很欣喜。阳春烟景，大块文章，临出发前，在我的想象中，这桃花镇该得是一个桃枝摇曳、落英缤纷的胜境吧？

车子始终在合肥市区里转悠，约莫个把小时后，朋友说，桃花镇到了。我惊异，这不还没出合肥城吗，怎么就到了桃花镇？朋友笑笑，没有接我的话，指了指眼前的马路，说："喏，合肥和肥西桃花就是以这条马路为界，马路东是合肥，马路西属桃花地界。"如此说来，这桃花镇已经和合肥城融为一体了。

欢迎我们的正是当年桃花的少年。如今，作为县委宣传部的常务副部长，他主持着这一方土地的宣传工作。部长显得很谦和，也很兴奋，看得出来，他的欢迎是发自内心的。当年的少年说起桃花的前世今生，滔滔不绝，神采飞扬，我们也听得津津有味。从他的口中，我知道了更多的桃花传奇与桃花故事。在早年，桃花既叫桃花、又不叫桃花。说它不叫桃花，是因为它是由以前肥西县两个偏僻、贫瘠的乡——肥光乡和长安乡合并而新设立的桃花镇；说它其实一直就叫桃花，自然和桃花城的美丽传说有关了。

不单是桃花城，还有王古城的传说，说这里曾经是东周时期一个侯国的都城，"千步百棵柳、百步三座桥"，果然地脉深厚！两座城——桃花城与王古城，隐伏于历史的烟云当中，不动声色，一任时光流逝，猛然间就盛开成了一座崭新的桃花新城，真是不可思议！

交错的时空、新异的体验，惹得远方来的诗人们诗兴大发。和朋友们徜徉在这座崭新的桃花城中，确实让人感慨。如果不是听了介绍，哪里会想得到，脚下这马路、这工厂、这广场，以前是坑坑洼洼的丘陵、池塘与坡地呢？哪里会想得到，这广场上嬉游的市民——老人和孩子们，就在十年前，还是农民呢。从他们的神态上，我能够感受到他们的富足与满意。

仿佛是一夜之间发生的，迅疾得甚至来不及做思想准备。面对如此狂飙突进式的发展，以满脚黄泥与满目荒草作为标志的乡野已没有了一丝一毫的踪迹，代之而起的是一栋栋整洁的居民楼，是现代化的工厂，是规整的社区。这不免又勾起了一些人的乡愁，比如和我同来的一位朋友，忽然有些忧郁地向我低语：你看，现在到处都是钢筋水泥了，池塘不见了，杨柳树不见了，麦地不见了，乡村不见了，田园不见了，一切都消失了……

听着她的话，我沉思了一小会。我能理解她的忧虑，也承认她的感叹自有她的道理，可我还想说，贫穷不见了，闭塞不见了，愚昧不见了……两相比较，这难道不是更有意义的消失吗？朋友也是爱侍弄文字的，于是我笑着对她说，正如我们经常挂在嘴边的一句话所说的那样，“一切历史都是当代史”，那么一切回忆都是此时此刻唤起来的回忆。为什么这样说呢？因为此时此刻咏叹田园、回忆乡村的你，是站在此时此刻的时空上面，已经领受了经济社会发展所带给你的富足与文明，你往回看，所以才会生出这样的感叹。不能说你的感叹完全不对，但就像我们讨论文学作品的时候经常喜欢用的一个词那样，有点“隔”。我们和曾经的桃花人，隔了一点往日尘世的风和雨，隔了一点耕作的苦寒与暑热，才生发出现在的情愁。比如人们在20世纪中期，对于未来生活的憧憬是“楼上楼下，电灯电话”，可在那时候看，这梦想多么遥不可及。如今不要说在桃花，在很多很多的地方，早已经成为很平常的现实了，我们现在本质上不就是在“楼上楼下、电灯电话”，外加手机和小汽车之后，回望过去的家园吗？

曾经凝固的光阴，一旦松开，也会在瞬间如同燃爆了一般喷射出无穷的激情与活力，催生让人瞠目的奇迹。乡土中国的快速跃迁，初衷与目标其实简单到只用朴素的一句话就可以概括：一起动手，过更好的日子。桃花做到了。桃花盛开了，桃花城建起来了，桃花因此成了江淮大地上的标杆，成为了我们国家快速发展的一个小小缩影。

最近我又去过一次桃花。再看桃花，感觉她更端庄、更落落大方了。尤其让我惊异的是，参观了几家坐落在桃花的全国知名的高科技企业，看到在它们里面所绽放的“铿锵桃花”之美，这让我始料未及，很是震撼。村民成了市民，农民成了工人，这样的桃花，已经完全是光与电酝酿成就的工业风情，与昔日的乡村没有了任何关联。你不得不惊叹人改变自身的力量，不得不感叹于桃花的前世今生，它的天翻地覆。

用桃花当年的少年郎的话来说，“土地活人，落实在一个干字”。是啊，这变化，怎一个“干”字了得！

出了工厂，在诗意缭绕的桃花行走当中，我的一位来自新华书店的朋友，随手从居民社区阅览室边摆放的心愿树上，取下一个精致的心愿牌——牌子上以稚嫩的字说想要一套四大名著。看着这张心愿牌，我无限感慨。此刻，桃花当年的少年正陪着我们一起参观，他那时候的愿望是免受饥饿的折磨，是去亲眼看一看桃花城，最终却让他生出莫名的失落。和他过去的想法相比，今天的桃花少年的愿望显然已经有了很大的变化，他渴望的是拥有一套四大名著！而且，我完全可以预料得到，就在今天，这桃花少年的朴素愿望，很快就会毫无悬念实现，因为小心翼翼地取下这张心愿牌的我的这位朋友，是一个非常有爱心的人，做事十分认真、细心。

不过，一个人在年轻的时候有点失落也许会是件好事，命运将在此后的生涯中补偿你的失落。比如，当年失落的桃花少年，最终见证了桃花城的拔地而起，见证了桃花的不断成长与发达。

三

“然而不再有毛驴与牛车，在桃花镇，大地轻软，幢幢楼宇张灯结彩。”这两句诗是我第一次去桃花的时候，即兴写下来的，诗名就叫作《桃树下的诗》。是的，大地轻软，幢幢楼宇张灯结彩，一派轻盈与祥和。两次桃花之行，给了我很深的感受，也让我不得不感慨当代包括桃花在内的辽阔大地上经济社会的飞速发展。

我问昔日的桃花少年，你还认得出蒲塘梢，认得出昔日的郢子坐落在哪里吗？他笑：“当然认得出，这里的一点一滴、一丝一寸，都牢牢地在我的记忆里，分毫不会差。”

是啊，生活在变，有一些东西注定永远不会改变，比如对于过去的记忆，对于美好生活的期待。我无端地想到了晋代的陶渊明和他写下的《桃花源记》。在陶渊明的笔下，桃花源里，悠然世外，怡然自乐。这也是陶渊明的一份期待。这里的桃花镇，与世俗、与文明、与当代、与工业紧密榫合，浑然一体，诉说着桃花今天的期待。说起陶渊明，据考证，桃花人早先多是从江西瓦屑坝移民过来的，如果是这样的话，那么1600多年前的陶渊明还是如今桃花人在遥远的晋朝时期先祖们的远亲近邻，那么他的一篇《桃花源记》，又何尝不是为包括桃花在内的劬劳先民而作？当然，如今的桃花镇和陶渊明笔下的桃花源其实并无从比较，漫漶无考的桃花源只是乌托邦式的一处寄托，桃花镇见证的却是实实在在生发的、时代大开大阖的激荡风云。这里早已不只是“阡陌交通”，早已超越了“屋舍俨然”，鸡犬之声倒是不再相闻，相闻的是庐剧，是市民广场上的歌舞；往来已非种作，是读书的孩子，是匆忙上班的新桃花儿郎、新桃花女子，是辛劳了一生，如今安享晚年的老桃花人。

在那场诗会后，我继续写道：

江南的青衫已经汗透，他说，你们是周天子
派来的采诗官；

……我欲言又止，唉，其实我不过是你昔日的玩伴，
桃树下，也曾一同戏弄蚂蚱，戏闹着推演谁家的喜宴与流年。

真的，置身于桃花，恍惚之间，我觉得我也是一枚青碧的桃叶，也是昔日的桃花儿郎之一，静静地注视着这一派生机，注视着光阴无边的流转与蒸腾。

大地之上，桃花处处开，桃花镇只是其中开得最为热烈、绚烂的一处。

（木叶，本名王永华，毕业于安徽师范大学，文学硕士。中国作家协会会员，一级文学创作。著有诗集《大运》《象：十三辙》《我闻如是》等5部，另有小说以及评论若干。曾获安徽省政府文学奖等奖项。现为《安徽作家》执行主编。）

起舞的稻草（外三篇）

张蔚霞

再一次看见稻草，在乡间起舞。轻盈，飘逸，随意幻化生命的姿态，荷花或翠鸟，青龙和彩蝶。或许，此刻它已经不能被称作稻草了，翻飞在天际的，是风筝，古时叫纸鸢。那些五彩缤纷的纸片，舞动了庸常的生活，为平淡或灰暗的日子涂抹些亮色。这一切，沉默的老者看在眼里，却不去戳穿它。他知道，那些鲜艳的纸片，来自稻草的原浆。千变万化之后，才是眼前的模样。它的每一次转身、轮回，他都了如指掌。

他太熟悉稻草了，因为熟悉，而主宰了它的命运。从它还是一株嫩绿的秧苗开始，到它成为真正的稻草，它一刻都没有飞出过他粗糙的掌心。就是今天，他与它仍然捆绑、交织在一起。他试图理顺自己与稻草的关系，却怎么也理不顺。面对广袤的大地和高远的天空，他终于认定自己就是一根稻草。他的生命正如那稻草一样轻飘无力。

在高高的山岗上，他手里捏着风筝的线，旋转不定的气流，拽着他在那里转圈。他快活无比，像个孩子。终于他旋得累了，无力地松开了手中的线，任那些彩色的纸片在空中飞舞，穿越，溯回，从暮年到中年再到童年。他和他的稻草一起，飞回到最初的形态：一粒稻籽。

他把它抛到白花花的水田里，然后用目光去温热它，催它发芽，吐绿，成为秧苗，然后被人拔起，捆扎。捆扎得齐整的秧苗又被抛入更大的水田里，溅起一串串水花。这水花预示一年的旺运，插秧人争相去捧，去接。他却岿然不动，无惊无喜。作为抛秧的童子，他端坐田间，顺手捡起一根稻草又丢入水中。他深知，稻草的命运就是农人的命运，出自泥土，归于泥土。谁又能好到哪里？那些捆扎秧苗的稻草，被风扬弃在空中，从容起舞，或落到田间地头，或飘向远方，不知归处。那时他才几岁，却如智者一般预言了稻草一生的宿命。仿佛就在那一刻,他的生命与稻草紧紧地捆绑在一起了。

秧把在他的手中松开,秧苗从指间均匀落下,泥水包裹了它的根须。而后是阳光是雨露,是宽大的脚掌、粗糙的手指、银亮的锄头和闪光的镰刀,依次亲抚它的一生。风让它起舞,雨让它歌唱。它的色彩也在一天天发生着变化,从浅绿到青翠再到金黄,最终成为颗粒饱满的稻穗。一遍遍被摔打、碾压,脱尽最后一粒稻后,丰盈的身躯渐渐枯萎、干瘪。几场秋雨洗礼,几轮秋阳暴晒之后,脆生的稻草终于没有了血性,变得棉絮般柔软。人们把它扎成一棵棵草把,立在稻田中央。某个艳阳高照的午后,一声哨响,男人全部集中到晒场上,挥舞铁叉,将一棵棵草把,高高挑起,抛到空中,层层叠起,成为草垛。它圆身尖顶,它光芒四射,像一座佛塔,镇守在村庄的前方。

站在草垛顶端的注定只有一人。那就是他。中年的他,花白的头发,高瘦而微驼的身影,大声地和人说话。他不得不大声说话,他害怕别人听不见。饥饿而引发的一场疾病让他失去绝大部分听力。为省力气,人们宁愿和他打手势以代替说话。他成为村庄里最为孤独的人。孤独加重他的苍老。他的孩子们似乎从未见过他年轻时的模样,也很少把哭闹和欢笑送进他的耳朵。孩子们学着大人的样子,跟他打手势,表达各自的愿望:要玩具,要听故事,要到学校念书。他总是微笑点头答应。他曾经教育他的孩子,说过的话要像稻籽一样,落地生根。

把柔软的稻草堆成高耸的、任凭风吹雨打也不会动摇坍塌的草垛,是他的本事。他最小的女儿总是喜欢坐在稻床边的草棚里,看父亲准确接过人们抛过来的草把,然后一层层码好压实。为了通风防潮,草垛必须堆得空而不虚,紧而不结。他全神贯注,像是在搭建一座空灵而坚固的圣殿庙宇。颗粒归仓之后,金黄的草垛成为一个村庄丰收的象征。它的神圣确实不啻于一座庙宇。草是庄稼的余生,是作物生命的延伸。耕牛的冬粮,引火的燃料,披房冬暖夏凉的屋顶,所用全是稻草。人们怀着喜悦的心情,在谈论一季的收成,偶尔将草把扔得太高,他不得不在草垛上腾挪跳跃,像一只猴子。远处,那个小小的心灵有些忿然:你们怎么可以这样捉弄他?在太阳快要下山的时候,他从高高的草垛顶端摔了下来,摔伤了右臂,他被人们抬到草棚为他脱臼的胳臂接隼,他的妻子呼天抢地。他疼得满头大汗却一声不吭。隐忍并坦然接受命运的不公,是他聪明之外的另一种禀赋。在他之后,没有人愿意承担这份危险的活计,虽然工分很高。渐渐恢复伤势的他,再次站到高高的草垛上。也许是因为过分担心,那个倾倒的草垛,经常萦绕在小女孩的梦里。

稻草在梦里的解析，是黄金。一辈子与土地打交道的他，没有能力让他丢进泥土中的稻籽结出金条，他留给子孙惠及乡邻的只有耕作的技巧。那个曾经抛秧的童子，一度锯断家中的床脚，用它制作农机。终于在包干到户的前一年，他向生产队推出了他潜心研究若干年的农业机械——插秧机。别看它外表笨拙，那家伙还真将手脚麻利的插秧能手甩在秧田中央。人们说他是用灵巧和智慧缩短了与青壮年劳动力的差距。他的庄稼也因此种得一点也不比别人的差。不仅如此，他还有了更多的闲暇的时光。那些时光，他几乎全部给了他最小的孩子。

他默默地兑现着给予她的承诺。

花灯，是她童年的第一个玩具。而后是结构复杂能幻影《西游记》《宝莲灯》《哪吒闹海》中各种人物的走马灯。那是她儿时看到的最有趣的电影。不只是看，他更喜欢在夏夜的稻床上给孩子们讲走马灯以外的故事。草船借箭、朱陈水战、太平天国，故事是以一阵紧密的锣声开场的，聆听故事的，也不光是些孩子，更有白天与他一起干活的乡亲。有时，他还把那面小鼓背到村外，那样他就有个特定的称谓——“说鼓书”。记忆里，听鼓书，看花灯，占据了乡村的整个夜晚。说到动情处，他会高声地吟诵自创的五言或七言的偈子诗，平仄押韵，声调绵延或铿锵。那划过寂寥夜空的长腔，是记忆里不能磨灭的咏唱。有时缓和如风，有时迅如急雨。

又到春风浩荡、风筝漫飞的季节。和风筝一同起舞的，是散落在田间地头的稻草。那些越冬的稻草，和新发的秧苗交相辉映，同生共荣。

想起那个在山岗上奔跑、手摇木轮、遥望天际的老人了。

那年，老人执意从城里回到乡下，回到葱郁的村庄翠绿的竹园。劈竹，削篾，描图，糊纸，绕线，他成功地扎成了一只风筝。在一个暖风劲吹的午后，年届八旬的他逃离了孩子们的视线，赤脚跑到田野，去放飞他的第一只风筝。在短松和荆棘遍布的山梁上，他追逐、跳跃、腾挪并纵情歌唱，最终耗尽全身气力，任由他的风筝把他送上了高远的蓝天。

那时的他，骨瘦如柴，身轻如草。

半瓣月亮

最初的一抹寒意，并非来自肃杀的秋风秋雨，而是晴朗夜空中的一束月光。

月在上弦，形似弯刀。月光刀片一样锋利，划破轻薄的帘幔，刀锋刺向你睡着的梦。

梦里青山碧水，梦里燕语莺歌，顿失欢颜。你睁开眼睛，那绣着五彩鸾的枕巾，那绽放君子兰的书案，那盛开牡丹花的照壁，连同栖于"花枝下"的翠鸟、卧于"花丛中"的黑猫，都浑然成一种乳白。刹那间天地同色，山水同梦，你恍若回到另一个梦境之中。

你不知道，与夜同色的，还有你月亮一样皎洁的面庞。

月圆为美，花开为瑞。初见你时，你面如满月，笑靥如花。你是众人心中的美神。你仿佛是月中仙子，不甘寂寞，从月宫里出走，来到人间。而今，你两腮瘦削，眉头深锁。你的面庞，被岁月的风霜侵蚀，蚀成一弯弦月，高悬空中。你的容颜，被岁月的河流漂成一朵枯莲，逐水而逝。你悲悯好花不常开好景不常在，你徒伤人之悲欢离合月之阴晴圆缺。你希望夜夜月圆，事事美满。你愁肠百结，结成心锁。其实，弦月不过是月之常态，人之常情，事之常理，而你不懂，不解。你早早地安寝，企图入梦。梦里你跋山涉水，呼号达旦，你不顾一切地寻找那枚心的钥匙。

那是一句话，也是一个魔咒。你记起多年前的一个夜晚，有个声音来自天外，它指引你，将目光朝向窗外，去看天上的月亮。那不是满月，是悬于桂树枝头的半个月亮，是被诗经乐府被唐诗宋词，被柳三变被李清照吟哦数遍的月亮。你问，缺失的一半在哪里？那个声音回答说，你的心在哪，它就在哪。从此，你的灵魂终日惆怅不安。你总是仰望夜空，遥望远方，将秋水望穿，高楼望断，于皎皎银河邈邈云汉中苦苦寻觅，你寻觅的是缺失的那瓣月，失落的那颗心。

明月不谙离愁苦，斜光到晓穿朱户。每当上弦月高照的夜晚，你仿佛中了蛊术一样，从睡梦中惊醒，披衣下床，踏着月光，去寻求那个声音，希望再次被它牵引。空旷的街角，你与风同行，以树为影，与影并肩。喧嚣的歌舞笙箫，醇酽的酒色茶香，至亲的温柔软语，都留不住你的脚步，你的心冰凉落寞如井底之水月宫之蟾。你踽踽独行，你碎碎为念。今宵谁肯远相随，唯有寂寥孤馆月。你就这样独自在月光下行走，从夜的这头走到那头，宛若一缕轻烟，无声地融于万家灯火。当冉冉红霞映照天际时，你沉醉的心才会和草木一起苏醒。如此数年，梦游，夜行，成为你虚幻的生命里最真实的部分。

现在，月正浓，夜未央。愁云汇聚，冷月无声。隐隐约约地，你仿佛听到远去高楼上传来一些乐音，是一首循环播放的钢琴曲。曲调哀婉绵长，小提琴协助的部分似乎更能打动你的心。就如赏月，烙在记忆深处留作将来回想的，只是月下的情景而非月亮本身。这是舒曼的《梦幻曲》。如果是德彪西的《月光》，就要欢快一些。而前者更适合在这样的夜晚，在经历浮躁的白天之后，一个人静静地聆听。乐曲与月光还有你此刻的心境互为背景。没有华丽的过渡，一切如行云流水，音符与音符的衔接，就像两个孤独的旅人走到一起，不消言语，也无须手势，只一个眼神，就会意了彼此的所需。你无法用语言来诠释它的含义，就像你无法用花篮来兜住月光。

你慢下脚步，在心中冥想。你的眼前仿佛有了一道彩虹，它慢慢落下来，落在你的跟前，幻化成一座桥。你以为漂泊的心之船，从此可以靠岸，飘浮的灵魂从此可以回到身体。因为热望，你欣喜若狂。你突然想起久居心中的一句话：心是孤独的猎手。那是一本书的名字。而此刻的你，正是书中 13 岁的小女孩米克，在感受着她的感受。你甚至要去仿效她，去搜集琴箱琴弦等材料做一把小提琴，以抒发你心中独特的忧伤。忧伤是你生命树上的寄生虫，你想狠狠地甩开它。而事实上，你已届不惑之年。这与其说是夜曲的感染，不如说是月光的诱惑。你只能苦笑一下，像老牛反刍一样，嚼碎了少时的梦。

在月色的引诱下，你的内心早已孕育了一首歌。你想把它唱出来，只是苦于没有听众。是的，你说过，从 13 岁起，你就没有当众唱过歌了。你羞于歌唱，甚至连语言也一同抛弃，甘愿成为人们眼中的一个哑巴。今夜，在这片废墟之上，你静静地伫立，虔诚地聆听之后，忽然就有了放歌的欲望。

月华如水水如天。半瓣月亮之下，你独上高楼，沿着脚手架，你的灵魂正一步一步向高处攀爬。三层、四层、五层，你拾级而上。废铁钉、破碎的混凝土块扎破你的手，划破你的脸，你没有感觉到疼痛，你说只要心不破损，就无疼痛可言。你泪流满面，你血如泉涌。你想离那上弦月近些，再近些，触一触它的脸，抚一抚自己的脸，仿佛那样就能将相隔千里的两张脸挪近，两颗心合拢，合成望月。你多年来被孤独撕扯的灵魂，就能归于一体，再不必忍受分裂之苦。

月在西天，冷艳无语。你厌倦了浮躁与奢华，你看淡了情仇与爱恨。你宁愿回到清冷的月宫，与风霜为邻，以雨雪为伴。你曾说过，孤独如同死亡一样绝对，接受还是逃离，你无法选择。如影随形的孤独感，现在正牢牢地挟持着你，你无力挣扎，你唯一可做的，便是将生命坦然交付于它。

没有人能够叫醒你。这个上弦月高照的夜晚，你就这么坚定地朝前走，往上攀。

终于在一个悲怆而铿锵的乐音里，你向那座虚无的楼宇，踏上了义无反顾的一脚。

铿锵之后，万人空巷。人们在月光下奔走相告，以惊异的神情，以悲叹的口吻，以夸张的想象，以严密的推断，分析你的坠亡，论证你的死亡，传说你的夭亡。为情所困，为名所累，抑或为利所诱？传说纷纭，却离真相越来越远。你不屑争辩，也不再气恼。你静静地躺在那片瓦砾之中，面如圆月，笑靥如花。你以永世不变的容颜和清洁如初的心灵，呈现于初见你的人。

我那可怜的梦游者啊，你难道就这样试图通过梦幻之桥，向你的另一瓣心靠近？

梦幻曲的另一段乐音再次奏响了，它和着你血管中还未冻结的音符，随那冷月的清光，一起寻觅，流淌。你也许期待彩霞满天时，月晕而成的风霜，将你心中的蛊毒洗涤殆尽。可是，你的脚步却走不到天亮，你的月光之流在那一刻已经静止了。

零星的呜咽之声，如河底的暗礁，被新起的琴音，流水般慢慢覆盖。

滴 一 答

初夏。午后。独自的我。比拥有闲暇更为奢侈的是寂静。风定，云淡。唯有滴答声的空间，静得如一面镜子：纯净、透明、易碎。仿佛雨后的天空，又如风暴来临之前的海。我有些害怕，害怕这一切会很快消逝。我甚至担心茶叶潜入水杯的声响，也会在这样的背景下，幻化成惊涛骇浪，将镜子打碎。我需要一首乐曲，最好是许嵩的《伤声》，舒缓、恬淡并略带忧伤，让我置身海边，披头，赤足，渐渐没入浩渺无际的水，随波逐浪，自在漂泊。

我想做一棵水草，在午梦中沉醉或者冥想。

褪下丝袜、发簪、手镯，一切物质的装束，如果可以，连名字也想一同褪去。此刻，灵魂如一只蜕壳的蝉，柔软而真实。只有昨夜没有啃透的《心经》，成了蝉的一部分，牢牢地吸附在僵硬的树干之上，胶着了几个世纪的梦想。色不异空，空不异色。经文解曰，生是灭的开始，灭是生的开始，生生灭灭是有形之色，生色之本是无形之空，空色一体。我还不能全懂。都说反复的诵读，是磨砺语言的利器，能穿透世间最深奥的哲学和最玄妙的道理。那么，比哲理简单得多的庸常生活，还有什么难题不能迎刃而解？放下经典，远离利器，做个思想钝化的人，哪怕是一条没有脑袋只有躯干的蚯蚓，以匍匐的姿势，以隐忍的姿态抵达地层深处。

蜷缩在松软舒适的被服里，钻进泥土般深厚的午后，圈一块地，恣意栽种。播种，浇水，捉虫，采摘。这一切，虽然是虚构，但收获的喜悦，一点也不空洞。纯粹的精神盛宴，原来可以与物质无关。起身在小笺上写几行字，以留下倏忽易逝的愉悦，但思绪总是打结，反反复复，只吐出萦绕于怀的几个字：一本书名，一个人名，抑或是一朵花的名字。

那书，那人，那花，便构筑了我的精神庙宇，安放我久寝不眠的灵魂。竹密不妨流水过，山高岂碍白云飞。莫如庄子《秋水》中所言："夔怜蚿，蚿怜蛇，蛇怜风，风怜目，目怜心。"有形之躯羡慕无形之风，明察外在的眼羡慕感知内在的心。相比于信笔涂鸦，醉心于文字，这乐音低回的午后，也许更适合于静静地冥想。关于道法，关于自然。

案头的滴水观音，宽大而肥硕的叶片，让我联想起莲花和它的叶子来。除了叶子，相似的还有叶面上的水珠，圆滚滚的，如珍珠般晶莹亮泽，从早间一直悬坠在叶端。我把它视作观音指间洒落的圣水甘霖，能度苦厄，济苍生，因而总是期待那"滴—答"的一声响。我也观察到两处水滴的不同之处，那就是水珠滑落的方向截然相反。前者流过植物的心脏，将空气中的有害物质分离出来，从叶端滚落，归入脚下的泥土；后者将空气中水分凝成甘露，顺着叶脉回到叶子中央，成为荷叶的给养。一样的水，以不同的方式走完了各自的生命旅程。从一滴水到另一滴水，我仿佛看见了一次肉身的洗礼、灵魂的澡雪。那是明心见性，离苦得乐的水，是生命的精华。但不管是分离了苦难还是凝结了甘露，它的母体，这两种不同的叶子，若干年后都将走向同一归处，都将是一抔灰土或一粒尘埃。而这，才是生命的九九归一。

风动帘开，光移影动。一束光照进窗棂，将空气中的微尘放大，我看见长长的光束中，那些细小的尘粒犹如一尾尾蹦跳的小鱼，在时光之河中游弋嬉戏。太阳落幕之后，将看不见那些欢快的身影，但我并不担心那些小生命的终结。那是些开在尘埃里的花朵，微小而卑贱，但其生命却与光同在。"我来过，我很乖"，再次想起这篇感动过无数世人的墓志铭。那个名叫佘艳的小女孩，八岁的光阴短暂得如"滴—答"之间，但她却诠释了生命的长度与深度。在没有光的暗夜，它是一柄剑，将爱与责任，将良知与本能，将情感与欲望等等一些纠缠不清的词义剖开，让活着的明白为什么而活，让爱着的明明白白地去爱。"我活过，我无憾""我爱过，我无悔"，由小女孩的故事而衍生的一系列短语，已被打磨成思想的鳞羽，正向陷入苦难的人类播撒着智慧的光。每次看到类似的文字或言说，我的眼里总还是泛起泪光。或许就是这些微的光亮，让曾经远逝的精灵在冥想的天幕上重生，并翩然起舞。

秒针的"滴—答"之声，伴随伤感的音符，在这个午后，缓缓流入冥想的河流。菩提树下，花蝶丛中，既见达摩，又见庄子。在浩渺的天际，我是一粒尘埃；在无垠的海边，我是一棵水草。我不知道我在冥想还是沉醉。也许这样的午后，该有一场梦，梦回千年，让我回到圣洁的莲座，手捧诗书，把一首叫《滴水观音》的诗再次吟哦：既没有永恒的疑问传去/也没有永恒的沉默回答/天空的回音壁/只炸鸣着/滴/答/从何朝指间坠下/那一颗畅圆的智水/穿过千年/犹有余温。

可是,这绵延不绝的"滴一答",让我无梦。那就醒着。

走不出乡村路上的那道辙

风吹疏竹,雁渡寒潭。这样的季节,一些词语清瘦下来,而另一些却吸足水分,在秋天的词典里疯长。比如思念,比如怀想。日暮乡关,道路蔓延。连绵的秋雨还原了太多离别的场景,甚至连昔日的车辙也一同复制。

脚下的土地,是别人的故乡。千里回乡的人们,鸟儿一样地飞来又飞走,地上的爪痕,像羽毛轻轻划过,稍稍一点雨水,就将它冲得干净。泥泞的路上,只有我的脚印,像鸟儿撒下的种子,嵌在经年的车辙里,生根发芽。

时光被慢下的脚步悠闲丈量。喜欢在雨后天晴的黄昏,站在高处,眺望远方。风吹得园中竹叶哗哗作响,乍听,以为是自己弄出的脚步声。如同一片落叶,被风卷入山林,没有人会在意我的根茎曾经悬于哪棵树上,因为所有的树叶都会听得懂同类的叹息,村庄也一样。那些与城市毗连的村庄,仿佛离散多年的亲人,站在分别的路口,等我归来。

依水而建的村庄,褪下绿色的盛装,显出固有的古朴和素雅,如同刚发掘的陶器,静静地陈列在河边。曾经缀满河岸的鲜花,有些结了籽,有些仍在开着,发出淡淡的幽香。花与果实呈现斑驳的色彩,更映衬出这只陶器的古老来。但我知道,比村庄古老的是河流,其次是架设其上的石桥。路人的脚步磨光了石阶的凿痕,那些石头在夕阳中泛出古铜色的光,伸手摸上去,感觉比祖传的铜壶更为光滑。是啊,还有什么不能被时光磨平呢?再次回到村庄,那些结在树上的疤痕,那些埋伏在路中的坎坷,都会因为长久的思忆而熟稔。季节交替时的隐痛,在日久天长的抚慰中,也会被主人忽视,甚至连呻吟声也成了呼吸的一部分。

我说再次回到村庄,是因为我曾经远离它。可是,故乡的子孙啊,谁能走得出自己的脚印?当我背起最后的长辈,走出村庄,远离故乡的土地时,我以为我从此远离了故乡,可以心安理得地栖居异地,且把他乡当作故乡。与很多远离故乡的人们一样,在城市的边缘,在楼群稍微稀疏之处,我把故乡像树一样,移栽下来。我的城市,总是车水马龙,灯光将日影过多覆盖,光阴被斩头去尾,日照变得一天比一天短,雨水更是逐年稀少。楼群间那些缺少光合作用的树,像一些严重失血的病人,徘徊在生死的关口。

岁月如刀，叫“故乡”的那棵树啊，它曾经繁茂的枝条、粗大的枝干，早晚被人修剪，剪得枝残叶落，终于沦落成一棵盆景了，细看又像一件微雕，蜗牛般大小。我学着城里人的样子，将它揣入左侧的衣袋，以慰藉乡思。有时人们又相约把它放在宽敞明亮的展厅，接受外人的赞誉。绿树红花，粉砖黛瓦，小桥流水，渔舟唱晚，这是水乡的村庄；飞檐翘角，竹篱茅舍，雾月牛栏，牧笛横吹，那是山里的村庄。可是这些都是文字中的村庄，并非我故乡的村庄。

我开始痛恨故乡和一切与故乡有关的文字。那些华丽的辞藻蚕食了故乡初始的意义。是谁用曾经装扮过村庄的双手，在制造关于故乡的赝品。在这脸谱盛行的年代，不论贫富，不分美丑，所有的村庄都打着相同的标签。无论我怎么睁大双眼，也甄别不出哪一处才是我出生时村庄的模样。《荀子·礼论》上说：“过故乡，则必徘徊焉，鸣号焉，踯躅焉，踟蹰焉，然后能去之。”故乡原本的定义，便是一个人出生或长久居住的地方，所以它又是唯一的。如同一条船，你怎能既靠此岸又靠彼岸？

一次次的梦里追寻，是企图还原故乡的原貌与初装，仿佛这样，才能将故乡日渐混浊的词义，在心底澄清擦亮。可是，人们啊，我如何能够拔出深陷的双腿，带你进入我的故乡，叙说村庄的模样？

站在远处的山坡上，长久地注视梦回千遍的村庄。我喜欢将抽象的事物具象化。云朵幻化成奔跑的羊群，水滴象形成晶莹的珍珠。这是只可意会的东西，可以类比的是它们相似的品格。那份柔美和纯净，是故乡烙在心里的印痕，风雨不催，岁月难侵。因为都经历过风浪，我更愿意把我的村庄想象成汪洋中的一条船。虽然从形状上看，更像一只舀水的大勺。舀啊舀，从春到夏，舀不尽的是一泓清泉，如同母亲源源不绝的乳汁，哺育了万千儿女。

现在，已是秋水长天，万物萧瑟的时节，曾经丰盈的河流进入了枯水期，那条船呢，被拖离水面，长久地搁浅在河滩上，安静地等待来年的启航。爱如潮水啊，赤子的乡思，是涌向故乡的春潮。村口最古老的棠梨树，是它不肯倒下的桅杆。那不是最高的树，但它始终站在最高处。像过世千年的祖先，他的品德让我景仰。想起《诗经》里关于檀梨的句子：蔽芾甘棠，勿剪勿伐，召伯所茏。古老的《诗经》之所以流传，流传的并不仅是生僻诘骜的文字，而是文字中折射的灵光。逐水而居、以渔为生的父兄，是这条船上久经风浪的舵手，有他们在，我从不担心这条船会驶向险滩。

风过竹不留声，雁过潭不留影。物我两忘，是古人的高度，我终究无法企及。离开家乡已经数年，可“故乡”永远是有棱有角的两个字，如同晶石放入贝体，聚集养分的同时，更是在打磨一颗赤子之心，疼痛始终包裹在黑夜一般的内心，有谁能真正听到？但我知道，每个人的故乡，都是一粒珍珠，粲然于心，夺目于世。

原以为曾经的欢乐和忧伤，早已随岁月淡忘，我能平静地踏上回乡路，能轻巧地绕开乡村路上的坑坑洼洼。却不曾想，当我的村庄、河流、渡口，还有湾里的人家，这沿路的风物在暮色中依次呈现时，我仍是热泪盈眶，欲说无语。其实，并不真的要诉说什么，我诉说的只是诉说的欲望。

梦里乡关。故乡啊，游子啊，既然彼此不能相忘，那就沿着这道熟悉的车辙，把记忆重温或者回溯。

重新站在村口的树下，我多么希望能站成一株古檀树，等待村人的斧凿砍向自己，把我做成一条船，哪怕是一块舱板，那也是在船的怀抱，我将回到村庄内部，回到河流的中心，与故乡的船再经受一次风浪，再听一声“欸乃”，让心中的山水从此变绿。

（张蔚霞，笔名钟雨。生于安徽安庆。21世纪初从事文学创作，有小说、散文近40万字散见于国内外各类刊物。2010年出版短篇小说集《斑鸠远去》，散文集《草木之中的村庄》。）

上坟（外一篇）

石　悦

快过年了，我去上坟。逃脱不了岁月的跟随，年龄愈大，愈加想念仙去的父亲母亲。

我第一次上坟，是给爷爷上坟。那年我才5岁，从来没见过爷爷面，还不懂得父亲为什么生拉硬拽，硬要我和他一道，去老家一堆隆起的土包包前，烧纸燃鞭，磕头作揖。

后来，上坟的次数多了，人也渐渐大了，慢慢晓得上坟是纪念祖先的一个传统，一次仪式，一种天经地义，一代一代都有着这样的需求与经历。

再后来，思摸出：上坟，不仅仅是为了纪念先人，还是一次次感恩和寻根。感谢父母的养育之恩，陪伴之恩，呵护之恩；寻觅家族的生存之根，成长之根，希望之根。一本家谱，同心合著，来龙去脉，上下贯通。

这就是中华民族源远流长却总能寻根溯源的传承。

小时候，我随着父母去上坟，父亲一一告诉我，这里住着你爷爷奶奶，那里住着你外公外婆，我们身体流着的，就是他们的血液。

年长后，我领着儿孙去上坟，我告诉他们，祖先死了，子子孙孙是祖先的金库，存祖先的名字，记祖先的足迹，纳祖先的骨血，储祖先的故事。同根同脉，赓续传承。

时过境迁。城市的坟，集中起来成了墓群，昔日泥土堆积的坟包，变成水泥石板垒砌的墓房。虽表情僵硬，没有泥土的香气，却改善了先人的住宿条件。死，不过是生的辩证。阴阳两隔，还是一家人。

如今，我们去上坟，路近了。父母走了一生才到达的地方，我们只用了半个时辰。

父亲母亲的坟，坐落在近郊的公墓中。那是一片清幽静谧的墓场，一座座坟茔安静地卧着，一尊尊墓碑庄严地立着，大大小小，高高矮矮，一个挨着一个地整齐排列着，洁白的花，翠绿的叶，点缀其间，清雅壮观，瑞气洋溢，映衬着逝者的安逸。

我捧着一盆花，清一色的白菊；揣着一瓶酒，父亲爱喝的古井。同行的弟弟妹妹也分别带了鲜花、高香、蜜橘和苹果。虽然“禁放”，不许烧纸放鞭，但去祖宗住的地方，到父母歇息的场所，又是腊月黄天，我不想淡了阵式、冷了场景。肃穆庄重，孝心尽足，这就是我的心愿和表达。

很快就来到父母的坟前。献花，点香，放贡品；肃立，静默，行注目礼。然后，我低下头颅，俯下身体，匍匐在地，磕头，作揖，请安，祈祷。在父母面前，膝下无黄金，心中有虔诚。

坟无声，我不语，心在泣。

活着的人同死了的人，在这里相遇，顷刻间，缕缕思绪，牵动汩汩深情。

记忆，如丝如缕，如梦如幻。

脑海中，有父亲佝偻的背影，有母亲辛劳的身影，有一大家子围在一起除夕夜守岁的快乐合影。一些荡来荡去挥之不散的生活片断，一些时而稀疏时而稠密的情感细节，一些不足挂齿又刻骨铭心的家常琐细……萤火般在我心灵深处闪烁。

耳际有父亲的谆谆教导，有母亲的殷殷叮咛；有无声的语言流泻沉痛的呻吟，有铿锵的呐喊喷吐焦渴的希冀……雷霆似地响彻我的心空脑海。

坟的诞生，是家的一次疼痛。过去的激情，无法再冲动。心口，战栗着难以言表的惊恐；泪水，跨不过眼睑的栅栏，默默地传递着冷。临终的父亲，到死也没闭上眼睛。将去的母亲，最后的叮嘱竟是叫我不要哭，说她已经没有力气为我擦干泪水。

上坟，仿佛是个洗心的地方，这里常有纯净的泪水和纯真的情感出入，一尘不染，亮亮晶晶。每个情节，每个细节，都在拷问人生，让人凝神思考，灵魂出窍。

生生死死，一世只为一缕烟；风风雨雨，一生不屈一角檐。这就是我的父亲母亲，淡定、宽容，善良、高德。日子再万箭穿心，也不忘爱心，不负良心。生，不令儿女操心；死，不让子孙伤心。

往事如烟，岁月作证。父母的恩情伴随我一生，不声不响，不离不弃。我想，为了儿女子孙，首先站出来的，一定是父亲母亲。如果能够死而复生，苍天一定不会辜负父亲母亲。这样的想法，已在我的心里横亘了几十年。

怀想凋落。思绪，还挂着泪珠，发酵出苦涩；目光，仍啃着阳光，吞吐着叹息。不敢妄说，纵然我闭上眼睛，也无法停止与父母共命运、同呼吸。无论时光怎样循环轮回，父母的坟一定会被我心焐热，无损。

上坟,来去匆匆,聚散灼灼;不舍离去,流连忘返;可谓亲情无间,大爱无垠。爷爷奶奶的坟,明晰了老家的地标,成就了我的乡愁。父亲母亲的坟,浓了家的味道,维系着家的情愫。

阴阳两隔,总有一别。离别前,我再一次弯下腰,跪在地上,轻轻地拔去躲在坟角的一棵杂草,细细地擦拭刚刚沾上墓碑的一抹污迹,整理好鲜花的摆放,接着起身,面朝墓碑久久地伫立。然后,伸展双臂,扑向墓碑,在父母的名字上留一个深深的吻。

心若无尘,岁月生香。上坟,也是为情消肿、为爱止痛啊!转身,回望……年复一年,生生不息。

心恙深深深几许

民国末年,我来到这个世界。生,不由自己;家,无从选择。老屋,旧巢,寒窗,陋物。粗茶,淡饭,布衣,素食。

日复一日,年复一年。

戚戚于贫贱,汲汲于变迁。

父亲祈望,“芝麻开花节节高”。母亲渴念,“甘蔗出土寸寸甜”。

认命不认怂。一种不甘与向往,在心中孕育。

蹒跚学步,踉踉跄跄。跌倒了,自己爬起来,拍拍身上的尘,不哭。

背上书包,欢天喜地。碰上雨雪天,提着鞋,赤着脚前行,无怨。

从横竖撇捺出发,在加减乘除中扬鞭,与数理化和光同尘,同文史哲抵掌而谈。展张张试卷检阅,亮耿耿忠贞厮守。心慕手追,心潮澎湃。

苦日子,苦孩子,苦读书,亦苦中作乐。瞒着父亲,我将爷爷用过的旧水桶箍拆下来,当铁环滚。避开母亲,外婆送来的大公鸡,被我追了几条街,为了做只毽子。

放学路上,出苦力,推板车,推了几里路,图五分钱,买了一只断了线的风筝。寒暑假中,帮助同学完成家庭作业,有恩有报,我得到了几本翻旧了的小人书。

在求知的路上奔跑,我笨鸟先飞,笨鸟多飞;一朝一夕,一心一意。进步阶梯,拾级而上。那里有我跋涉的酸楚,搏击的伤痕,无悔的坚韧。

千辛万苦,含辛茹苦。苦难养人,苦水止渴。苦,贴近生命真谛,搂尽天下苍生。“吃得苦中苦,方为人上人”,我双手合十。

时光就像一架磨盘,转着转着,春就去了,秋也去了,一季又一季,你追我赶着去了。

时光去了，我的梦想也去了。

我拳拳之志，苦心孤诣，得到的却不是梦里寻它千百度，也不见灯火阑珊。

掂量不出辛酸苦辣的凝重，我敞亮的心，一览无余地痛。

夜已深，父亲还坐在小院的木板凳上，叼着一根劣质烟，一根接一根，愁目不展。

天快亮，母亲还在一锥一线地纳鞋底，顶针又顶穿了一只，手指血染，不声不响。

一觉醒来，两个姐姐手牵手，怯怯地倚着门框，木然地望着父母又望着我，一汪泪水在眼中打转。

我从床上翻身而起，伫立于窗前，抱着双臂，竭力按捺着心中的倒海翻江。

一家人，无声，无语，无辜，无奈，心凄惘。

先生存，再生活，是穷人的紧箍咒。

父亲一双手，喂不饱全家十张口。母亲帮人洗衣浆衫的薄酬，难济缺吃少穿的困窘。无可奈何。建筑工地上，出现了大姐砸石子的身影，弯腰弓背，瘦骨嶙峋。迫不得已。二中校园里，二姐的笑语歌声戛然而止。她被迫停学，回家带弟妹，忙琐细事情。

痛定思痛。我不能挣钱养家，也不能再花家里的钱养我。十二年寒窗，一朝搁浅，我开始了自己的求索。

浅浅思，细细品，心心念，深深藏。

生活，不会苦海无涯。人生，未必坎坷不止。谁的金句？在耳际回荡。

是风，就风卷残云；是火，就火焰飞腾；是电，就电击长空；是雷，就雷霆万钧。谁的豪情在脑海汹涌？

我幡然醒悟，吃苦，吃亏，同吃饭一样，都是为了成长。

我豁然开朗，屈原“洞中苦读”，匡衡“凿壁借光”，李密“负薪挂角”……

悄悄然。心被点燃，目光被点燃。

初生牛犊不怕虎。我扬起自学风帆。

静下心来，不辜负时光。八平方米小屋，恰好容纳一个人思想。日益增多的书，分门别类堆放。桌上，床上，架上，或层层叠加，或鳞次栉比，宛若知识的珠穆朗玛、大海汪洋。

冥然兀坐，安然若素；灯书伴影，泰然自若，书不轻贱我，我拥书自足。拜诸子百家，访四书五经，读唐诗宋词，诵汉赋元曲，赏中外名著，唱上下五千年。识苏武牧羊，悟精卫填海，伴玄奘西行，学愚公移山，知卧薪尝胆，懂砥砺赓续。

层层峰峦,苦苦攀登。不敢东张西望,不敢南思北想,更不敢三天打鱼两天晒网。

墙上的影子很忠诚,总是陪我到天亮。

接触了知识,就接触了高度。我开始用一支笔,为自己写生。踉跄的步履中,只有文字的唠叨追随。笔和纸,爱与被爱着,卿卿我我,嘤嘤喏喏,亲亲密密,扭扭捏捏。一横一竖,若岁月的根根筋骨,刚正不阿;一撇一捺,似万物的阴阳太极,刚柔并济;一点一钩,更妙不可言,妙趣横生,有点石成金,点到为止的鬼斧神工;有九曲十八弯,九九归一的天造地设。

我用心召唤一个个美轮美奂的汉字,精琢细磨,优化组合。不求梦笔生花,只求不负岁月。

单挑坎坷,独撑日月。甘之如饴,乐此不疲。

有朋友心疼,问我:“君独成一体,孤蓬自振,寂寞吗?”

我朗朗大笑,回答:“寂寞? 当然。”

三尺微命,一介苦丁。步仄径,面徒壁,单枪匹马,孤军奋战,岂不寂寞? 然,寂寥无声,独擅其美;冥然兀坐,安然无虞。摊开书,大师云集,高朋满座;灯下写,风云际会,仰天啸歌,此乃何等境界,何样情绪! 寂寞焉? 否。

凡心所向,素履可往。

天地公道,因果昭彰。

明日黄花瘦,今朝红梅旺。

一次次呕心沥血,一次次搜索枯肠,一次次忍饥挨饿,一次次挑灯夜战。

朝思暮想,瞬间引爆;梦寐以求,闪亮登场。

我写的,写我的,翩翩起舞,蒸蒸日上。

最是《人民日报》《光明日报》的那些奖项,别人不足为奇,于我不同凡响。至今,我还心旌荡漾。

接踵而来的立功、表彰、全国自学成才奖,簇拥着我登临人民大会堂。那情那景,刻骨铭心,永世不忘。

几十年过去了,再扯这些,似嫌张狂。但没有办法,火山隐忍一千年,还要爆发。

灯光恍惚,时光清瘦。

曾经的白眼,窃窃合上。

过时的冷脸,悄悄隐匿。

不远不近的欣赏，不高不低的赞扬，不大不小的鼓励，不冷不热的捧场。

大片大片的光和热，打湿我的眼睑，感动过我的每一张面孔，都值得我珍藏。

放下儿时的梦，拾起现实的俗。

长路迢迢，云烟滚滚。浩瀚无垠，又狭隘逼仄；精英汇聚，又庸众云集；莺歌燕舞，又危机四伏；心驰神往，又心神不宁。

那时候不懂。只觉得自己渺如芥尘，行走于仕进之路，如同异乡人，陌生客。

红尘阡陌，天地有情。

这个世界，不只有猝不及防的伤痛，也存在不期而遇的温暖。

沐伯乐相马之恩泽，享萧何追韩信之余韵。

久旱逢甘雨，他乡遇故知。

而立之年，庶可而立。

引路靠贵人，走路靠自己。时时谨慎，事事斟酌，处处谦恭，步步小心。好也罢，歹也罢，至少我每一步都迈得认真。

叹，风云豪迈，世象迷离。

惜，职场光鲜，人际混浊。

角落里的往事，总有空穴来风，总有飞来横祸，总是猝不及防，总是防不胜防。

于我，花开过早，是一个美丽的错误。

没出道，就念经，是一次丑陋的行径。

太强，成为别人眼中钉；太弱，沦为他人盘中餐，我不会把控。

识字，不识人，又不识时务，难为俊杰。

龙盘虎踞中较雌雄、比输赢，我甘拜下风。

莫名的泪，滴落在寒雨中，凝结成冰。

从情绪的胡同中走出，我神清气爽，心安志定。

李白说，天生我材必有用。我信。

陆游说，柳暗花明又一村。我也有感。

我知道，自己情智孱弱，需要大量补充营养。便“好书不厌百回读，熟读深思子自知”。我认准，出土，是种子的闪光时刻；燃烧，是煤炭的最美谢幕；成长，不会同砥砺诀别；三分天注定，七分靠打拼。

寂寂生，慢慢来，学林探路贵涉远，无人迹处有奇观。

记着圣贤箴言：藏巧于拙，寓清于浊，抱朴守拙，勤能补拙。追着先辈踪影：心有所系，情有所托，日厌绮丽，耳烦笙歌。

夜晚臣服灵魂，白天归属生活。我自信地正襟危坐，洞察人性，怜悯人心，对人间烟火谦卑寄语。

淡看人间三千事，闲来轻笑两三声。满足自己，不讨好别人。

我只能在文字里放牧，也只能在文字中展示自我。虽然，我的文字很枯涩，很蹩脚，却谁也不能剥夺。

文字插上翅膀，响遏行云，四海为家。

歌改革，颂开放，聊复兴，抒情怀。

陈时弊，斥蛮鄙，击病灶，敲警钟。

摸着良心说话，是最好的表达；凭着良心做事，是最美的抵达。

云开云合，风行风止。

过尽千帆云水，阅尽人间冷暖，我依然遂了心性，植字种莲。

世上汉字九万多，惟有情字最难写。

情，不知何物，一见而钟；情，不知所起，一往而深。

情，在心，在口，在手，在细节。

情，写不尽，父母双亲。哀哀父母，生我劬劳。普天下，最累是父亲，最苦是母亲。

最寒心，为了省下一根火柴，母亲常常跪在灶前，从灶膛的灰烬中掏出火星，把它放在柴火上，一口一口地用力吹燃。

最悲怆，我们都长大了，有钱了，父母却吃不下了，没能力花了，想想，万箭穿心。

常哽咽，父亲驾鹤西去时，只剩下一把老骨头，甚至上下眼皮都合不拢，那张饱经风霜的老脸，连纵横交错的皱纹也不能松弛下来。

暗抽泣，母亲弥留之际，强忍着痛，挣扎着咬破了自己的舌尖，殷红的血从口中流出。姐姐忙着擦拭，母亲却抿紧嘴唇。

可怜母亲，生，不拖累儿女；死，亦不让儿女操心。

父母之美德，儿孙之遗产。

儿孙之生命，父母之延伸。

如今，无父何怙，无母何恃？

流自己的泪，揪自己的心。我高举双臂，仰天长叹。

忘不了，父子情深。虎年金秋，喜得一子，举家欢庆。道合君臣义，恩深父子情。这世上，唯有父子情，一步一回顾，与日月同馨。

小儿车，推了许久，来来回回，爱不释手。

晴雨伞，撑收无数，遮风挡雨，亲情无阻。

憾！月难圆，人难全，意未尽，情未酬。

妻为上大学深造，闻鸡起舞，昼耕夜诵，专心致志，手不释卷。我边工作边自学，奋发努力，殚精竭虑，志坚行苦。

那个时代，能干，肯干，有奔头；好好干，干得好，能出头。

只是，心无二用，分身无术。无奈中，将儿托付给爷爷奶奶。儿之金色童年，我不能护佑身边，情何以堪？我咋不能像我的父母那样，真真地牺牲自己，妥妥地成全儿女呢？想一回，心里就痛一回。

在岁月的宽恕下，儿子茁壮成长。一路昂扬。

翻成宵梦古今事，何况人间父子情。灯光落白，黄昏向晚。愿吾儿秋不再凉，情莫再伤。于烟火深处欢喜，红尘路上，淡暖清欢。

然心中仍然有恙，多少起伏，多少跌宕，多少未知，多少迷惘，都孤独地神秘着，潜伏着，窥伺着，撩拨着。

无奈的情思，再一次氤氲于孤影黄昏。

卑琐，不堪其烦，是我的生活。

各有各的欣慰，各有各的疲惫，各有各的悲欢离合，各有各的来龙去脉。

无须怨岁月无情，无须说命中注定。自难忘，熬过所有的苦，遇见所有的好，生存有些憋屈，活得还算有尊严。

岁月悠悠，时光冉冉。流淌的时光，穿尘而过，留下斑驳，留下期许。

夕阳是我最后的思想了，我不知道，我心灵深处的那一抹暖，可能驱散前路的寒？

高远者是天，苍茫者是地。

心恙，深深几许？

归来兮，梦又遥遥。

（石悦，安徽省作协会员，有600余篇散文、杂文、文学评论分别见于《人民日报》《光明日报》《解放军报》《解放日报》《散文》《散文百家》《清明》《散文诗》等40余家报刊，获《人民日报》《光明日报》《经济日报》《安徽日报》等奖项20余次，出版有散文集《心灵的敞亮》《心光璀璨》《情满人生》《凡心素语》，长篇小说《纪委书记》。）

可否停留

王　娟

依然是雨

又到了“黄梅时节家家雨”的季节，看天气预报才知道，从明天起我们所在的江南地区开始入梅。

白天闷热了一天，傍晚的时候天色变得昏暗，乌云在空中盘旋良久，终于酝酿了一场酣畅淋漓的大雨。在淅沥的雨声中，思绪也渐渐纷飞迷离。

自从十岁时随母亲一同来到父亲所在的这座滨江小城，一转眼已经度过了三十多个梅雨季节。江南的雨声绵绵不绝，从少年飘落到中年，从满头青丝飘洒到鬓生华发，早已算不清这一生听过多少次雨声，又曾经几度在雨中徘徊或凝望，沉思或怅惘。

回想年少时光，感觉那时恍惚身处一个漫长无边的雨季，似乎总是有雨，在日里，在夜里，在醒际，在梦中。目光在雨雾中变得模糊不清，看不清前路的方向，一颗心也被雨浸湿，仿佛心间总有挥散不去的忧郁的阴云。读三毛的《雨季不再来》，看琼瑶的《烟雨濛濛》，多愁善感的我甚至曾经不止一次地怀疑自己永远也走不出心灵的雨季了。所幸后来随着年岁渐长，阅世渐深，心境渐趋开朗，慢慢地，我走出了青春的雨季。

一生中有过多少次刻骨铭心的雨？又有过多少次被突如其来的大雨淋湿身心的时刻？

青涩的年华里，曾经默默地目送他撑一把伞渐行渐远的背影，不知为何，心里隐隐作痛，有泪浸湿眼眶。而后的梦中，再次梦到和他一同撑伞，漫步在天地间无边无际的雨中，彼此沉默不语。再后来，他成了和我一生风雨同行的人，却再也没有梦见过雨中的他。

记忆中，姐姐出嫁那天也下着纷飞的雨。晚上回到空荡荡的房间，似乎空气中到处都有姐姐残留的气息，却四处看不到她的身影，伤感的泪水瞬间决堤而出，倾泻如雨。哗哗的雨声轰然作响，像分别之际的背景音乐，在耳畔回旋。

母亲那年年初病重住院，整个冬天似乎都被雨浸湿了，心情也一直湿漉漉的，仿佛从未被晾干过。也正是亲眼看到母亲挣扎在危险的边缘，差点与我们生死相隔，我和姐姐头一次深切地感知到，原来生老病死的课题已经离我们如此迫近，我们无法阻挡父母的衰老与疾病，就像无法阻挡生命中一场又一场飘摇的寒雨。好在最终那一场雨还是停了，那一年的寒冬也终究过去。

依然是雨，不变的是雨声，改变的是心境。年少多愁时喜欢蒋捷的词："悲欢离合总无情，一任阶前点滴到天明。"而今步入中年，经历了无数场生命中的冷雨，反而更爱苏轼的词句："回首向来萧瑟处，归去，也无风雨也无晴。"其实，淋湿我们内心的，从来不是外在的雨。

窗外的雨不知何时停歇了，想起海子的那句诗："雨是一生过错，雨是悲欢离合。"不知不觉中，长长的雨丝连起了我们一生悲欢离合的记忆。

依然是雨。

梦中的雪

自从少年时来到南方这座江城后，便很少遇见过大雪。回想起来，他年人雪的场景恍如梦中，这一场雪与上一场雪之间，似乎已经隔了漫长的距离。时光如雪，不断地堆积、掩埋着过往的回忆。

春节后上班的第一天，清晨醒来，简直不敢相信自己的眼睛：传说中的大雪终于来了！一夜之间，窗外竟然变成了一个白色的童话世界，屋顶、地面上都铺着厚厚的白雪。我忍不住在心中欢呼雀跃，仿佛回到了童年有雪的冬天。

上班的路上，雪花纷纷扬扬，路旁的香樟树上都挂满了积雪，摇身一变成了玉树琼枝，不断有雪团扑簌簌地落下，更有不少树枝被雪压断，落在地上。经过一棵香樟树时，刚好有几根树枝被雪折断，随着一阵巨响，轰然落下，让人惊叹，原来看似轻薄的雪花，聚拢起来却有着如此巨大的摧毁力。

记得儿时，每到冬天都会为一场场纷飞的大雪激动不已，迎接雪的到来像是欢庆一个盛大的节日。而今,在短暂的欢喜之后更多的是担忧,担心上班出行不便,担心老人路滑跌跤。不变的是雪,改变的是心情。“旧游无处不堪寻。无寻处,惟有少年心。”人到中年,再也没有了年少时无知无畏、单纯无忧的心境,每天面对柴米油盐、琐碎庸常的俗世生活,不知不觉平添了许多责任与忧虑,年少的雪成了一个遥远的梦中的童话。

年初也曾下过一次短暂的雪,当时刚好是午休时间,我正在小憩,雪来得倏忽,走得也轻盈,以至于我在睡梦中毫无知觉。醒来看到微信群里有人说下雪了,赶紧跑到窗前,却连一片雪花的身影都没看到。后来才知道,原来就在我的梦中,雪曾经悄无声息地来过,转瞬又无声无息地离去。梦中的雪,因为不曾见到,而变得虚无,仿佛从未发生,只是一场梦境。

还是最怀念童年时代在北方故乡经历的雪。常常是一夜醒来,整个世界都变得格外静谧,只有无边无际的白雪在视野里无限延伸,从院落到道路,从田野到河流,从城镇到村庄,到处都是皑皑白雪,天地之间一片洁白。最喜欢穿上笨重的雪鞋,踩在厚厚的雪地上,发出咯吱咯吱的响声,在白茫茫的大地上留下一串串深深浅浅的脚印。下雪天就是孩子们的狂欢日,堆雪人,打雪仗,滑雪橇,吃冰凌。家家户户的屋檐下都挂着长长的冰凌,轻轻敲下,放在手上一会就融化了,含在嘴里凉丝丝的,带着一缕微微的甘甜,那是雪的味道,也是童年与故乡的味道。

中年看雪,仍然会在内心深处涌起小小的悸动与欢喜,但再不会像儿时那样手舞足蹈,欣喜若狂,而是默默地远观、静静地凝望。大雪初降的当日,午后登上新院区顶楼的平台,眺望远处的龙山覆盖着银白的雪,静默苍凉,近处流淌的弯弯的小河也披上了银装,像极了一幅水墨氤氲的山水画。想起桐城派大家姚鼐的名篇《登泰山记》中的佳句“苍山负雪,明烛天南”,此情此景,可当得此句。

看到女友拍摄的雪中红梅,粉色的梅花花瓣上凝结着晶莹剔透的冰雪,映衬着远处被白雪覆盖的小桥与安静的湖水,美得让人暗暗叹息,美的东西常常惹人流连,也令人伤怀,因为美如惊鸿一瞥,终究会消逝,如同冰雪;曾经美好的时光也终将消逝,如消融的冰雪,“人生到处知何似,应似飞鸿踏雪泥。”青春年少时最爱默念蒋捷的那首《梅花引·荆溪阻雪》:“旧游旧游今在否?花外楼,柳下舟。梦也梦也,梦不到,寒水空流。漠漠黄云,湿透木棉裘。都道无人愁似我,今夜雪,有梅花,似我愁。”其实那时更多的是“为赋新词强说愁”。如今,那些曾踏雪寻梅的日子,曾携手同游的旧友,都渐渐消散在时光纷飞的雪中,才真正懂得忧愁的滋味,却早已欲说还休。

雪，依然在下，在童年的记忆里，在往昔与此际的交织中，在光阴的深处，在美而惆怅的梦境，纷纷扬扬，从未停歇。

可否停留

冬至之后，天气一直晴好，暮归的时候经常会邂逅美丽的晚霞。每次遇见，我这个霞痴都会情不自禁在心底欢呼雀跃，痴痴凝望，久久流连，举起手机狂拍一通。有时还会把车停在路边，就为了抓拍转瞬即逝的彩云。

常常在黄昏时，如痴如醉地注目，看玫瑰色的晚霞静静燃烧，照亮了远处的群山与近处的原野，看绚烂的霞光将天空装扮成了一座金碧辉煌的宫殿，看余晖铺洒在水面上，闪烁着碎金般的光芒。在天地的大美面前，除了暗暗赞叹，只觉词穷。那一刻，总会默念起安妮宝贝在《春宴》里写的那句话："这里如此之美，可否停留？"

有朋友不理解，我为什么总是喜欢追逐落日与晚霞的身影，难道每天的黄昏不是雷同的吗？就像我先生也曾经问过，今年的花和去年的花难道不是一样的吗？可在我眼中，今天的夕阳不会是昨天的那一轮，今年的花也绝不是去年的那一朵。美，从不重复，常看常新，每一次遇见，都会给你带来新的悸动。

不记得多少次了，一个人在湖边江畔一路追赶日暮的斜阳与满天的晚霞，或在明媚的阳光下，抬头看如洗的蓝天与变幻的白云，甚至还曾在夏日的骄阳下，顶着烈日，举起手机，只为拍下那些梦幻般的云朵。也许在路人看来，这样的行为有些痴傻，可他们不知道，美，是那样动人，又是那样短暂，可遇而不可求，永远值得我们为之停留。

美，常常是惊鸿一瞥，稍纵即逝，但只要那一瞥，便足以让人怦然心动，终生难忘。美，从不会白白来过，就在我们凝望或定格的瞬间，美烙印在心间，刹那凝固成永恒。就像我年少时痴迷于烟火的绚烂，但烟火散尽之后，内心是无尽的惆怅，可这并不妨碍我一如既往地喜欢。看花亦然，年年春天，我都不知疲倦地追赶一场又一场盛大而匆促的花事，虽然知道再美的花终将凋零，可我执着地相信，只要我用心看过了，记取了，它就不会真的消逝，而是长久地刻印在心底。便如王阳明先生所言，你未看此花时，此花与汝同归于寂；你来看此花时，则此花颜色一时明白起来。

总觉得对美的感知与领悟也是一门人生的必修课。记得女儿升初三的暑假，别的孩子都在忙着补课，我却狠狠心，应好友之邀，带女儿去欧洲旅行。直到现在，回忆起那场远行，女儿都觉得特别美好与值得。我也始终相信，即便一切美景终成过往烟云，但它会在心间投影,给予你无形的精神滋养。所有看到与感知的美,都会提升你的胸襟,净化你的心灵。

一直以来,我都喜欢用手机随拍记录身边每一个美的瞬间,女儿耳濡目染,也对大自然的美格外敏感。刚上大学的她,会用手机拍下初冬第一场雪后寂静的校园,蓝天与树木相映衬的画面,教室窗前远山与天空的剪影。

有位女友也和我一样痴迷于美的事物,一个初冬的午后,她下班开车的路上,看见满地的黄叶随风纷飞,大地像铺了一层金色的毯子,赶紧停车抓拍。那种感觉于我心有戚戚焉,因为我常常也在深秋或初冬时分,在路上开车时,看见漫天的黄叶飞旋,如彩蝶翩翩起舞,恨不能停车拍下这美的瞬间。

木心的诗《从前慢》像一幅徐徐打开的画卷,令人向往:"从前的日色变得慢/车,马,邮件都慢。"古人比我们更从容、悠闲,也更浪漫、诗意,所以杜牧会在秋天里写下那样的诗句:"停车坐爱枫林晚,霜叶红于二月花。"想象一下,那是一幅多么美好的画面:缓缓地停下马车,只因为被傍晚枫林的美所吸引,静静地驻足停留,只为了看那枝头被霜染红的枫叶如花般绚烂。

那些迷失本心的现代人,一味追逐现实利益,对名利与物欲格外关注,对身边的美却视而不见,在他们看来,美只是无用的虚设而已。殊不知,美,看似无用,但人生正是因为有种种看似无用的美作点缀,才更有悠长的滋味。当你在一朵花开中感受到心灵的战栗,在一轮日落中领悟到静穆与庄严,那一瞬,美,难道不是一种对灵魂的洗礼?

在这个喧嚣而忙碌的世界,我们常常在不自知间辗转与奔忙,脚步太过匆促,心绪太过纷繁,也因此错过了很多就在身边俯首可拾的美。想一想,有多久没看过浩瀚的星空了,有多久没目送过一轮浑圆的落日缓缓坠落地平线?也许身在车水马龙的现代都市,我们也应该学一学古人,让自己的心静下来,让脚步慢下来,为一朵花、一片云、一抹晚霞稍作停留。

在世间一切美好的事物面前,愿我们都能怀着一颗虔诚而敬畏的心,轻轻地在心底问一句:"这里如此之美,可否停留?"答案是那样肯定:美,永远不可辜负,永远值得停留。

冬日清寒

进入冬月没几日,气温便陡然骤降。前晚隔窗听见呼啸的北风中雪籽敲窗的声音,第二天清晨起床，便见停在小区里的汽车车身上都覆盖着一层薄雪，空气中有一种凛冽的清寒。

以往最惧怕冬日的严寒，总觉得一到冬天，万物肃杀，天地萧瑟，心中亦有无限的荒凉，更何况还要穿厚重的棉服，缩手缩脚，笨重不堪，所以内心总是对冬天充满抗拒，宁愿顶着夏日的骄阳穿行，也不愿在冬日的寒风中瑟瑟发抖。

今年的冬天来得格外早，还未到冬至，气温却已降至零下。清晨出门雪籽纷纷扬扬，落在车窗上融化成水，宛如冷雨敲窗。午后，雪势越发绵密起来，硕大的雪花纷纷扬扬。这样的冬日，真的是天地一片清寒，可我心中却不觉得寒冷，也许是境随心转。女儿今年越过高考的独木桥，跨入大学的门槛；父母虽然年事已高，但至少身体状况还算平稳；而人到中年的我，心态也越发从容平静。

寒与暖总是相互映照，相伴而生。正因为置身于冬日的清寒，才格外珍惜与感念身边的温暖。一室灯火的明亮宁馨，一杯奶茶的甜美醇香，一位好友的暖心问候，一句女儿来自远方的消息，都足以让我觉得心中温暖如春。寒冷的冬夜，坐在客厅沙发上，室内开着空调，小猫乖巧地依偎在我和先生身旁，在手机上和好友聊着天，或翻看着女儿的消息，那一刻忘记了屋外的严寒，仿佛置身于暖融融的春天。

女儿在遥远的北方求学，那里的雪落得更早。第一场雪降临的黄昏，收到女儿发来的她拍的校园雪景。纷飞的大雪将宁静的校园装扮成一个白色的世界，雪中，一方小亭子间玻璃上贴着的“热饮”字样格外让人暖心，女儿在雪地里写下的“天天开心”几个字更是让我这个老母亲多了一份安心。看她在雪中的自拍，路灯的光打在她头顶，黑色的羽绒服上洒落着洁白的雪花，她的神情洒脱而自信。北国的清寒虽然冷峻，但只要女儿的心是敞亮的，心中有光，相信她就不会畏惧寒冷。

冬天来临，万物皆变得清简。行车时，常常一路上黄叶盘旋飞舞，引得我总想停车驻足。新居小区路边的几棵树形容枯瘦，树干删繁就简，光秃秃的树枝上高挂着一个孤单的鸟窝，天空和云都是铅灰色的。某个冬日清晨，一场雨后，云雾氤氲，远山如黛。深黄的叶、苍青的天、迷蒙的云，冬天是一幅苍凉萧瑟的写意。

冬天的清寒亦恰似中年的心境。步入中年之后，一切都在做减法，从追逐外在的繁华到追寻内在的清净，从流连喧嚣的世界到倾听内心的声音。不再曲意迎合别人，刻意改变自己，剔除诸多无谓社交，人生只需三两知己，看破浮名虚利，但求自在欢喜。知道人生越发短暂，读想读的书，做喜欢的事，珍视真心的朋友，成为真正的自己。如此说来，中年也是一幅山寒水瘦、风烟俱净的清寒图。

雪仍在寂寂地落着，那些雪地下深埋在泥土中的小草，那些池塘里孤零屹立的枯荷，都在雪中沉默着，酣睡着，在清寒的冬日里，等待另一个春天的来临。

（王娟，安徽省作协会员，安徽省散文随笔学会会员，安徽省文艺评论家协会会员，安庆市文艺评论家协会秘书长。在《散文百家》《光明日报》等多家报刊发表散文数百篇，出版散文集《细流集》。）

风里有只聆听的耳朵

王利雪

我一直不知道他的名字，也不知道他来自哪里，又会去何处。也许，在这样一条人来人往、声色喧嚣的路上，对于行色匆匆的我来说，他只是一个无关紧要的问号。

但无数个晴好的上午，或是阴云密布的黄昏，他一直谜一样地站着，坐着。或发呆，或沉思，更多的时候是对着他手中的话筒低声地唱。

那儿是这个小城最繁华的一条街道，尤其是附近就是这个城市最好的少儿才艺培训中心，门挨门的多家琴行，从几百元的电子琴到十几万的钢琴，从几百元的吉他、二胡、尤克里里到上万元的古筝，样式俱全。每天，这些琴行里都会浮动着悠扬、动听的旋律。他就在这个城市音乐最为密集的空间一角唱歌。一个高约四十厘米的黑色音响放在一个用自行车的两个轮子改成的推车上，推车上还有一个小音响，插着优盘，那里面有他的秘密武器——他熟悉的音乐伴奏，可以修饰、美化他的歌声，也可以唤醒他对一些歌词的记忆。

一次文友聚会，话题偶然转向他，一个朋友说他唱的歌不是一般的难听，嗓音沙哑，而且常常跑调。

一个乞讨者，一个常常低着头唱歌的卖唱歌手。让我诧异的是他的听觉，超乎寻常的敏锐，总是能在嘈杂的繁多的交错的声音海洋中，极其准确地捕捉到那清脆的投币声，他会迅速转换思维——谢谢，谢谢！

我一直以为他是觉得自己其貌不扬才常常低着头，觉得自己的职业不光彩才常常闭目发呆，直到有一天我才发觉我一直是错的。

他确实其貌不扬，大多时候歌曲的旋律被他唱得七扭八歪。一首歌结束的时候，我终于开始了与他的一次对话。

这个熟悉的陌生人，我想知道他来自哪里，为什么总在这个路口唱歌。

他伸出手，摸向音箱，拧小了音量，开始回答。只是一句，只是当他说完他就住在附近的闸河路时，我猛地吃了一惊，像有什么尖锐的利物倏地穿空而来刺中了我。坐在我面前的他，抬起了头——他的左眼微眯，右眼却努力地向上翻，深深的双眼皮努力向上拧，有一层厚厚的白膜严严实实地覆盖住原本黑白分明的眼球，白膜上交杂错乱着一些细小的血丝。

我的心被一条绳子拴着从悬崖边向下扔，速度快之又快，前所未有。他每说一句话，眼睛便会不由自主地上翻，那层厚厚的白膜便像一个球一样鼓起来。一时之间我难以坦然面对他的双眼，或者面对他的那张脸。每一次的目视，都让我有近乎想逃离的冲动。

那一刻我又庆幸他看不到我有点"狰狞"的表情。他自顾自说着，不是我以为的住着自家的小院，或是那种狭小的老房子，他住在离唱歌地点不远的一个旅馆里，住宿费一天十元，每天收入的二十多块钱，除去住宿，正好用来吃饭。我很冲动地问他都是怎么吃饭，他咧了咧嘴——买着吃。

就在这时，我才发现他的牙齿特别整齐，像刚剥开皮的糯玉米，整齐白净，只不过比玉米粒细而瘦长一些。他每句话都带着笑意，有着流水的轻快与自然，也许是一种习惯的职业态度，也许是天性的乐观。

父母都已不在世，没有兄弟姐妹，如今就靠卖唱过活。

如果他的每句话都没有虚假，那在冥冥之中为他安排好的命运与人生是何等的不公道。这一场人世，一场场寒霜一次次冰雹不管不顾地去赶赴他的生命场，从不过问他的感受。这一世，我们可以不优秀，不成功，可以从来都不是那聚光灯下被人瞩目的一个，可以没有掌声与喝彩，只要我们有健康的生命，只要我们被人爱着。

谁在替他看着这世间的色彩与光明，他在被谁爱着？

我仍想知道他到底来自哪里，不是那个他暂时栖身的旅馆。"萧县孙圩子"，他很轻松地揭开谜底。萧县离小城一百余里，孙圩子是一个村庄的名字，就像我走过的许多村庄一样，安卧在这皖北平原的深处。

我这才看见他身后的一支木棍，光滑圆溜。横穿马路，沿着专用的盲道，红灯、绿灯，红灯、绿灯，他在行走与等待中交错，他在芜杂纷乱的声音中辨别着安静。那个小旅馆有多远？他一个人拉着小车，拄着棍在黑暗中摸索，每一趟如果以步计数，该是多少步？音箱怎么充电？他怎么买饭，吃饭？

仍然有很多谜。他的手掌、双肘、小腿肚处有着多处大小不一的伤痕。那些伤痕怎么来的？有撞的，有摔的，也有烫的，他轻描淡写地告诉我。黑暗世界里，他不是小说中所描写的超级英雄，只是一个常常碰壁的人，伤得多了，会慢慢变得聪明。

我曾有过盲道摸索行走的体验，那是因好奇而起，可是每一次的体验难以超过半分钟，我便在巨大的难以逃脱的恐慌中急急睁开眼睛。没有一丝光的黑暗让我不安，让我无法忍受。

你在这儿有半年多了吧？听到我的问话，他那一口牙齿竟然在阳光下泛着白光：一年多了。

时间的行走如此之迅速，让我心惊。季节的轮回，磨钝了我的知觉与思维，甚至麻木了我的痛苦，原来他的歌声不知不觉已在这条路上飘了一年多。

我忘记了时间，他却记着。

再走近，他胸前的挂牌是一个残疾人证，上面除了统一的印刷字之外，贴着一张他身穿绿色 T 恤的照片，照片下面有手写的四个字：徐敬龙 男。

我终于知道了他的名字，知道了他来自哪里。他来自的那个村子，安葬着他的父母。除此之外，一个他完全看不到的世界，看不到的村庄，看不到的家，与他现在所寄居的旅馆，有着怎样根本不同的意义？

他是一个人拄着棍在黑暗中漂泊到小城的。

他说，我得活着。

这四个字具有石头一样的质地与真实，是一个人与生俱有的资格。这路上行色匆匆的人，哪一个不是为了活着？

他的身旁，几米之外，有一个年已七十的老人，小小的推车上摆着手工的婴儿毛线鞋及虎头鞋，手工的鞋垫。她静坐着不发一言，紫红色的帽子、灰色的口罩间露出浑浊而安然的眼睛，我想徐敬龙的歌声会无一遗漏地从她的耳旁飘过。

我离开了，沿着盲道的指向前行。盲道的两边有几个看相的男人女人，扭着头、拉长着脖子用目光追逐着我的身影，也追逐着每一个从他们面前走过的人，不知道这些有未卜先知“神力”的人能不能预知徐敬龙以后的命运？

我离开了那条街，转向另一条。市声喧嚣，一波一波的汽笛声、叫卖声穿过空气压向我的耳朵。就在这众声喧哗里,我又听到了徐敬龙的歌声:“遇到困难莫忧伤,风里雨里莫言苦啊,再苦再累自己扛,啊——人生就要立大志,哦——艰苦创业记心上……”

风在疾速地飞驰,带着他的歌声,从一个地方到另一个地方,飞向那些行色匆匆的行人的耳朵。不管有意或无意,有那么一些瞬间,你总会像我一样听懂他那沙哑的声音在唱些什么。就像此时,我听他唱——“离开家乡爹和娘,背起行李走远方”,我仿佛和他一起想起了那远在另一个城市,曾经不是彻彻底底孤独的时光,想起了依靠一根木棍摸索前行的无尽头的路……

我突然觉得那些歌词就像是为他写的。

听着听着,那歌声仿佛变成撕裂般的吼叫:“爹——娘——我还活着,我会好好活着——”

或许这是他真正想唱的。也许他一直努力地在歌声里构建一个属于自己的世界,有色彩,有欢笑,有他日夜思念的人。

我诧异这样一条繁华的街道,城管部门竟会容许徐敬龙留存一年之久,这个城市貌似冷漠的行人、住户、商家,一直包容着他并不动人的声音在打扰,一直在给予他并不慷慨的活命钱……

一片梧桐叶从粗壮的树枝间飘落着地,似乎发出沙的一声,我的耳朵在一刹那捕捉到这细微的声音。那些努力活着的生命,都在这庞大的空间世界里努力地发声。我知道,风里永远有一只聆听的耳朵。

(王利雪,80后,工作于濉溪。2018年安徽省中青年作家研修班学员,安徽省作协会员,有诗歌、散文散见于《清明》《散文百家》《山东文学》《诗歌月刊》《阳光》《散文诗》《散文选刊〈原创版〉》《西部散文选刊》等报刊。)

退上阳台

吴　忌

近期,我打算再往后退一退,秋天的日子有些挤。

我后面应该还有一些空间,包括白天看得见的近处以及晚上看不见却更加阔大的远方。具体而言,往后退一退,我就下班了;再往后退一退,我就回家了;在家里也可以再退一退的,退却的路线往往是绕过挂在墙上的那只六十五英寸的电视机,绕过电视里日军扫荡的疯狂和八路军英勇的抵抗,再绕过那个年龄与我相仿的我家里唯一执着的女观众,也就是我老婆,我就可以从一楼的客厅退到三楼的阳台上。

撤退是一种战术,更是一种战略。

尽管这不是一个有吸引力的故事,只是平平淡淡,有可能莫名其妙,但真真切切就是我自己的故事。当我退却之后,我就会有战略上的从容,可以不慌不忙地让自己的故事慢慢发生、起伏、转折,最终出其不意地收场。

阳台上更多晚饭之后渐渐加深的时光的暗黑。

因为渐渐夜深,因为晚秋的星斗热热闹闹向我眨眼,仿佛细语轻言,是不是在推心置腹地询问,你又来了?

啊,我又来了。

可来了又怎样?我又上不了天。在大地上,我不能与漫天星斗为伍同列,只能翘首赞叹，多么美妙的景致啊。

这也是我愿意退一退，退上自家阳台的理由。

当一个人悄然退进秋夜，在自家阳台仰观宇宙之大，有时候一个人慢慢走到栏杆的边上，向前进十步，再往后退十步，如此三番五次，深深呼吸那围栏之外，那垂直了十米的夜色的深渊……

以及自己头顶上那无尽的遥远……

这周围，就是我的周围，可是一点儿声音都没有的。

稍等，然后呢，就有了神秘的恐惧，漫天星斗忽然就张牙舞爪一齐向我伸出手来——呵呵，自家的阳台也是不能待太久的，有危险的。

那就再一次后退，面对夜色后退。

我赶紧一个人摸着墙，退回二楼的卧室。

那是我一个人的卧室。

是的，是我一个人的卧室。而“我老婆”——说得文雅一点就是“我太太”，但我一定不可以叫她“我夫人”，不是我没那么高雅，而是我没有叫她夫人的资格——她的卧室，在更宽阔的隔壁，我们隔着河汉一样的鼾声。稍作等待，就会有渐渐模糊的睡眠。

可我并不愿意开灯。

有时灯光就是夜晚的敌人，也是漫天星斗的敌人。当然，我打算睡觉的时候也非常清醒，仍然可以从朝南的窗子仰望倾斜的星空，依旧踏上梦想的旅程……

我之所以可以上到三楼的阳台，因为我家有个三楼阳台。

其实高度不止三楼，往下数，还有负一楼呢，那是我的南客房与北车库。

不过我现在还没有汽车。我大部分同事都有汽车了，他们上下班“嘀嘀嘀”按着喇叭催门卫开门，感觉相当不错。可我现在，天天忙得连驾照都没有考。很是惭愧。

但我有车库，整个负一层都是我的车库。不过现在，车库被一对陌生男女占用着，他们是我的房客，我老婆按月向他们讨要租金。

车库里这对男女，是一个同事介绍来的他亲戚的生意伙伴。他们整天忙活，往往半夜匆忙回来，风风火火洗涮，干这干那……

只是这样一来，我的自行车就只好停在前院的楼梯口了，每次去骑车，那坐凳上不是灰尘就是雨滴。嗨嗨，这我就有些不开心了。

我希望把我的自行车放到我的车库里，即使那只是一辆自行车。

我对我老婆说，当初我们为什么要把这车库改造成单身公寓呢？

我老婆说，还不是没机会发财，想多少来点零钱补贴家用？你当真以为自己是个阔佬，很有钱哪？再说，你那破自行车还真想放在车库里？笑话，丢在路边都没人捡。

说到这里，我老婆自己就先笑起来。

我老婆是个难得一笑的人。除非她下班之后看电视，看见罪恶的日军被英勇的八路打得稀里哗啦，被炸得飞上了树梢，飞上了天空，那倒下或者死去的姿势非常夸张……

可这次我提问的是个严肃的话题，不知道她是在嘲笑我，还是在自嘲。

大概我老婆最乐意的事情，就是寻找一些生活里的小事打击我。当然，我们也只有那些生活里的小事。

我家三楼的阳台主要是我的。就像这夜深之后漫天深秋的星斗也是我的一样。

我朝着这些星星眨眼，她们也就眨着眼睛回应我。星星的脸色还跟许多年前一样一闪一闪地嫩，有种摸不着的光滑与柔软。

这让我想起童年，想起一闪一闪的青春和爱情。

但白天，阳台则不完全属于我，白天我是要出门上班的，那退无可退。我不可能整日在阳台上让阳光晒出虚黑的影子。

我家阳台上一直有虚黑的影子，是我老婆洗晒的衣物——她总是要无穷无尽地洗晒各种各样的衣物。因为这些衣物，即使周末居家，白天我也很少上阳台。可我老婆一到周末就拼命洗晒各种衣物，风中，阳光里，无不飘着斑驳的周末的旗彩。

这是她的习惯，她有洗晒的权利。因此，我不得不退出白天的阳台，也就理所当然。

可我并不喜欢这些滴着水的杂乱，尤其那些衣物往往被反着暴晒，斑驳的颜色和凌乱的姿态仿佛某些被彻底暴露的个人秘密，格外地没有了尊严。

我问过我老婆，你为什么要把这些衣物反着晒呢？她说，哦嗬，你光棍时自己洗晒衣物难道不这么晒？想想，也是啊。大概这是被我娘言传身教的。可我现在忘了，我这也是忘了我过世的娘啊，似乎有些不孝。但我已经不认可这样洗晒的杂乱很久了。

凡我质疑，我老婆就回撑，才懒得理你呢，少管闲事，下楼去，分行你的诗歌吧。

这是嘲讽，她所看见的我的写字台上的诗歌确实比她暴晒的衣物整齐。但我现在已经不写诗了。我过去一直纠结于新诗不能找到格律化的形式，纠结于诗歌结构表现不了音乐的旋律。

我忽然想，是不是因为过去写诗，现在就喜欢上阳台呢？

或许是吧，看看大唐的李白，“危楼高百尺，手可摘星辰。不敢高声语，恐惊天上人”，那高楼之上也是有阳台的吧。还有，太白先生遗留的墨宝，就是《上阳台》。但现在，我不喜欢晒满衣物的上阳台。

我当然知道洗晒衣物的好处。刚刚洗晒过的衣物穿在身上，有浓浓厚厚的阳光味道。这个味道，在我的童年里就好闻极了。后来我在一本书里读到，那好闻的阳光味道其实并不是阳光的味道，阳光不是这个味道的，我们所嗅到的，那是被阳光杀死的螨虫的味道。

我跟我老婆如斯说。

她又撑我，你为什么跟我说这些，我学医的，不知道？要你说，故意拿螨虫的滋味恶心人是吧。亏你还写诗。

经她这么一说，她好像并不是恶心那些被阳光晒死的螨虫。因为她接着说了，炫耀你有常识是吧。

但我不能怪她，她只是一个热爱阳光的妇人，洗晒衣物也只需阳光的干燥。我说，难道你讨厌阳光下的真相？真相当真这么可怕？

她继续撑我，一个诗人，居然津津乐道于常识，不是笑话吗？

她继续说，喊，这么迷信真相啊。我们面对灿烂的阳光，我们还要架个屋顶遮挡一把呢。迂腐吧。

也是的，我似乎经常将一些所谓的真相告诉她，她都不甚喜欢。包括她每天必看的抗日“神剧”，我说你不知道那些编剧朋友是怎么一边喝着浓茶一边胡侃这些故事的。她就说，你为什么总要破坏别人的美感，还是迂腐。

某天，我老婆严厉地对我说，不要总一副高深莫测无所不知的样子。其实，这才是你虚假的真相。

所以，但凡我老婆出现在三楼的阳台上，我就不去那里了，要么躲进书房，要么到楼下去翻看花盆里的泥土。

我惧怕她揭露我真相的虚假。

在楼下，那些蚯蚓好像都很怕我。每每看见这些，我立刻就有了某种胜利者的喜悦。这是我在办公室里从来不曾有过的快感。

而每当夜深，我老婆都会在客厅里看一阵子电视，很有规律。有时我也象征性地陪她一会儿,顺便翻看一些刚刚收到的杂志,或者拿把水果刀精致地切一只水果。而我对许多电视节目并不感兴趣,那些曾经也是被我喜欢过的,不过现在,我似乎正在喜新厌旧。

但这些被编撰的故事,在我的经验里几乎无一例外没有了新意。

没有新意就是平庸,对一个喜欢思考的人来说,平庸的日子一定要生出一丁点儿痛苦来。否则就堕落了。

这时,我就一个人爬上三楼的阳台做一番思考,或者仅仅做一番思考的样子。

我以为,有一番思考的样子也是好的。因为抬起头,漫天星斗朝我微笑,心里舒坦极了。只是,我始终没有看见星星的痛点,人生或许并不深刻。

其实我在三楼的阳台看星星,我是看不清楚的,因为我是个近视眼。

我似乎一直认同自己有理由可以不看清楚这个世界,包括星星。而从小到大,不,从小到老——虽然我还没有资格领到免费坐公交车的老年证,但早就颇有老相了,颇不宜于浪漫地看星星。

是的,我从来都没有看清楚夜晚的天空,那天空,到底是怎样的天空呢?

因为我小时候眼神就不好,可能是父亲不许我四处玩,老逼我待在家里看书,尤其是在那被夜色围剿着的豆油灯下,落下的这毛病吧。而今,父亲早不在了,我没有理由再埋怨我的父亲了。

但我确实从小就喜欢看星星。当漫天亮晶晶的星星一个个眨着调皮的眼,我就会牵挂那些遥远的人事,许多故事就会有一个神奇的开端。

比如小时候我经常一个人坐在家门口的稻场上,我孤独的人生之旅就是从看星星开始的。因为家里就我一个孩子,而星星们总是遥远地簇拥着,多么热闹啊。

但现在我还是个孩子吗?我老婆时常半夜里追上楼顶来数落我:“你怎么跟个孩子似的一待大半夜的?这么大年纪,还是看星星的年纪?当真这就是浪漫?”她这么嘲弄我。

她一旦追上阳台,我就知道她又要将我赶进书房里去。但这会儿提及书房,只会唤起我对书房的反感。

不过,我为什么要一个人守着楼顶,守着天空,而不守着我老婆呢?这是不是我人生的欠缺?她是不是希望我陪她看那些电视剧?

或许是,或许不是。记得有时候我也守着那些六十五英寸的故事,在旁边跟她说话,她总有一搭无一搭,完全沉浸在此起彼伏的抗日的枪声里。

当我明确地告诉她,你看的那些电视剧一点意思都没有,太简单了,演日本鬼子的就那几个人,我都看腻了。

她就会说,去,去,去。

我知道,我吵着她看抗日剧的时候,我就可以大摇大摆地上阳台了。我一边走一边说,古时候那些读书人,也是这么夜观天象的……

她说,你就别诸葛亮了,去,去,去。

我有时想,看什么电视,那简直就是一台洗脑器,我们一个个会被娱乐至死的。还不如听听负一楼那两个房客的鼾声。

不,是那个长相很有些老成的男人的鼾声。

他似乎总是那么干里干脆的,坦坦荡荡地就睡着了。

其实他们每天回来很晚,好像在很远的工地上班,一回来就忙着,节奏之快令人惊讶。我隔着楼梯口隔断的铁门听得清清理抽油烟机,听得清洗刷碗筷,听得清急切的水流,听得清他们彼喊此叫,指责或者歌唱,行走或者哼哼什么的。

这些声音都会透过隔断的门缝或者楼外的窗子飘到我的生存空间里。有时女房客还用河南方言陡然地唱一曲,但不是我所熟悉的常香玉,有时是眼下时髦的流行曲调,不过她没一次唱完整过,只有间歇的快乐。

是的,唱一首歌曲需要完整吗?快乐,需要完整吗?

他们不睡觉的时候,好像始终都在窸窸窣窣地生活。不过,往往隔一会儿就会有老成的男人的鼾声。那鼾声实在是大。我忽然想,这是一个现实问题,也是一个哲学问题,任何声音都是不能被隔住的。

我就后悔把好端端的车库改成单身公寓,把只属于自己的房子租给别人,我就被逼得只好退到三楼的阳台。这干扰,有些多。

当我再次撤退,退到离负一楼远一些的楼顶,漫天的星斗往往会变得有些古里古怪。是不是这些星星也被强制着听见了彻夜的鼾声呢?

可能吧,他们故意压抑的窸窸窣窣,是不是也干扰了夜空的纯情和安宁呢?

这感觉,我在阳台上,最近几日,似乎有些不大对,当坐到后半夜,往往不免毛骨悚然起来。不知道我如此各种各样的念头,是不是也会对我的房客产生意念的干扰。每当我退回夜深人静里,一个人孤零零站在楼顶仰望那些星斗,星星们也会有被人偷窥的感觉吗？

尊重他者是必须拥有的修养，有时我们是否应该回避一下呢。免得星星们，那眼睛一眨一眨的，满满都是怀疑。

想想，后退其实也就是某种回避。回避也是一种美德。上到三楼，漫天的星斗窸窸窣窣，他们这也是夜半的暧昧吗？

一定还有我不知道的事情，天空，尤其是半夜的天空肯定有许多我不知道的秘密。

我也有自己的秘密，我哪敢都告诉别人啊。

那天，我扶着阳台上不锈钢的栏杆，手心里忽然汗如泉涌，顿时颇觉世事微茫不可言说……

我先是怔怔地仰望那漫天的星斗，高远处都是蔚蓝、深黑，仿佛无边的深不可测的江湖大海，而星星们都潜泳于梦一般深邃的波涛里。我可不敢想象那些不着边际的事情，一个人可以演绎的故事总是很少……

忽然，我觉得脖子有些酸胀了，就低下头，看自家楼下，那里有我手植的木芙蓉正在夜色里灿烂地安静，旁边的桂花也无言而馥郁，夜风掠过，树叶无有婆娑的言辞，一切都安安静静。

从某个高处往下跳，是我童年持之以恒的游戏。

我的童年里常有一道牛背高的土坎或者池塘坝。我要从土坎之上跳下土坎，自会扬起一阵灰；从池塘坝上跳下去，则有扑通一声响，水花里会有同伴的笑声。

要不，当我们从某棵果树上直接跳下来的时候，身后则有某位大人的呵斥之声。

我健忘这种跳跃已经很多年了。而今只会下班。下班就是退却。

大概是日日有所思吧，上午，我一个人在办公室发呆，偶尔读到一条短信新闻，说是有个小伙子莫名其妙就想跳楼。

他是忽然就有了想跳楼的意念的。忽然，就立即行动起来；忽然，就已经站到了出租屋的窗外阳台；紧接着，将跳未跳，他就这样悬着，大半天地悬着……

忽然，一切该来围观的人就都来围观了，那些同楼的居住者，以及路过的看客……

我们这个世界就是这样，不经意的日子平平淡淡，正常但不够刺激。不刺激就是没有意味。忽然有人就不愿意这样平平淡淡了，忽然就幻想作死一番。而因此大家又都来拯救他。

但这个忽然想跳楼的小伙子既不往下跳，也没有爬回窗子里去，他将自己悬在半空。他只做一个想跳楼的姿态……

人生各有艰难,但人生也不是没有留恋。这个迟疑的人,在留恋什么呢?

一个人如果有了明确的留恋,就一定会向生而不是向死。选择死亡虽在一念之间,但也是需要勇气的。我预感到这个小伙子一切尚在迷途,他一定有什么事情没有弄清楚,正在思考。正如我写作,也是有一些没弄清楚的事情需要借这书面的言语做出逻辑严密的推演。

正如现在,我只是在遥远的现场之外,也可能更是在时间之后。而他那里只有窗外,他似乎并没有阳台。那他一定是上不到他头顶上那星光灿烂的开阔的空间里的。

我继续阅读,故事的转机在于楼下围观的人堆里忽然出现了另一个人,也是一个小伙子,他迅速拨开人群站到了最前面,问大家,怎么回事?怎么回事?

终于有人说话了。

终于有人对着一个想跳楼的人说话。

终于,说话的人猜测出了那个在窗外阳台上挂着的人的内心世界。

居然弄清楚了,围观的说话者就说,你们让开,你们让开。

他对着阳台外边那个想跳楼的人发了一声喊,干什么呀,你。快下来,我买了螃蟹,下来喝酒。

这下可把整个场子上的人都震撼了。这什么话?人家寻死觅活的,吃什么螃蟹?

可是,奇怪了,那个悬在楼外欲死不能的人就真的自己爬进屋子里去了。他说,我晾衣服的时候,手机掉落,卡在这空调背后了。

他问,你们,那一堆人,看什么?

有人就议论:"原来只是一个吃货啊"。

我也嘘嘘,这个看似迷途的青年终于走出了他的困顿,他的人生终于有了明确的目标了,那目标就是与朋友一起蒸了煮了一堆螃蟹,喝一场酒。

这也是这个世界难得的温暖。

我这样想着,不意一笑,夜色里声音就出来了,也划破了星星们彼此的边际。一抬头,漫天的星斗躁动,都笑得格外粲然。

忽觉后背被什么东西轻轻碰触了一下,不觉一惊,这要是有人推我一把,我就真的直接下楼去了哦。猛一回头,居然是我老婆悄无声息地站在我身后。

黑暗里,我看她怒目圆睁:"深更半夜的,你一个人趴在这里发什么神经。"

我说:“看星星啊。你也来看看吧?这些星斗都是我的呢。”

我老婆说,做个正常人好不好啊。赶紧回屋睡觉去,要不着凉了。

嗨,真是的,这后半夜,她自己看电视不好吗?自己不知道睡觉吗?跑到楼顶寻我干什么?

星光之下,我有些索然。

但我也就乖乖跟着她下楼去了,并且我跟她进了她的卧室。我还在想,我是不是一个吃货呢?这好几天都没人喊我喝酒了,不知道明天有没有。

我老婆说,还想什么。

我说,我不想什么。

(吴忌,男,宿松人,1963 年生,特级教师。著有散文集《雨的缝隙》《凝视一切》《以痛止痒》《稀薄的秋凉》《被收缴的语文——一位语文特级教师的工作札记》等。2002 年、2018 年两次获得安徽省政府文学奖。)

瞬间感觉(外三篇)

林 闽

1984年1月3日,作为日子,这个无数日子中的一天,跟它的昨天、今天,乃至十年后的昨天、今天,没有任何区别,也无任何特殊之处。然而,十九年前的这一天,这一天的黄昏以及黄昏之后接下来的某一刻,对于我以及我们,却犹如巨石横亘眼前,具有了某种不可穿越的能量。

有关那天的记忆或印象,仿佛灰尘一样细微,飘洒在薄而透明的空气里,若有若无,又仿佛碎片一样零散,在无边而低垂的天幕之下,摇晃、隐匿或流逝。

我努力在岁月深处——犹如一个勤勉而踏实的渔民——奋力捕捞与那天有关的一切,但记忆仍然无法完整地缀连以及修复那一天。

十九年前的那一天,天空是否出现过阳光,夜空是否出现过星群,而夜色又是从哪一刻开始如同流水般侵入那条巷子,这些有关自然的呈现以及变化,完全被排斥在记忆之外。

整个事件的发生乃至结束,又是以怎样的速度和形状,在感知的屏幕刻下它的形态,也模糊不清。跟这天有关的最深刻的记忆,只有疼痛。这种疼痛,犹如在你万分清醒之际,冷静而淡然地面对刺客,注视着他将一柄刃锋明亮宛如只是一道逼人寒光的刀,悠然却又十分坚定地刺入你的身体最柔软又最敏感的部位。你凝视刀柄之上那旋转扭曲并且称得上好看的花纹,甚至在忘却痛的同时也拒绝了解刺客。

门是被邻人踹开的,这之前,它像个固执的孩子,顽强地与我们对峙,全然不顾门内的凶险究竟会走向何方。邻人陆续拥进,衣服与衣服,衣服与肢体,肢体与肢体,以及母亲嘴角一堆泡沫状的东西,都在有些黯然的暮色里咝咝作响。鬼魅的气息,也似乎充斥在暗处，随时准备给我们以致命的一击。我的眼里只有床以及母亲嘴角那堆白色泡沫。母亲躺在不属于她的床上，似乎暗示了事件属于意外。

我的神情显然十分紧张，脑际也有了电光石火的痕迹。空气中咝咝作响的声音，此际也越来越显突出与强大。那一刻，我十分轻易地陷入成分复杂同时令人晕眩的感觉之中，寻不到回归的路径。周围的人影、建筑以及话语，混合了人体的浓重气息，共同奏起音乐，这有些雄浑的音乐之上，则是一只硕大的螃蟹，像风一样恣意横行……

那辆东风牌大卡车什么时候开进巷子的？谁在这场混乱当中指挥若定？那藏匿在暗处的东西究竟意味着什么？在人们完成了某些劳作之后，我不知道自己是怎么上的那辆卡车。但是当卡车打亮两盏前灯时，我清晰地记下了漆黑的巷子被照得雪亮的样子。这辆又老又破的大卡车，像个垂暮的老男人，很响地在傍晚之后显得夜色浓重的小巷里大声咳嗽。巷子似乎也因为恐惧而扭动着身躯，仿佛说："请你走吧。"

车上有几个人？都是谁？我分明谁也没看，我分明是在本能地拒绝注视事件的全部，可我感知了来自事件内部的力量，它是那样迅急、莫名，甚至惨烈。我的脸在那一刻表情凝重，并且带着无法装扮的迷惘。我相信其他的脸也是如此，无一例外。

接下来的场景，似乎完全被白色充斥，白色似乎覆盖了整个世界。除了这些白色，就是那些液状流动并被搬来搬去的东西。除此之外，还有脚步声，忽远忽近，细碎而匆促。仔细听，会听出其中暗含的漠然和忍耐。

我站在窗旁，父亲也站在窗旁，母亲躺卧在另一侧的床上。头顶之上，嗡嗡作响的日光灯发出惨淡而虚弱的光亮。在这样的白光之下，父亲原本黝黑的面庞，好像蒙上了一层尘埃，有了亚光的色泽。彻骨的疲乏像朵花，奇异地覆盖住他持久的热情，不堪一击的脆弱，突然显而易见。

这场景令我十分不安，并有了被利刃洞穿的感觉，与此同时，我灼热的眼眸里也渐渐飘进冬季才有的雪意，这感觉同样令我战栗。在这个场景中我做了多久的逗留，是如今的我无法还原和复述的。逗留其中的其他人物是谁，何时退出，也被我一一忽略。十九年后的今天，我仍然要将他们继续忽略下去，这是我至今面对记忆依然一筹莫展的事。

等到一切终于静止下来的时候，那场面真的像极了洪灾过后的大地，一片狼藉。白色消遁，脚步声也渐渐淡没，而空气凝固了起来，有了真实的硬度。夜色中奔趋的身影，被惊恐和悲伤充满着、挤压着，似乎随时有摔倒的可能。先前已被忘却的气息，仿佛又悄然潜伏了下来,在暗处盯着我们每一人。它是要给我们致命一击的。大海的潮汐声,似乎也在此时,由头顶最高处慢慢奔涌而下,渐渐饱涨了眼前的所有空间。我们被裹挟其中,不能动弹。

我终于可以把注视母亲的目光从她的脸上挪开了,我看向窗外,窗外漆黑一片,似乎只是一块很干净的黑。当我再次扭头去看父亲时,我发现父亲一下子委顿了,如同失却湿润和明朗色泽的春天里的草,显出异乎寻常的干燥意味,胡须却像长势良好的藤蔓,突然疯狂生长。

瞬间,父亲老了,老了许多,甚至比许多更多。我呢？这一瞬,我分外清晰地感知了时光,犹如飞练缠绕指间并自指间穿过然后跌落:1984 年 1 月 3 日晚 7 点 13 分,这无数昨天、今天中的一日和这一日中的瞬息时光,从此成了一页我再也无力翻动的书页,停留在时间的案头。从此,这一瞬息,以命运之名绑架了我以及我的记忆,从此我无处可逃,成为一条暗流汹涌的河流,并在死亡的阴影里,澎湃呼吸,喧哗奔涌,永无止息。

生命的流程

生命的流程,其本质应该是缓慢的、悠然的。就像冬天,一定要蹲在墙根晒太阳;夏天,则什么也不做,只是泡在凉水里在星空下遐想;就像杏花,一定在二月盛开;太阳则一定东升西落。但如今的世界,像是精神失常的列车,失控并疯狂。它不分昼夜地在你背后推你,赶你,甚至企图碾死你。从懂得世事起,我们就从未停止过奔跑的脚步,就连做梦都在疲惫的长途之上跋涉。当有一天,我们终于停下脚步时,却发觉天旋地转,阁楼坍塌,记忆已空空荡荡,没有湿度和温度的爱情,则在彼岸,渐次凋亡。

站台似乎总是潮乎乎的,总有种情绪深藏其中。情绪的堆积或酝酿,有时需要一定的长度,有时又总与某些场景密不可分。

多年前的一个深夜,我被友人送上码头。我拿着船票,登上泊在夜色里的船,却忘了回身与岸边的人挥手告别。也许告别并非总是怅惘,成熟意味着远离生涩,但坚硬是否意味着不再受伤？

我对情绪表达之环境,有相当的挑剔,就如同我写作时的态度。它一方面说明我不善表演,不具演员的某些基质,一方面表明我个性内敛。所以吧,我的脸,似乎总在显示某种深度,它看起来那么令人肃然。我说不清它是一种被迫的姿态,还是生来如此。很多时候,我很看不起自己,我更多地认为这是自己内心里的一种妥协。

你坐在我对面，一米远的地方，隔着桌子。刚刚我们说起你已逝的母亲，于是你突然沉默下来，脸上现出悲伤，眼睛里开始有泪水浮上来。你曾经身份低微，如今你是暗含酸辛的成功者，头顶诸多世俗意义的炫然光环。

我看着你，不能开口说话。我怕一开口，自己就会无可救药地跌进二十年前的1月3日，跌进那个泪水总也流不完的十九岁，那个纵然用文字也无法将我打捞的日子。我看着你，想起街头那些纷纷攘攘终日忙碌却面无表情，偶尔因物质刺激而短暂兴奋的人群，心开始痛。

是什么让我们总是感觉孤单，内心绝望，纵使成功也依然不能快乐？

我看着你，尽管我想安慰你，可此刻，难道不是所有语词都无一例外地无法掩饰其空洞和虚幻吗？难道我会是你侥幸逃脱文字陷落的绝世知音？

谁能懂我，纵然是我。谁能安慰你，纵然是你。

还是紧闭双唇吧，让我再次妥协。只在心里，自己对自己说，你这个会种裸麦的男人啊，就像文字，有多重指归，却唯独不能指归爱。我知道，它的歧义，是令人不能信服的真实的深渊，除了淹没和坠落，它还能给予我们什么呢？

一个人的小年

今日，腊月二十四。中国农历小年。年，中国人最看重的节日。

我一直倾心自己洒脱天然不拘俗套的心性，但真到了这天，一个人在他乡，虽未必伤感莫名，悲伤难禁，些微落寞也还是不免。想来，这也不仅仅是读书人的怪癖，索性写点什么吧，在这一个人的小年。

小年，病假第二天。再去卫生院，挂第二瓶水。洗了堆积多日的衣服。洗了澡。看了一部外国电影——老版《苔丝》。上一次看它，大约是二十五年前了吧，记不太清了，总之相距十分久远。在浓重的中国的年里，我为苔丝的异族美倾倒，哪怕过去几十年，她还是美得如此震撼人心。晚餐，我为自己准备了羊肉汤、小菜，还有葡萄酒。

说起酒，其实很长一段时间，我非常讨厌它。试想一下，单是身边常年晃悠的酒后的那张红脸，就已足够令人作呕了，更不要说自己去尝试喝它。更何况，在我看来，任何一种酒，本质都一样，无论典雅的香槟或尊贵的名品佳酿，统统都有天使的舌、魔鬼的心。燃烧、蛊惑、冲动、沸腾，之后就是更为深重的晦暗、混乱、寂灭和疯狂。酒后多半也会吐露一些真言，也有平日难得一见的眼泪。无论男女。但那其实也为我所憎恶。我更愿意面对一张平静的脸,听平静的他(她),向你倾吐他(她)最心底的话。不过,更为荒谬的是,有两年左右时间,我辗转在不同的酒店饭馆间,与各色男女出席各种名目的酒宴,喝了无数的酒。有时,几种酒混在一起喝,有时,几餐酒连在一起喝。没人见过我醉酒的样子。有一次,我甚至让一个男人在挑战我之后瞬间开始后悔自己的莽撞。但我很快开始厌倦,厌倦酒,厌倦酒桌之上沸腾得仿佛可以燃烧起来的空气。

厌倦那四处飘荡的游魂一般腥甜的欲望的气息。腐烂,无处不在。

但开心时分也还是有,虽然少之又少。一次是在一家很小的饭馆喝鸡汤。四个人。这家小饭馆的鸡汤,因其取料地道,口味正宗,在小城很有名。那天气氛融洽,几盅二锅头下肚,我难得地感觉舒畅,忍不住飞速敲出一封短信给在北方的人,问他:知道我现在哪里喝酒吗?那人回复:一个小饭馆。我再问:你能想象出我现在的样子吗?他说:一定是热气腾腾,连外套也脱了。可不,宛如他亲眼所见,我被酒和热汤鼓荡得浑身冒热气,我大声说话,大声笑,恣肆,快意,我脱下我的外套连同我的优雅。可就是如此恣肆难得的快意里,我的心,亦如我无法捕捉的灵感文字,滞重且乏味。

也许,我原本并不快乐。我原本就不喜欢这样的场景。这也不是我要的。可我要的,是什么?在哪里?在那个我根本无法触摸的红墙的另一面?在那个智慧无伦的男人的隐秘内心?不!这是一场连接了虚无,只要太阳出来就会永远消失无踪的梦。我当然更明白,我要的也不在灯红酒绿的酒里,不在斟满酒的流光溢彩的酒杯里!

窗外的雨夹雪,下了一整天。天地尽白,道路黑湿。因为城市禁放鞭炮,小年听上去寂静无声,冷清,萧瑟。我不知道,在这样冷清萧瑟的一个人的小年里,我还应该想点什么或写点什么?更或者喝上一口只是一个人的葡萄酒,然后,望向时间更深处,望向坚硬迷离的曼斯菲尔德庄园,那儿有"简,还有简坚定而明亮的眼神",以及"罗切斯特那天神一般闪烁坚毅光泽的额头",要不,再醉眼蒙眬地连上一句"葡萄美酒夜光杯"?或者还是写下一句自创的伤感的诗,就是这句:"爱情,如果有颜色,它应该是琥珀色。"是的,爱情应当是琥珀色,同时,当然也具备琥珀的肌理,温润、明亮、清晰,凝固时空光影,在你我之间,在夜色微茫的子夜,在汽笛声声慢的潮湿的露台……黄昏时分,阳光透进树林,树林里雾气弥漫;青灰屋檐下油灯一盏,如豆,有雨声,滴答滴答,滴滴答答……

十二年前,树八岁,读小学二年级。那一年,他瞒着妈妈饿了十个早晨攒下十块早点钱,买下一盒很小的蛋糕。傍晚散学,他捧着那盒小蛋糕回家。妈妈问:"这是什么?"树仰着脸:"是我买给妈妈的生日蛋糕。"如今,树已长大,十二年前的场景也已不再,如同“小毛”这个名字,它消失不见已经二十六年。小毛唯一说过的那句话,也如风飘散。门前走廊,昏黄夕阳,金币一般撒进来,树仰起他的小脸,泛着令人心醉的甜蜜忧伤。

“明天有空吗?”

“做什么?”

“请我喝酒好吗?”

“明天有什么特别吗?”

“没什么特别。”

“还在这里?”

“行。”

“再邀请一个你认识的朋友过来陪你?”

“好。”

“明天一定是个什么日子,只是你不肯说。”

“我会记住这一天。”

这段对话,发生在十年前还是十五年前?抑或仅是两年前?这重要吗?不,一点也不,重要的是我记得他的名字:七年。

第二天,七年如约请我喝酒,并遵守约定邀来一个我先前也认识的朋友。那天,他要了当时最贵的葡萄酒,但直到离开,我也没告诉他,那天就是我生日。那天,年,也很近很近。

新城市民谣

来这个城市一年多了,感觉仍然是疏离的。好像可以随时到来也可以随时离开。有时,我像是一条深海鱼,顶着艳丽的外表,在城市盲目游动,来来,或去去。

每天,我在单位周边一点五公里左右的范围活动,每天和二十岁多点的男孩女孩一起挤公交,成为这条公交线上引人瞩目身份可疑的人。每天,我对着电脑,在接受磁辐射中写字,完成工作。日子异常落寞和冷寂。人群中,我与众人并无不同。我相信,我的生活其实一直简单,但现在不仅单调规律,而且近乎刻板。

每天,早餐除了“宜城蒸包”铺里的两个烧卖,和办公室里的一杯牛奶,其他选择不会更好。事实是小区里可供挑选的几样早点,对于我这个外乡人来说,花样单一,无从取舍。中午，单位里的一顿便餐，口味也永远让人无所适从。下午，间或自己添加的水果和点心，在安慰了卑微的肠胃的同时，也常常成为生活的安慰。傍晚，下班之后，无论走路或乘公交，等着我的，都是没有任何悬念的寂静的空无一物的出租屋。一张床，一张桌子，一张凳子，没有电视，没有电脑，当然也没有其他人。回程路上，小区附近的某个餐馆，我的晚餐，要么是沙县小吃，要么是特色麻辣烫，再不就是一套廉价快餐，多数时候，这些都不超过二十元。无论兴致好坏，晚餐后我都会在有七十六幢楼房的小区里转上一会。小区中心有个小广场，广场北边有一个美丽的紫藤架，紫藤架下褐色木椅排排，在黄昏时分，静静散发出的温暖情意，足够吸引人。有时，我会忍不住跑过去坐在上面，看着面前空旷场地里那些玩耍的孩子和看孩子的老人。等天完全黑透，忙完家务的大姐大妈们，就陆续聚集到场子里跳起舞。欢快的乐曲声跳荡在渐深的夜色里，灯光穿过合欢树的枝叶，把光影投在女人们摇曳的舞姿上。偶尔，我也会融进这些不相识的女人们中间，扭腰，踢腿，舞动身体。更多时候，我只是静静地观望，想自己的心事。

这个区域，是这个城市规划高规格的新区，城市百分之八十的高新技术企业都在这个区域，建筑布局疏朗，因此显得安静，没有城市中心繁华地带的拥挤和吵闹。路面宽畅干净，景致不俗，道路两旁绿地、高大乔木、低矮灌木、花草，一律长势繁茂。如果天气晴好，我会走路回去。一路经过的几个以植物命名的路口——银杏路、海棠路、红枫路，显出城市规划者的诗心，它因此使得这一段归途也变得步履轻快、节奏徐缓、心情悠然起来。通常，此时的思考，也会呈现道路的形态，我想，我的天性是不羁的，所以才从未停止灵魂的自我追逐。记得从前曾经爱过一个人，男孩身材很高，面孔斯文，兼有落拓和不羁的神情。不记得哪一年在哪里看过他的手相，但记住了他的手相和我完全相同。还记得鲁豫说过，两个有着相同手相的人，其实是最适合的伴侣。大约因为这句话，日后每当听到刘若英的《后来》，"……后来，有些人一旦错过就不再……"，心里总会一阵失落，也是后来我们才知道，原来最最亲密的人，其实不一定是适合的伴侣。

一直在身边的几本书，《丰饶的苦难》《蔷薇岛屿》《脏手指·瓶盖子》《比缓慢更缓慢》。陌生城市那些无人诉说的夜晚，在分别和儿子、老父亲通过电话之后，它们被我捧在手里，渐次打开。"冻鸟西北来，下啄枯枝食。感尔饥寒心，四顾天地窄。"这是陈独秀写于1914年的《雪中偕友人登吴山》诗中的四句，我在《一个人的墓史》中读到。陈独秀，这个堪称开创历史的伟人，和我同乡，当年，"他的棺木自江津迁回安庆时，先暂置于安庆西门太平寺"，也是我日后就读的小学——太平寺小学旧址。但就是这样的历史伟人，人生困境同样也没有放过他。

作家苍耳在他的《一个人的墓史》中这样喟叹："当我的笔尖触及这一史实时，内心就被一幅极为黯淡极为悲怆的泅渡图景所打动：一条载着灵柩的小小民船，张着风帆，在凶险诡谲如鬼门关的三峡中沉浮，奔突，旋进，那仿佛就是陈独秀一生曲折勇进、不知暗礁为何物的倒影。"陈独秀，这位曾被人誉为书生而绝非政治家的人，他又如何能够凭借书生思维，在政治旋涡的中心，保持不被湮灭的命运呢？

三月前，我因车祸躺在医院的病床上，被骨头断裂处的痛折磨了二十多天。那些天，无论白天还是黑夜，我都只能侧向一边躺着，想翻身时需要别人帮助。今天，肉体内断裂的骨头已经弥合，对于肉眼，皮肤几毫米之下已是深度隐匿，没有光亮，视力无法抵达。无论看见或看不见，伤口注定要与真相共生。

一本日记，记下近十年的经历，情绪低沉时，有时会翻看它。那些曾经伤感的文字，是背阴处潮湿的苔藓，虽具有强烈的颜色和气味，却从不被人知晓。袒露夜晚空气里的阳台，空荡荡的厨房，幽暗不明的屋子，盘旋不已的黑鸟巨翅。

2000年，我曾经写过一篇千字随笔《更深露重》，在这篇短文里，我想，我要表达的，无疑是女人在自我遭遇母性时的质疑和呐喊。很多时候，女人一不小心就跌进早已张开的网里，在这张早已张开的网里，其实已有无数女人的奉献沉积其中。今天的人世间，女人的出路是什么？突围之路又会通向何方？

世事变迁，物换星移，今天的人世间，女人的安慰来自哪里？是孩子，还是亲情？抑或爱情？"或者……可以长时间不说话，各自在自己的房间里干活，饿了一起出去吃东西，偶尔交谈，彼此微笑，神情暧昧。"在安妮眼里，这样的爱情已经是最好的了，但在法国编剧亨利·德·蒙泰朗的心目中，爱情就是阳光、空气与水。他说："如果我的生命中没有智慧，它仅仅会黯然失色；如果我的生命中没有爱情，它就会毁灭。"法国人说："把爱拿走，我们的地球就变成一座坟墓了。"是的，如果没有爱情，人的一生将是何等可怕与漫长，所以人们都渴望拥有它。无论这世间红尘如何翻滚，相信始终令女人难忘的一定是那个神情坚定的简，她在记忆的风中前行，瘦小身躯仿佛有着使不完的坚毅和倔强。看，她多么像我写给自己看的那些文章，那一行行多义或寡言，或沉默、执拗的字词啊。

车轮下道路蜿蜒伸展，道路一侧有山木遮挡，道路前方，一座寺庙映入眼帘。那是来这个城市整一年后的某天。那天，车子在道路之上曲折行进，直至近前，寺庙的名字方才展露无遗。阳光下，寺庙肃穆无声，静立于天地之间，主殿屋顶那一刻反射出的道道金光，仿佛时间无法遮挡的光芒，自历史深处向尘世间的我扑面而来。那天看见它的一瞬间，心头涌起的第一句话是：“战争，仿佛从未停止。”战争？它指向哪里？是男人与女人？还是女人与女人？或者仅仅指心病吧？灵魂似乎总在沉默，不曾点燃的激情始终都是在的，如同文字，看似无声却自有千钧。但我似乎又总在试图回避着什么？想要回避什么呢？你看，此刻风是轻的，行人神态怡然，空气里混合着植物的芳香，夜晚尚未降临，一切秩序井然。合上书页，我对自己说，哪天该去庙里拜拜佛了，佛说：“顺违相争，是为心病。”是的，我是有心病的人，这心病该去去了！

（林闽，本名林兰香，另有笔名三毛。20世纪60年代生人。安徽省散文随笔学会会员，安徽省文艺评论家协会会员，安徽省摄影家协会会员。1985年开始写作，后停笔10年。2000年重新写作。累计发表小说、散文、评论等文学作品30多万字，未结集。摄影作品有发表、参展和获奖。）

端午景（外一篇）

王汉英

一

“尽日不归处，一庭栀子香。”这是唐代张祜写栀子花的诗，用来形容端午也是蛮好的。

栀子花开得最好的时候，恰好在芒种边，端午节将至，乡下插秧前后。

栀子有家养和野生两种，家养栀子为重瓣，花大，莹绿的花茎托着月白色的花冠，衬在油碧的绿叶里。花苞开与不开，并不令人着急，看叶子也好，叶子肥厚，绿得深，涂过蜜蜡一样透着光泽，像翠玉，分外好看。

晨起去阳台洗衣，不经意间一阵幽香从脚边传到指尖，连洗衣服时哗啦啦的自来水都染上香气。一时顿住，使劲吸一口气，原来放在墙角的那一大盆栀子花全开了。

栀子花的颜色是纯白的，这种白像月光，有清辉的感觉。花的质地偏又是丝绵的触觉，温厚，是遇见良人的喜悦，连这喜悦都是不张扬的。

临江的江北小城，常在某条巷子的拐角，会遇到几个卖小菜的在路边，竹匾摆在地上，三两个妇人，倒也将菜市场最时令的蔬菜都网罗到这个巷口了。其实有着端午前后充足的雨水，不要说田地里的蔬菜瓜果，所有的植物都是一日胜一日的蓊郁，漫山遍野的无尽绿意。

这几个妇人，闲闲地坐在小马扎上，手里并不曾停歇，剥毛豆的剥毛豆，掐苋菜根的掐苋菜根……售卖的菜品丰富得很，番茄、豆角、辣椒、玉米、葫芦……竹匾之外的小腰篮里，一小捆一小捆栀子花，被一根根湿稻草束着，一捆四五朵，有好几捆，单个开着的栀子也散散地摊着，两元钱一捆，一块钱两枝。都是重瓣栀子。腰篮口浅浅地半盖着一小块碎花布。

这几个并不年轻的妇人，每人头上都戴了一朵栀子花。短头发的妇人，便将栀子花掖在耳鬓上方的头发里。

我路过，一定会停下来，买几朵回去，心里羡慕那把栀子花戴在发间的朴素美意。走不远后，莫名有热泪要流下来。人间烟火里，有大美。年年端午在市井处见到戴栀子花的情境，年年动容。再粗粝的生活，也有那细致的手，要将一朵花别在发间，这是对"活着"彰显的万般情意，戴花的人和看花的人都不一样了。

幼年时，老外婆不仅在她挽的花白发髻上插一朵栀子花，还会用一个粗瓷的大口碗，接一碗清水来养一碗的栀子花苞。大碗通常搁在家中中堂画下的花几上。

傍晚，外婆照例要给我们几个女娃洗头发。我们仰面躺在外婆的膝上，一小桶温热水在长辫子下，长辫子松散开，外婆用一种叫"海鸥"的洗发膏轻轻揉搓我们的长发……洗完后，奇怪的是那一大碗栀子花不知啥时候到了外婆脚边，她会将开着的栀子花，拿两三朵在手中，沾点碗中芬芳的清水，在我们洗干净的头发上，散上几滴。这散栀子花水的习惯在栀子花开的季节，几乎一直遵循。我最受不了仰面洗头这一漫长过程，天空除了一坨永远不会移动的灰色云层和一串爬上屋檐的南瓜花和它的大绿叶，就没有任何变化。有一次在被强迫的洗头中，我把外婆的腿掐出许多红印子来。

栀子花是乡野之花。很少见到城里时尚的姑娘戴栀子花。

王安忆对女性审美，非常独到。她说，其实一个女性最动人的风情，就是保有那么一点点天然的乡气，原生态的。

我居住的小区，绿化带里植了许多小叶栀子，大约六瓣的白花。在小区来来回回进出，将车停在背阴处的停车位上，坐在车上，单闻那幽幽的香气，有时会发一会呆。

记得以前住在莲湖边时，福利院里有一棵栀子树，很有年头，那花开得可真轰轰烈烈，又大又密，在翠绿和纯白之间……我以前从来没有写过诗，就是在一场雨中，这棵栀子树给了我想表达的欲望。至高无上的纯白啊，伸手可触，既感到无限接近，但又似乎怅然若失。

有关栀子花的诗，还有一句——“但将身上衣，染成栀子色”。这诚挚的情意，谦卑的话语，捧着一颗素心的风致，无法不令人心折。而后两句，更是克制——“思君与念君，什么都不说”。

时间变成了一朵栀子花。

只要一想到乌发之间的那一朵白栀子，我的眼前就会不由自主地叠加出少女、农妇、母亲、小贩，以及年华老去的人……在她们的手指将那朵栀子花插在发间时，我料想，她们的额头上一定有雨水充沛的溪流和舒缓流淌的音乐和诗。

二

端午前的十来天，粽子已在早市冒着白雾气的蒸笼里，等待有心之人。再靠后几天，无论去哪个店家或公共食堂，一串五六个的粽子，细麻绳捆好，盛在盘子里，到处可见。

小城滨江临湖，是个多水的地方，古称吴头楚尾，端午的民俗在这里一直很有仪式感。

尤其在老街，有一芦花古渡，因渡口边遍生芦苇，良宵月夜，风吹芦荻，沙沙起伏，似夜雨敲窗。路过的旅人常为这一美景折服，为芦苇赋诗云：“枞江夜雨势如倾，拂柳滋花尽有情。”也是强调芦苇的诗意之美。

我们的母辈会在端午节之前去洲圩区打粽叶。粽叶分为两种，芦苇叶和竹子叶。在江边居住的人家，得天独厚地享用野生芦苇。芦苇叶的草木清香味持久，是包粽子的上选。打粽叶，为什么叫“打”，不清楚。冬季，还会打芦柴，芦苇开花，头白了，就成了芦柴。统统一个“打”字，意指“砍”，江北方言。犹记家中有一担担的粽叶，母亲会将它们挑到集市去卖，走得远的，坐小轮挑到九江去卖。

粽叶非常有艺术造型，成品的粽叶售卖时都是长短齐齐的一把把捆好，买回去就可以上手包粽子。

一般粽叶可用两片包，长度两尺来长，也有用三片包的，当然叶子大，用一片包也是有的。先在粽叶头处窝起一个三角的斗，下一点糯米，若爱吃腊肉粽子，再添一小块咸肉，盖上点糯米，再慢慢转动三角斗，裹起来，一层又一层，直到粽叶尾部。贤惠的主妇还用不同的麻线绑好这层层包裹的粽子，以区别白米粽、肉粽和甜粽。

粽叶在售卖前，得先将打回的芦苇叶齐刷刷地剪掉头尾，保留中间最宽的一截。放进加满清水的大锅里蒸煮，这也是为了消毒。煮熟后的粽叶，捞出，冷水冲洗，工序完成。分片数捆好，一摞摞放在蓄满水的桶里过夜，到第二天再从桶里拿出放到竹担子里摞好，上面会用冷水浸过的老白布盖着，估计是不让粽叶的水分早早散掉。煮过的粽叶，最明显的特点就是散发出浓烈的植物气息，直到母亲挑走粽叶一两天后，家中还留有散之不尽的草木清芬，沁入肺腑。

我一直以为芦苇是荒生荒长的野草，其实不是，打粽叶也不是想砍芦苇就砍芦苇的事。20 世纪，在长江的江北，芦苇还是能够产生经济效益的野草，所以四季都有看守的人，习惯称他们为“看芦柴的”。打粽叶也须跟他们报备，当然，只要你不是大肆砍伐，“看芦柴的”是不为难人的。

端午最应景的艾草，江北种植的也多。在端午前一周，大街小巷，处处可见到艾草和菖蒲。卖艾草的小摊贩们不光集中于菜市场，还转移到小区门口，以及下班途中的人行道边。于是，路上见到电动车后拴一把艾草，毫不奇怪。高举艾草散步的人也多了起来。那几天，小城里到处浮动着艾草的气息。菖蒲没有味道，艾的味道浓烈。楼道里，家家门前靠着一把艾草和菖蒲。那才摆在门边上的艾草，依然青葱，而早了两天摆在门口的艾草，叶子边缘已经渐萎。讲究的人家，会一左一右，门边靠两把艾草。无艾草不端午，艾草能驱走毒虫，菖蒲意为宝剑，乃辟邪利器。

有的人家会将门前的艾草放到次年的端午，换上新艾草后，才将旧艾草收拾起来。

端午即使过完了，楼道里半个月内依然艾香萦绕。

“端午节那天，每到日头正中晒时，家家户户，便水缸、面盆的——自井中汲满水，这水便叫作午时水。传说中，午时水历久不坏，可治泻症、肚疼等病痛。另以午时水放入菖蒲、榕叶，再拿来洗面、浴身，肌肤将会鲜洁、光嫩，杂陈不生……”这一段描写来自《千江有水千江月》这本书，台湾作家萧丽红对中国传统文化和民俗无比钟情和眷念。

我小时候有过端午午时洗澡的经历，来到城里，就不曾做过，也许是忘了。但这一天，小孩子必须要吃一两个咸鸭蛋，和粽子、绿豆糕一样。端午吃咸鸭蛋，也有说法，是给小孩子防水。现在已经事事从简，我所记录的端午算是简化版的了。

三

端午景是不需要怎么打理的花，随随便便就开了，越长越高，像芝麻一样，节节开花。端午景是怎么叫出来的？这花学名叫蜀葵。

在街市闲走，无论哪一条市面，门前的水泥地缝边，都立着一丛端午景。先前毫不打眼，突然地蹿到两人高，进出店铺的人很难不被这花打扰到。粉的、白的、深红、嫣红，开得兴兴头头的，还那么高，高过门店的头，能不打眼？理发店、包子铺、复印店、快递驿站……越是接地气的店铺口，端午景越是长得欢。

灰扑扑的招牌下，几枝红花斜斜地映过来，虽不是天姿国色，倒也有几分天然明媚，若刚好经一场雨后，便会格外出挑一些。

水泥铁桶一般的地面，沾着缝隙中的那点儿土，它就一个劲不管不顾地长。它的花期有好几个月，把个炎炎酷夏都熬过去了，端午景，担得起这个好名字。

特别是晚上，一溜店铺，灯火通明，门前几把大遮阳伞下，是日杂和水果，几张小桌子，四个人一局，外加看客，就着伞下余光，一通掼蛋打起来。端午景不远不近，疏疏朗朗地在他们左右。那打牌的汉子，随手一扔的烟头就到了端午景的土里，端午景若开口说话，会不会骂一句："你个二货。"

花是否也有社会，那端午景在花中要归为最俗世的一种。但它扛得过日子，不在乎溢美之词，也不在乎你鄙薄它，旧枝总会生出新蕾。

一朵花也有它的两面。

端午景如此普通，当它叫蜀葵时，你才发现，是你眼界浅，认知低，它不但不普通，并且卓尔不凡。

《花瓶中的蜀葵》是凡·高的油画，创作于1886年，时凡·高32岁，收藏于苏黎世美术馆。

在《中国蜀葵——走向世界的丝路之花》中，它更是将中国植物文化输入欧洲。原来"花瓶中的蜀葵"种子，还是从中国传过去的。

这些礼赞是不是端午景的理想，我不知道，我喜欢它就叫端午景。

小城的望龙庵里，端午景开的是深红色的花。这座庵堂，前身又叫"望龙禅院"，曾经是太平军枞阳会议的旧址，现在被列为省级重点文保单位。

推开半掩的正门，在前庭就见着端午景在檐下立着。这里的一进为太平军会议旧址的文物陈列室。靠西头的一排房子是庵里师父们的起居室，大殿在后面。不是初一、十五的礼佛日，望龙庵寂静得很。

一阵风把端午景吹得摇晃，在白墙黑瓦的庵房下，日光漏过来，把花映出动态的影。

伴着大殿里诵经的音乐声，端午景的花叶虽然还似在街头巷尾般不惹眼，却突然就雍容起来，好像开在宣纸上。

豆瓣上有一张端午景的照片，特别美：木质的平房前，一丛绿草中种着三两棵蜀葵，大红色的花朵，高高低低的。近处有绿杉环抱的向上台阶，远处是山和白云，很安静很安静，特别有夏天的感觉。一查，才知是高田勋《岁月的童话》里的图。

但我还是爱它叫端午景的日子，看它站在乡间或者闹市区的角落，看它和栀子花、艾草、菖蒲、粽子、龙舟……一起组成的名字——一幅端午景啊！

桃花几度

鸟鸣一下子多起来了。啾啾——啾啾。咕咕。啫。的铃——的铃。

雨水滴滴答答，天阴冷。今年的花不似往年次序分明，应该先开花的玉兰反被桃花抢在前头。妈妈是在春分时节骤然离去的。每到春天，我其实有点不敢看那一树树盛开的玉兰和金灿灿的油菜花，不敢穿那一年春天里曾穿过的蓝上衣……然而春来急，不管不顾地到处涂它那不花钱的颜料，东一片西一片，避无可避。

桃花都快谢了，天仍然不暖。海棠正好，簇拥着娟红色小花骨朵于风中旋转。

从后窗看远山，即使不拿画笔，视线里，也能勾描出一幅吴冠中的江南国画。

起笔便是一道长堤，水波潋滟，堤岸的油菜花，一亩两亩三亩……错落在莽莽苍苍的青绿山色的底子上。白墙红瓦的民房，本来极普通，但一进入这画里，立即就"艺术"起来。

画的最上端，便是所有山水画的样子，烟云缥缈，山脉流畅。春山，温柔得一塌糊涂。

绿是新绿，黄是金黄，白是本白，红是嫣红……反正就是要绽放，越浓烈越来劲。

无端让人焦灼。

这焦灼每个春天来一回，纵使再科学地理解"花开花谢"的大自然规律，焦灼仍然不请自来。

美，真是让人束手无策，慌张。你明知这盛大的华丽旋即凋零，时光流逝如滔滔大河。你从懵懵然中刚回过神来，春已过半。

重看评剧电影《花为媒》，张五可真是既鲜活又可爱。能够主张自己的人生，选择有爱情的婚姻——表面上看，是父母的娇宠才有五可姑娘无畏封建势力的强大决心，实际上五可姑娘有冲破传统樊篱的自身力量。那些绵密的唱词一开始就透露出五可姑娘有自己的价值判断。

> 爱花的人惜花护花把花养,恨花的人厌花骂花把花伤。
>
> 牡丹本是花中王,花中的君子压群芳,百花相比无颜色,他却说牡丹虽美花不香。
>
> 玫瑰花开香又美,他又说玫瑰有刺儿扎得慌。
>
> 好花哪怕众人谈讲,经风经雨分外香,大风吹倒了梧桐树,自有旁人论短长。

这部戏里的几个人物都演得有立体感,单薄的倒是两个小生。尤其是李员外,活脱脱的保守派家长。

我家里贴过张五可《报花名》这张年画。画上的彩旦媒婆是赵丽蓉,挎一个大烟袋,喜剧感十足。花旦张五可和《报花名》,人物和唱词一直是经典,一曲美美与共,春天般盛大。

画是母亲贴的。年轻的母亲对这些有人格力量的女性,一定是仰慕的吧。新凤霞,是她们那个时代崇拜的顶流。

中年渐至,我对母亲的佩服愈深。她是如何将自己训练成一个战士的?披荆斩棘,为着一个大家庭的前途和发展,竭尽全力去谋划去辛苦。这里面有多少不得不应酬的人际关系,对我而言,都是天大的苦差事。

一年春上,桃花刚露苞芽,她连续坐几天的火车到北京,这之前还有不停的客车、三轮车的转运和步行跋涉。此行是为了八百年不来往的亲戚家的难事,母亲动用了仅有的一点人脉,人托人,宝托宝,千方百计辗转想要帮助姑妈家的大女儿。母亲也常抱怨,姑妈家也不见带过一只土鸡或者一篮鸡蛋来谢过她。姑嫂的关系,也就那样。

姑妈一家,后来仍是鲜少往来。

母亲的个性里,想的都是事情的 A 面,B 面不利的因素,她几乎不预判。但凡她决定去做某一件事,便勇往直前,“失败”这个词基本上不存在,愈挫愈勇。事实真相是,她的大部分事业皆功败垂成,人际关系也并无多有力的建树。里里外外,到最后还是靠苦做到底……开造船厂,开织布厂,开贸易中转站,开饭馆,开旅店,卖日杂,带着孩子们,始终要拼出一条通向城市的路。20 世纪 90 年代,虽没有创新一词,然她所开创的事业，都比较超前。但守业难，家里一窝女孩子，均在读书求学，父亲还在外地工作。依靠拐弯抹角的侄子，最后也是风云散去，事业基石亦成为他人所有。母亲的侄子最后成了一方土豪。

母亲一直是推石头上山，使蛮力，无休无止，多少年。

这种澎湃的激情，她从何而来，并始终不竭，真是奇怪。像她的婚姻，全凭她双手挣来，所有墙一样的外力，也被她一一推倒。渐老，她对她的人生，亦是认可和满足的。

偏她这样强悍的生命力，却生养出我这样一个懦弱的女儿来，活得从来不敢有一点纵情任性。

午夜她一接我电话，便悬着一颗心，终夜难合眼。搞得后来再受委屈，也不敢让她知晓。

母亲说过她如此强悍，底气来自父亲无限的包容和信任。这一份爱，何止世上千金万金。一个人有一个人的命，母亲算是好的了。就没有父亲不依她的事。明知母亲可能会撞南墙，父亲呢，洗把脸，吁一口气，陪她撞。漫漫人生路，两个人一个吵的多，一个笑的多，一直走到老。

母亲喜欢听老戏，《报花名》是常听的一段。父亲陪她听，顺带给母亲添茶添水。

桃花灼灼，宜室宜家。母亲于父亲就是这一句。

搬进父亲工作的大院子后，我们一家的房子比之前在集镇上合六间的瓦屋小得多。母亲便在大院自家门外的梧桐树底下，搭了一间厨房。厨房很大，又隔出饭厅。

这个工厂大院有广阔的空地，全部种满梧桐树，每户人家相隔都远。小孩子们是不敢轻易跑进梧桐树的深处的，除了绿得让人透不过气来、树荫浓密也让人惊悚之外，据说常有工厂院外的人翻墙进来。

是怎么在厨房窗外又种下桃树的，我不记得了。还是一直就有？

特别是在饭厅吃饭，窗子就对着桃花。现在回想，似乎鸟鸣仍在耳边婉转，梧桐树又要开始绿一回了。吃饭的人，端坐桌前的反倒是小孩子，盯着碗里的菜。门口有时走来谈话的工人，父亲便递烟过去，端碗来到桃花树前，谈话的人手上烟火一闪一闪的。

有一年，我由寄宿学校回家，晚间我和母亲聊天，聊着聊着常常中断。母亲说几句，又跑出房间，再走一段黑路到门外树下厨房，查看煤炉上炖的桂圆鸡蛋汤熟了没有。一个晚上，来回走。直到我稳稳地吃完鸡蛋，稳稳地睡下了，她才去忙别的事。隔一会儿，她又不放心，把我的被子四角掖掖，顺手伸进床头，摸到我的脚……她下意识地叨了一句："这丫头，脚这么冰。"本来她不陪我睡，也许是怕我冷，她解衣，轻手轻脚上床，窝在床头边，把我的脚抱进她的怀里，捂了又捂，搓了又搓……我朦朦胧胧知晓，屏声静气，怕强悍的母亲私下表达的温情因被我看到而害羞，我不敢出声，仍然装睡……眼泪流了一枕头。那时候小，除了装睡，也不晓得怎么搭话。

我半生对于温情无比在意，是因为被母亲这样温情地呵护过，知道温情的力量。

对着饭厅窗外的桃花吃饭，我们有一搭没一搭地围着母亲，如此情境，此时都到眼前，我竟不舍得用形容词来形容它。

就像对饭厅外的那树桃花。

（王汉英，安徽枞阳人，《枞阳杂志》编辑，安徽省作协会员。出版过散文集《一条大河波浪宽》、诗集《人海》。有作品发表于《中华读书报》《文汇报》《人民政协报》《散文选刊》《阳光》《安徽文学》等报刊。）

物　　品

盛　敏

院　　子

院子里只有风和胡须般的草、农具与柴火、巨石做成的磙子，还有零星偎在墙壁上的花的嘀咕。

睡眠只在夜晚爬进院子每一个角落，它们在那儿很重、很庄严地躺下，和迟钝的黑暗一同躺下，和低矮的土墙与创造吱吱嘎嘎声音的风一同躺下。

我们被墨水滴入巨大的墨水瓶子里。

有院子是一种倨傲的奢侈，那是城市人经济丰厚的象征，却是乡村男人敞开的胸脯。院子里堆放成捆的木材，全是留级不用的杉树枝丫或者侏儒松树的残缺肋骨，有些骨瘤在树枝上冒出尖刺。它们的泥色、褐色、灰色、白色的表皮，有着去年甘菊掉出的白牙齿印痕，有着灰鸽子尾部细腻的纹路。

院子地面坚硬，是那种压实的泥土地。我感觉院子的地面重重地压在我的脚趾上，院子把它的时间和某些不吭一声的温情放在我的眼睛深处，包括我离开时它冒水的挽留以及雪景下土质发动机似的热血声音。

我喜欢听主见异常澎湃的父亲砍劈木柴的声音，它们在院子的上空坚实、狂野地蹦出，旋又把我的神经撕开，因为那种刀具与木质相互厮杀的声音里，具有保障过冬的稳妥储存，又有需求从树林里涌冒出来的汲取，更有刀刃狂风怒吼的、激烈的杀伐之气。我想大声说话，但是我的声音被闪光的劈柴声压成沙子，墙壁上的草茎在颤抖，仿佛铁寒的铜丝在震动中倔强地颤抖。

此时院子空旷得如歌声一样，矮墙习惯了这些狠劲十足的声响，它们就在颤抖的空气里休息。我的记忆一半埋在院子里，一半埋在现在的鸽子房屋中。

温馨的房子没有了云雾似的院子。

我想院子。

英俊的钢琴

钢琴认为自己是英俊的，黑与白截然分明。音乐当然在适当时候就是一层雾气，往柔软的、透明的心脏玻璃上蒙去。可听不懂、悟不到钢琴声音的人，在无聊地触碰心思的信箱口，那儿天马行空，梦脱掉所有的衣服，包括在积雪里拼命赶路去上班的人群，他们的生活被埋进厚厚的积雪中——琴声显然解决不了挨饿，琴声只找舒适的家和嫩白的手指。

面对音乐中建立的辽阔牧场，只有这时候我想向自然认输，向钢琴的琴键认输，向建设出音乐的细腻双手认输。我曾经爬过音乐的灌木丛，在那儿设置我少年的秘密，试着进入音乐的犁沟，可它们睡着了，像是一道道柔软的山丘，远处树木把树叶从山上扔下来，少年梦想的火车停住了。

钢琴实则是伟大的，是可以制造享受给所有认识它、抚爱它的耳朵。它造就了无数人，即他们的身体每天接受它的服务与考验，但它选择了放肆性的灵魂，选择肯花费精力与时间的人。对有意忘在音盲箱子中的一大群人，钢琴总是沉默不语，即便红色的音流干扰宁静的天空，它还是完全忘记自己如何去伸出他们的手掌，帮他们捧出可爱的花来。

钢琴从来不会突然消失，它那么喜欢蹲在漂亮的房子里，如一头休憩的非洲雄狮。音乐的毛孔很小，只对摒弃掉沉重运气的人绽开。使点聪明手段，以为音乐就能在钢琴的支柱下歇脚，声音沉重的酒杯在琴面上站稳，我想这种缠绕着煮熟快餐面的念头，只能很快把自己迁入暂时的自满之中。

钢琴家一大早就露出对音乐占有的真相，推倒睡眠，推倒全身的懒散甚至夙夜的酒精，在长度、宽度、厚度、尖锐的点向上做引体动作，音乐使露水与树叶放松起来。钢琴家的毅力越发成熟，他们身上聚集了大量东西，肢体与肩头同钢琴醒过来的激动融合在一起，它与他们共同收拾生活中剩余的污垢，包括从地面捡起遗失的一粒一粒音乐的珠子。

钢琴一旦独处，它就会带着它的英俊、制造的本领、传播的欲望，孤独地被淹没在围裙之内。

钢琴制造的风景面积相当大,雾水,翻车摔倒在地的悲戚和哭叫,民族服装节上的装束以及峡谷里茂盛的绿草,都在身影冲进的范围内。

奇怪的是钢琴的气味,一种英俊少年身上膨胀的树芽的芳香。钢琴精选人物。只有手指的运动,才是钢琴存在的堡垒,有了它,钢琴可以进攻了。

请您一定要相信我,音乐可以使双脚和双臂改变方向。音乐依赖它们自己,而不是那些完美的五线谱,更不是越看越美的钢琴的肖像,钢琴只从自己观察的角度出发,寻找匹配的人。

迷　墙

迷幻从远处以雾与气及音乐里生育的红光、绿光、蓝光慢慢飘来,我们的头脑如颠入梦境一般,音乐闻起来有一股药的味道,黏性的质感,出问题的是我们的脑袋,在催眠之中体验到高峰的幻觉。这是平克·弗洛伊德(Pink FLoyd)英国摇滚乐队电子与迷幻摇滚创造的视听盛宴。

他们在背景处屹立一堵巨大的白墙,白墙上面随音乐变换各种线条,单色的、涌上前来的滚动颜色以及某种黄页一样厚的云。演员(理查德·怀特,键盘手)突然和太阳坐在一起,圆球的太阳在打击乐器后面站着(演奏者的身体被太阳压向台前的观众,摇晃如一根漂在水里的树)。一会儿太阳就被挪走了,一道红色的、粗壮的河流从白墙上立正流过,它们没有发出撞击耳鼓的声音,河流涌动的声音让给电子音乐清脆金属铃声的话语。

主唱(罗格·沃特斯、大卫·吉尔摩)左手手指移动,摁住电吉他银亮的神经(在电吉他的脊椎上来回揉动),右手手指向内形成鸟的侧影之状,拨弄它的嘴唇。右手手指弯曲时,皮肤充满水分,它的弯折处很小,但足以抚摸嘴唇,吐出肉感的元音,在这弯折处里有着如糖果一样的甜蜜。对着主唱的麦克风,茄子形圆头布满细密的孔,他的声音里有无数伤心的字词或者激情澎湃的语言,他要把它们亮出来,像件华贵的衣服披向所有的观众。他相信这堵墙上流淌的颜色、慢慢打开的花蕊以及鹰爪钩住的狂风、淋漓的水墨都是伴娘,他的手迅速解开的音乐扣子以及他的喉咙挣脱出来的声音,才是准备让我们去思考的音乐眼睛。

平克·弗洛伊德乐队不仅用跳荡的音乐擦着青年人易燃的森林,在哲学这个高悬的窗框上，也写下生存的觉悟和陌生的发现——它的歌词能培养一种简洁的进入，即进入试衣间的镜子中，来观看世界的模样、时间的价格、人生的疲倦、哀伤的课程。

当代音乐是一种合成的、不需修得规规矩矩的花园，从体积上去寻找大块的安静，恐怕愿望难以达成。因为重金属音乐的驾驶执照就是开着一辆吨位喧嚣的挂车，飞驰在高速公路上，欣赏者肺都在燃烧，何况伤口流血的多数人，那一刻为什么不能创造一个癫狂的、忘我的画面？

所以"迷墙"这个命名充满困惑，也期待人们从音乐里甩脱困惑，尽管墙被推倒之后，演员们站在颓败的砖瓦之间，音乐并不如惨白的墙面那样呼啸着钻进我们充满霜雪的大脑。你看看，平克·弗洛伊德乐队制造的红色旗帜仍在飘扬，旗面中心夺目的镰刀与斧头刺激整个现场沸腾的语言，包括已经有点生锈的寂静和唯美内敛的思考。

广州地铁

在地铁站你看不到胖的、瘦的铁轨，它们被坐拥的空间透明的站台从中间视觉上切开，其实它们在很多玻璃的后面，好像人的心事在看不见运作的心里。

广州地铁的每节箱子中总是播出三种语言（扩音器藏在车厢的顶部，有一个个圆形隔栅的声音出口），普通话、粤语和英语，一口气承上启下地讲完，一个站点基本到达。门被电、气豁然打开，一口吐出几条、几十条"鱼"来，"鱼"立即游向出站闸口，出去之后游向珠江和亮闪的阳光中。看不见根部像豆芽的高跟鞋，也不多见教授般正经的皮鞋，大部分鞋简洁，有两条细细的胳膊交叉互搭裸露的脚面，形成兰草长叶交互生长的白印（脱下后）——鞋底是灰色的橡胶，刻着控制溜滑兴风作浪的凹纹。

风的重量在地铁呼啸而来时慢慢放下来，如一个减肥成功的人，风的肉少了一点，安静了。地铁站的门线与地铁停靠的车门位置丝毫不差，正好对应，标志着操作者精确驾驶的水平已至最佳状态。站着等待的人群呈八字形，在黄色区域外。左边一个女子斜挎在右肩部的玫瑰色斗形包，拉链有点放松警戒，睁开了没有睫毛的眼缝（拉链在三分之二处停泊），逃出香水味一缕一缕。两个标准的广东男人用粤语讲着云里雾里的故事（我是外乡人，干脆让耳朵罢工），他们的长度过膝的裤子兜着穿堂风，圆柱形套着矮矮敦厚的大腿，小腿上长着南国空气怂恿的不太长的汗毛。右边一对眼神如水的老年夫妻，女性瘦小，穿着碎花短上衣，裤装是那种不耀眼的白色棉麻布料。颧骨隆起，仿佛守着颧骨下方那一块凹下去的盆地，时间在盆地内讲述雨和太阳的出出进进。他们旁边站着一名来自热带地区的黑人，黑得比白还要鲜明，头发与头皮基本黑成一片煤田，头发细、短、密，卷曲如沙子。

微凸的车门随着三声嘟嘟叫唤，像划在水面的桨左右扇开，车厢内一茬年轻的乘客毫无表情地埋头盯着手中的手机，如弯脖的水鸟群。

我理解中的广州地铁应该充满动荡、喧哗的韵律，上班族分开人流像分开海浪，速度犹如射击出去的子弹。

如果说地铁从南向北，那么人流就从西到东，或者倒过来，形成十字形蝉联的运动。地铁是一枚飞驰的导弹，人就是一颗颗射向车厢的子弹。可这种场景我没有看到，主要是我不在时间的峰顶去乘坐地铁。倒是出站或换乘线路时在九曲回廊的人流中，感觉到人在人中的叠加，人在人的小溪被后面的水撵得高度紧张，只看到人的后脑勺那粒粒从天空削下来的青皮，又像无数的蝌蚪在池塘里一动一动地游着。

摄像机

你往镜头里面看，你的脸鼓起来，梦的面团发胀。

摄像机的镜头在阳光下收集影像，收集过程中从不冒热气，光的袖子很长，颜色如苗家人的服装，把单一的颜色推开，只打理综合的、菜粉蝶的多重色泽。如果你穿着白衬衫，你就在成像的活动中穿着白衬衫走来走去，白色不会有一丝灰色的挑战。

摄像机是摄像者的视觉进攻，当然滋滋转动的是那光电信号的纤维组织。在这儿“组织”是动词，在各种电路的处理和调整下，一个真实分解的、由线和点组合的你，跑到显示器上返青，边上窗户玻璃后老妇人的脸，看上去如在水下一般。我不行，看到那个正方形的镜套朝我概括过来，幽深的镜面浮起一层争夺的狡黠，我是投降我的纹丝不动的脸呢，还是把脸穿上微笑的外衣，几天没洗的、打皱的外衣，它在镜头里会揪成什么模样？

我更想逸出那个镜头的概括，注视是潮湿的，不注视又是枯萎的，反而沉浸在光鲜的梦境里与注视保持平衡，也许身后会留下光亮飞扬的回忆。

（盛敏，安徽宣城人，1963年出生。出版《盛敏评论随笔选》及美术评论集《裸像的凝视》《蚱蜢匣子——魏氏料器诊断书》《王非作品评论集》《夏福宁绘画艺术》等图书，近年来专注于抽象绘画研究。）

白丁香（外一篇）

孙远刚

“院子里有两棵树，一棵是丁香，另一棵也是丁香。来几次都不曾见伊底花，在它，横竖不肯以花面目示我，大抵确实是不投缘的了罢。”——戏仿鲁迅口吻，致敬经典。

鲁迅博物馆在阜成门内大街宫门口二条19号。鲁迅故居是博物馆的一部分——大院中的小院。下午4点闭馆，我去迟了，前后只在里面待了半个小时。最后一个离开，工作人员送我到门口，见我还在回头，安慰我说：下次再来。

参观鲁迅博物馆是要提前预约的。7月31日，正是大暑天气。怕热，我从阜成门地铁站B口（东北出口）出来，已经是下午3点多了。走宫门口头条向东，左转北街到宫门口二条，叶剑英题写馆名的“鲁迅博物馆”到了眼前。这一带是一片老胡同，大槐树严严实实，地面的阴凉积得跟淤泥一样厚，满地是不及扫的槐花落蕊，头顶上聒噪着蝉鸣，平添了暑气。我似乎尝到了在老北京度夏时喝冰镇酸梅汤的滋味了。

进门，大院子中间是一方小水池，里面躺着几盏墨绿色睡莲，水池后面有一尊鲁迅的大理石雕像，围巾上有风。我倚着他，拍了一张照。

受工作人员的提醒，鲁迅博物馆里的展览我只花了十分钟，楼上楼下扫视了一圈，就匆匆地朝侧后奔去。

鲁迅故居在宫门口三条21号，现在这“三条”已经有名无实。故居门朝南，进门厅只走了五步，向左一折又进一门，鲁迅的小四合院到了。前三间后三间，东西两厢各两间，围一座四四方方的院子，小则小，精致。三级麻石台阶，二尺半檐廊，磨砖对缝，桶子瓦泥鳅脊，1924年花八百块银圆买下来这些，想来还是很合算的。四面屋都闭着门户，不是从里面关就是从外面锁，只能趴在窗上隔着玻璃看。从北屋和西屋之间的一个小耳门进后院,看北屋后面的“老虎尾巴”,是北屋三间中间一间的后厦,这是鲁迅的“作坊”,简陋得有些寒酸。一张靠东墙根下的桌子,一把藤条椅,桌上一盏罩子灯,笔筒里插着几管毛笔。《华盖集》《华盖集续编》《野草》,这样的作品就是在这个地方完成的。东墙上挂着的应该是藤野先生的“照相”,想那背后当写着“惜别”,西墙上是一副对联:“望崦嵫而勿迫,恐鹈鴂之先鸣。”鲁迅手体。

后院是园,很小,若全用来种麦,差不多能收二十斤麦子。园中一株黄刺梅最为醒目,它像一束手捧花,要一双巨手才能捧得下。我没赶上它四五月间开花,眼下只是一束密集的细条细叶。百年老花,不显老态。黄刺梅象征光明和希望,“老虎尾巴”里的鲁迅,夹着烟卷就能看到。耳门旁是一棵枣树。见到了,我扑上去就搂,没搂过来。抬头再看,院墙外还有一株大的,上面挂满了一串串清白色的枣子。

前庭是两棵白丁香,枝枝叶叶,早已占据了大半个院子。进院即入丁香下。这两棵丁香近百岁,不显老,各有四枝粗干,从地面就分。双树迎合,如双掌合十于前,恭迎着每一位进门的客人。《鲁迅日记》1925 年 4 月 5 日:“云松阁来种树,计紫、白丁香各二,碧桃一,花椒、刺梅、榆梅各二,青杨三。”

拢共不到五十平方米的场子,竟种下这些树,那一定是树的小时候。鲁迅买八道湾宅子时,看中它的大,孩子们能玩得开,这时,他已经不考虑这些了。如今的丁香,四剩二,见白不见紫,当年的种花人是不知道这些的。丁香为冷凉地区普遍栽种的花卉,在北京并不少见,这两棵白丁香,或可以名为“鲁迅丁香”或“鲁迅手植丁香”。抚摸着那扭拧如钢缆般的树干,我想到鲁迅的浓眉、一字须和竹枝一样的手指。印象中,鲁迅是个拧巴的人,拧巴的性格生成冰冷的、带刺的文字。看萧红的《回忆鲁迅先生》会发现,生活中鲁迅的另一面:平和,幽默,睿智。父亲的鲁迅,丈夫的鲁迅,朋友的鲁迅,师长的鲁迅,和较劲的、“一个也不宽恕”的鲁迅,其实是一个鲁迅。

“丁香空结雨中愁”,走上阜成门内大街,走到护国寺小吃前买门钉肉饼,我还在想着那两棵白丁香。

红楼大观

这里曾是一片菜园。西边紧邻的,是南菜园街。

明清时这里叫菜户营,在今二环以里的西南角。1984 年在“菜园”里建大观园,87 版电视剧《红楼梦》在此拍摄。

大观园是一座名著园，曹雪芹绘的草图。

园，无非假山假水和不生烟火只管风月的亭台轩榭；林，则是草木知春，爬藤织墙，次第花木。园林设若没有绿植……那是不成立的。正常，一座园子修成，工人撤走，花匠则要常年住下。

我从南门进，一路向北走。大致有三条路径可循：左路，桃林、花冢、怡红院、栊翠庵、嘉荫堂、凹晶馆、凸壁山庄；右路，秋爽斋、潇湘馆、稻香村、红香圃、花溆、蘅芜苑；中路，曲径通幽、沁芳亭、龙吟、荻芦夜雪。三路归总于省亲牌坊和大观楼。

无论走哪一条路，都是一团团滚动的绿，参差披拂，如一桶绿漆扑面淋头。

怡红院内，“蕉棠两植”，怡红快绿。芭蕉在东，“女儿棠”在西。原著上是“几本芭蕉”，也就是一丛芭蕉，这里只有一枝，冬天严严实实地裹着。海棠正是妙龄，四月间开满头绯红的花，如营养过剩的富家子，找不出一支瘦。海棠开花，“绿腊”犹未卷，更未展，只是准备“卷”，提前用支架护着。

读红楼，我想象中的栊翠庵是一座小庵，妙玉一人居。实际，高木掩映下的栊翠庵，两进院落，一点都不小。只是山门小些，青砖灰瓦，不着色，门首上的字也小。相对于怡红院大门的开阔敞亮，它仅容一个胖子通过。从怡红院后廊向后面走，过石桥，石桥周遭都是梅花。来时所见的只是树，只是失了梅魂的叶，肥嘟嘟的，跟别叶没有什么区别。

那是个晴好的冬天，不见雪，栊翠庵一进院里是十几株红梅，也不着花叶，此时看梅姿，看她的傲雪枝。妙玉说的“梅花雪”，我这个南方人还没见识过，我印象中，不管白梅红梅，梅花盛开，虽不见叶，也基本断霜雪了。二进院西侧有一株蜡梅，正开得欢实，若雪尚飘，定有昭君的雍容。这是一株红心蜡梅，花钟尖长，盅中黄里透着紫红，在“香音妙界”前。

秋爽斋院门紧闭，不得入。三姑娘“素喜阔朗，三间屋子不曾隔断”，一张花梨大理石的大案，墙上挂着米襄阳的《烟雨图》。探春自署“蕉下客”，一个“客”字，比林妹妹的“馆”还要叫人心酸。想斋内应该尽种芭蕉。扒门缝看，在院墙外踮着脚看，跟个张君瑞似的。

潇湘馆里莫论竹，就像关公门前不耍大刀。竹子只在前庭，后院却别有天地，有三棵大梨子树，混在周围的苍梧翠樾中，不甚分明，与原著中“大株梨花兼着芭蕉”倒是相合。这几棵梨树颇老，我疑心是菜户营的旧物。春见梨花秋见梨，这油绿的叶子底下挂着金黄的鸭梨，我恰巧见过，若是一起摘下，怕有好几箩。

“一畦春韭绿，十里稻花香。”见着草屋和青篱，必是稻香村了。前后都是杏子树，若是一夜花燃，当得了“喷火蒸霞”这四个字。不见“黄泥矮墙”“墙头稻茎掩护”，篱外山坡倒有一处，却不见“土井”“桔槔、辘轳之属”。造园之难，难在细节。倒是杏树容易，一经栽下，三年五年，看花，卖杏子。

走遍蘅芜苑，只见一棵树在后门口，是一株杉木。是自然随性，还是别有深意，不得而知。“清凉瓦舍”“水磨砖墙”“插天的玲珑山石”，一一对得上。宝钗喜欢石，我也喜欢石。我倒不是喜欢什么“皱瘦透漏”，只喜欢它命硬，不惧刀火，不痛不痒，无灾无病。

石上藤蔓牵缀，葱茏蓊郁。细数有紫藤、凌霄、地锦、葛。杜衡、白芷和蘼芜也是应该有的，我没见到。宝玉题名为“蘅芷清芬”，元春改为“蘅芜苑”，不知“贤德妃”有何深意。她见“蓼汀花溆”，笑道：“花溆二字便妥，何必蓼汀？”刘文典据此以为，元春是属意于宝钗的，“蓼汀”喻林，“花溆”喻薛。不知刘公是否会错了曹公的意。

冬进蘅芜苑，光光的山石在大片的阳光下，养老院一般安静。在大观园的参差绿中，这东北角也显得单调和不随俗。想宝钗进京待选不成，借住贾府，心中光景落寞如此。

还是从南门出，一路繁荫相送。南门向南外是南二环，隔护城河相望的是佑安医院，孙女清芷就出生在那里。

（孙远刚，中国作协会员，巢湖市作协副主席。在《散文》《散文百家》《美文》《安徽文学》《当代人》《都市》《北方作家》《作家天地》等期刊发散文、小说百余篇，多篇入选《散文选刊》《散文[海外版]》及排行榜、精品集。2012年获孙犁文学奖。）

皖地风

入梦故园叹先贤

许松涛

一晃半个多世纪过去了，惊回首，我如梦初醒似的，深深地为自己的出生地感到荣耀，也深感生在桐子古国的荣幸和自豪。传说，这有巢氏曾经开辟莽荒之野的一隅，一个弹丸之地，却蕴藏着一个声名显赫的文化之邦！她的耀眼夺目，她的光华四射，深远地被凸显于明清之际出现的一个名闻遐迩影响深远的桐城派的历史背景上。试想，一个拥有一千二百余众的作家群，可谓洋洋大观，可谓史之罕见！况明清以来，进士及第者多达两百四十余人，作为一个县级市，人口仅七十余万的小城，虽不敢说天下诗书在桐城，但这里的一草一木，必都带着文墨的清香；这儿的一石一瓦，自然都粘着诗书的灵气；这里的一山一水，也都濡着礼仪之邦的儒雅，传承着深厚的人文血脉的基因，辉映着家国情怀的抱负理想。仁义礼智信，在这方古老的土地上，如一方地域的标签，枝繁叶茂，根深蒂固，滋润着一方水土的精神风骨。这些丰饶的人文资产，一代代传承，迸放出独有的时代光芒。

尤近现代以降，教育科技文化共同发力，更是名家辈出，震撼江淮。据统计，自新中国诞生以来，这里已诞生二十名院士、三千多名博士，以往的“耕读传家”名副其实成了“诗书传家”。有人私下里估算了一下，如果从疆域面积、人口比例、学历高低等角度来排列一下，桐城完全能承应“院士之乡”的美名。如此一地，全国乃屈指可数也，焉有不夸耀之理？

一

我生在农家，伴随最艰苦的三年困难时期而成长，自幼便体会到生活的困窘、日子的拮据、物质的匮乏。那时天是蓝的，水是绿的，山是秃的，粮仓里是空的。冬天是病猴子，夏天是泥鬼子，割猪草的手在冰冻的野塘面被北风刮得通红胀痛，赤裸的脚泡在河沙里打摆子似的抖……可幸运的是，我没有丢书。我终于走出了农家的老屋，有机会触摸这方土地上先贤的脚印。

从一张绘制于唐代的古老县制地图上，我第一次同意了本土文物史专家、清大学士张英的后人张泽国的观点。她确实是一座近圆的龟形城，巍巍西北山岳连绵起伏，这是大别山余脉奔泻千里于东南的生动地貌，回旋于城郭的一马平川正是城墙的五道出口，东南方向平湖沃野，坦荡如砥，呈扇形打开。登高远眺，极目天际间，屋舍俨然，村镇交接，河汊纵横，水网密布，烟霭袅娜，水如明镜，点缀在绿野村落之间，一派祥和安谧、富足丰饶之象。

一张平面地形图折射的是俯视的视觉，折叠的却是思接千载的立体哲思、穿越万水千山的洞世情怀。古建筑史专家张驭寰先生在他的《中国城池史》大著中断言，桐城是我国唯一一座正圆形的城池。面对一张古旧而珍贵的古城图，张泽国先生则在自己多年考察与对这座城的研究中，干脆将这座安静如一潭秋水的城池称为龟城，并从风水学角度进行了阐释——龟者，古时祥瑞之神灵也。那么，紫气东来就是必然，至今老城东片区域的一片徽派建筑群边，一座穿越河流的紫来桥即是对这座古城池的天然呼应。

小城的坚固，也曾在明末的农民战争中得到了检验。崇祯八年（1635 年），农民起义军领袖之一张献忠带领农民军攻打这座龟形城池，企图占领战略要地，以期实现战略上的更大突破。谁知屡屡受阻，久攻不下，直到崇祯十五年（1642 年），也没有拿下城池。据史书记载，张献忠仅大规模进攻就有六次之多，古城依然固若金汤。他只好率部转而攻打六安（今安徽六安），所向披靡，势如破竹，顺利拿下，遂有“铁打桐城，纸糊六安”之说。如今，这座古城仅剩下城墙遗址，墙体荡然无存，毫无踪影，墙脚替身是马路，似乎自古以来这里没有过所谓的城墙存在，更不见本土名士方守敦在他的《凌寒吟稿》中所记叙的明末景象：“建城自万历四年（1576 年），为乡贤盛侍郎汝谦、吴布政一介公所经营创造，十余年始告成，坚固壮观，巍然为皖省列城之冠，保障人民防变乱者将四百年。”

有时，我不止一遍地对自己说，一切皆如浮云，于尘世，我是自己的火车，从命定的年轮里一年年碾过，城依旧，走势一如始初。

可惜的是，这座城池的城墙毁在1938年春。日本人穿境而过，当时的县长罗成均怕飞机大炮顷刻夺去全城几万百姓的性命，或担心日本鬼子屠城，立即布告，下令拆除城墙这个困人障碍。传说一夜间，百姓齐心协力动手，就将一座几百年的老城屏障化为乌有，在军民共守与全民毁墙的截然相反的大动作中，我们不难窥见势不可挡的汹涌伟力，保或者毁的内涵，有着惊人的一致性，那即是民心之所向。如今，自隋建起的土夯城墙至唐复建的这座砖城墙，只能别梦依稀在后世的想象里。

站在这古老的土地上，有时，我脑海里会莫名其妙地浮现出一些地名，它们像泥土沉积下来，在我有限的生涯里，顺着感情的潮汐带出沙砾，时而沉淀、板结，时而搅扰、翻腾。

鸡岭，乌石岗，姚庄，百丈崖，桐梓山，落凤窝，投子寺，甑山，一串一串，我无意间记下它们，这些我意识里闪亮的珍珠，对它们，我或许并不熟悉，但这就像一个生命体的组合，我奇怪地记下了，而且我会咀嚼这些名字和地理背后的韵味，回味其中的奥义，或许什么都不是，但感觉竟然一点不疏离。我走在小城里一座被遗弃很久的城墙下，见这墙垒得并不高大轩昂，材料也是一些残垣断壁的下脚料，墙缝里时而探出草藤类的植物，斑驳的墙堵似乎仍置身前朝。我坚信墙身一定是古旧的、伟岸的，那碎砖碎瓦绝对是隔了王朝的，是有来历和故事的，从墙砌得凌乱可以想到曾经的仓促和无暇讲究，诉说的是某个年代惊叹或没落的故事。在老城址内遗存的一些四合院和方形砖门内，从庭院内铺就的爬满青苔的青砖上也可以推断出曾经的大户人家书香扑面、弦歌不绝的升平气象。如果站在一处天井或者一处明堂，一定被头顶上四角的天空引诱，也或许被厅堂上的一副墨宝惊呆，这些隔年时光里的鲜活气息即可把我带到一个安谧的文人雅士互为酬唱的年代。《小雅》的气息，《诗经》的气息，从那古旧的门缝和沧桑的瓦楞里挤出，缠绵得让人抬不动腿。

我走近的是一个平凡却有着不同凡响的魅力的偏远小城。那些我信口拈来的地方，就是我不断以灵魂触摸和接近的地方。

二

既然当地学者读到了吾邑城池图像的特别之处，并从风水学角度给予了恰当的诠释，我这颗昏庸的脑袋，就理所当然地像被突然敲开了一条裂缝。通过这条缝隙，我窥见了这座古老而平常的地域的伟大和神圣。原来有心人在全国的城市中比较过了，她是一座独一无二的圆形城池，她的闭合性出乎意料。从一张复原的古城地图看，确实如此，东西南北各开一道门，门有门楼，楼上有打更人，有楼哨。如今复原的东作门就是其中的一座城门，立在当初熙熙攘攘如今门可罗雀的紫来桥一端，通过它可以想见其他门的基本样式。昔日的城墙在1938年被抗日的县长为保护百姓一夜间下令拆除了，现在在百姓家里偶尔还能看见几块偌大的残留下来的城砖，我试了试，厚实，比如今的砖大好几倍。据说当年城墙上可并排跑四辆马车。这个阵仗，该多么壮观！有学者在微信公众号上长吁短叹之后，火气甚猛，谴责当年的县长为什么那么糊涂透顶，简直该千刀万剐。可是，悲剧的发生总是不可避免的。

据考证，这国内唯一一座龟形城池的好处，从堪舆学角度解释，西北由连绵的皖西南群山拱卫，东南方却由一片平整的开阔地和有着湿地公园美名的嬉子湖点缀，龙眠河绕城池外围，航拍的镜头下，像极了一只千年老龟伸展四肢安详卧伏，一刹那的动感则是昂首匍行。所以自战国以来，这座偏远小城一直远离祸端，是吉地的一个应验似的存在。我被那密密麻麻的小区和细密弯曲的街道组成的迷宫图所震撼，乍看，确实像龟壳上的斑斑裂纹，斑驳不一，深浅间杂，纹理错综，回路曲折鲜明，城池浑然一体，一只憨厚、端庄、儒雅、平和的老龟如饱学鸿儒，仿佛活生生摆在皖中大地的西南角。环绕城池而过，龙眠河带着群山中的锐气和紫气，一路蜿蜒，一路歌吟，阳刚阴柔，各取所需，互相照应，融为一体，给这条季节河增添了韵致和情调。

从城内古老孔庙的棂星门走出的学子于明清两代就有进士一百九十余人，如今获得两院院士称号的科学家就有近二十人，在航天、深海、雷达等前沿高科技领域取得了突破性成就。我曾经计算了一下，如果用国土面积、人口数量来比对，要打个“全国院士之乡”的品牌绝对名不虚传。除此，还有两千多博士和硕士未列其中，后发优势十分明显。这里人文勃兴，惠泽千秋，子孙奋发，绵延不绝，时所必然，成之当然。两座地标式的人文建筑虽然低矮，也不会被高楼大厦湮灭在水泥钢筋的丛林里，其一为现在全国唯一一座建于明代的孔庙，有近七百年历史，几经重修，焕发容光。那一年，我游故宫，联想此庙，心生惊诧，它的年岁竟比北京故宫还年长四岁，理应做故宫的大哥，所不同的是体量太小，结构单一。其二为萌生于清末的桐城中学，是原京师大学堂创始人吴汝纶先生的大家手笔，这位连自己的儿子考科举也阻挡的吴汝纶，是一个目光深邃的“改革先锋”，在清末的垂死气息里找到中国教育先机，已经预见到一个崭新时代即将到来。山雨欲来风满楼的情形是他不可左右的，但是作为一个明智的觉醒者、奔波呼号者，他的功勋不可磨灭。后来的历史证明了他的睿智。他简直就是一个开启时代教育变革模式的先驱，无愧是在国破家亡时代鼎力破除教育积弊的实干家和旗手，一心从教育入手增强国力，是他的报国门径。他寄望于后学的“勉成国器”的手书，依旧在桐城中学气派的门楣上熠熠生辉，激励着后人踏着“废科举，兴西学”的探索之路砥砺奋进。从这里出来的几位中国科学院院士，正在这个老人睿智的目光里实践着他曾经的办学理想——谁曾想，这是他的实验田？这所学校的建校时间竟然比北京大学的落成要早两年！校园的一堵文化墙上，有副雅俗共赏的孤联，许多人冥思苦想没有满意的下联："桐中敲铜钟　童男童女同上学"，不料，锲而不舍的宿儒雅士，如今找到了同样能够雅俗共赏的下联："塾乡飘书香　庶子庶丫数成材"，从另一角度，可谓囊括了这块土地上诗书之邦的乡风民俗。书香书乡不分的意蕴总算一脉相承地统一在这副趣联里。徐南平、吴曼青、程和平、毛万标、方复全、吴立新等闪光的名字，已化为改革开放的中坚，为祖国的科技人文事业做贡献。他们是恢复高考之后的英才，受改革开放的雨露滋润，一并成为这座龟形城池继往开来的骄傲和文化科技史上的繁星，成为皖中大地后学们的路标与荣耀。恰如吴汝纶先生流淌墨香的楹联所厚望的那样，没有辜负一个消失在过往烟云里的老人的临终嘱托："后十百年人才奋兴胚胎于此，合东西国学问精粹陶冶而成。"如今在充满自信、大门越开越大的国度，这个深邃的宏愿正一步步化为现实。他那济世图强的炯炯有神的目光和穿越历史烟云的宏厚嗓音，依旧在我徜徉的北大街的麻石巷子上，清晰回荡，经久不息。

这不是孤独的声音，是一群群后继者继往开来的心经，生死契阔，由此相见、相知、相闻，或仰望，或追思，或沉吟，岂不幸哉！隔的是阴阳，化的是精神，文化的根脉不断绝，也不会断绝，传递给世世代代立志图强的血脉因子，依然鼓荡着奋进者的心海，照亮着夜行者的崎岖山路。

生命宛若浩荡不息的长河，时间划分出此彼两岸，前边的人，走在时间的彼岸，后边的人，活在时间的此岸。可是，今人的此岸某一天又成为别人的彼岸，我们就这么隔空相望，惺惺相惜，接续薪火，带着不乏充实优雅的寄托和神秘感、崇拜感、疑惑感，不为物质困扰地活着，不为名利的缰锁而羁绊，更不为一个小家的充盈余裕而消弭奋斗的意志。我在古文庙棂星门外的一对赑屃前流连，也在飞檐的门环下徜徉，我在大成殿的蒲团上微合双目，也在厢房的池畔沉醉于花香，对春去秋来的鸿雁引颈企盼，对大地上的萋萋芳草久久流连，沉湎人间的芬芳，也欣慰尘世的苦涩，时间长河有激荡的急流险滩，有枯竭干裂的澎湃河床，也有逼仄时的滞塞，更有奔泻中的宽阔，即便泥沙俱下，也阻止不了命运的奔腾不羁。龙眠河、紫来桥、投子寺、鹿儿城、马鞍寨、大徽尖……多么亲切的名字，一一存下生命的激越、洋溢与温婉。是的，我们皆是聚会在这方水土的人，从这里出发，或许，也从这儿回家。短暂的一生，有无限的神往和有限的取舍、平易中和的退避，每个人都在消耗生命的能量，把自己投放在哪里，决定了一个人的格局和档次。

我多次来到文庙，这七百年风雨不败的矮小建筑已经成为这座龟形城池的文化坐标——文风诗雨，世代风流。它仿佛预示：后学奋起，不屈不挠，滋润养育，异军突起，一切被推动着，美好的事物正汹涌澎湃地袭来。

三

山川秀色，岁月飘零，世事流转，今非昔比，真个是“长城万里今犹在，不见当年秦始皇”。这质朴的家常话，据说是清朝大学士、内阁大臣张英一封家书引用过的，本四句，这里选择两句，是因为这两句家喻户晓，既富于哲理，又饱含儒道精神，不愧为儒家正统思想熏陶下而靠科举取士为官的人所秉持的理念，也无愧于道家无为而治精髓下窥破人生物欲需求的淡泊。清廉一生的张英，留下的精神财富是十分宏富的，他的宽和、礼让情怀在物欲横流的当下，起到了镇定人们神经的作用。还得感谢皖籍歌词大家贺东久先生，他作词的《六尺巷》在 2016 年中央电视台春节联欢晚会上播出，把小城的知名度演绎得如火如荼。我曾萌生过就本土的巷子写一本书的愿望，其中的六尺巷当然要放在首篇，其余本土城区或古镇的巷子依次排列，连同街道上的那些乌龟肠子般的巷道，一一来到我的笔下各就各位，各自彰显荣耀与光彩，可我一直不敢动笔。

在桐城，著名的还有丰糕，这是用籼米和糯米按比例浸泡数日后磨成米浆发酵，再高温蒸过的糕点，已为当地的名特产，是馈赠亲友的佳品。有户人家多年做丰糕生意，生意越做越大，每年年关所蒸丰糕供不应求，在不大的城池东南西北都有连锁店，而且总是天天卖空，每年这样的情况要延续到阴历二月初，价格比一般的丰糕店高出许多，酒香不怕巷子深，好这一口丰糕的人真是不怕丰糕贵。同城还有一家丰糕店注册的商标就叫六尺巷，并且门脸就设在六尺巷对门的汉白玉造就的高大礼让牌坊边，来六尺巷游玩的旅客，所买的丰糕几乎都是六尺巷丰糕店的，我感叹这一家卖得不错怕是沾了六尺巷故事的光，令来的人欢欢喜喜买回家。据说商业局在这一年正月尾统计了一下，光糕点营业收入就越千万元，可谓不错的产业。我甚至有一天突发奇想，对这儿的丰糕进行整合，以最传统最正宗的配方和工艺，将这门手艺传承并光大，让全国人全世界人都日思夜想着六尺巷丰糕的味道而念念不忘，岂不是一个大有可为的产业？丰糕不仅传承了礼让精神，还传播了本土文化，作为友谊的使者和文化传播的载体，丰糕不正是最好的美食和消费品？做好了，真乃一箭双雕啊！

无独有偶。在一条由市医院去法院街的窄巷里，春天专门有人在这条里弄以手工制作的方式卖蒿子粑。这蒿子粑只有用本地水土生长的蒿子最为正宗，用的是绿色地标产品青草香米粉，食材、火候最关键，火候到了就外脆里嫩、外黄内绿，如同刚从乡野无污染的大地上采回家洗净的一样。嫩蒿保鲜是一绝，保鲜做到位了，一年四季都能品尝到如同从野外刚采回的醒神吊胃口的蒿子味。如果饭桌上最后来这么一盘蒿子粑压轴，算是圆圆满满最地道最恭敬的地方特色了，和本土的孔城米饺一样抢人口眼还夺胃。女儿从北京赶回，想的就是吃上一口家乡的蒿子粑，我转了几条街找到这一家老牌米粑店铺。我向一个巷子里卖蒿子粑的中年人打听过，就这么坐在门前一个个煎蒿子粑，一季下来能赚多少呢？他不假思索："十四五万吧！"我不敢相信的神情令他不服气，他赶忙补充道："网上销售比零售价格高。"哦，竟然上网了？科技的速度真是惊人啊，传统手艺，现代销路，正应了一方水土养一方人的古谚，没有人就不可能有财富，人是创造财富的最重要元素，无论是物质还是精神。这一粑一糕，也许跟圆形的古老城池存在天然的隐秘关联？既然还没有将它们一一推介给外界，还是任其一副养在深闺人未识的样子，就像我们的祖先一样低调、温存、醇厚，就如大学士张英一样，只想着在黄庭坚居住过的龙眠群山躬耕南亩，只想过李公麟那样隐居的日子，在龙眠山庄里栽他的万棵松，那就由他去吧。想必这是一个政治家早就知进退的明智之举，是文人骚客必然有的退隐山林的心灵外化。如今清贡品中没有此两物，也许是个损失，也许是个疏忽，可是在当时，也许怕皇上瞧不上眼，也许怕给自己招致什么嫌疑，惹上祸端。一个在京城长期伴君的高官，是明白高处不胜寒的，战战兢兢的日子不是他最终所愿，荣华富贵与人间地狱可以翻云覆雨的位子，不是一个人真正的追求，所以宁愿在羊肠山道上遇见从窄路担柴而来的樵夫立马退避到地里，也比在朝廷战战兢兢假装轻松自如的强。张英的这份谦和，是检点，是反省，是真诚，是解脱，更是大彻大悟，是归途时内心世界的安然，是大化于世、宠辱皆忘、物我合一的心灵解放。没有经历与阅历的人不会懂，也懂不了。

四

曾有一段不短的光阴，七八年吧，我在藏有本土无数名士胜迹的龙眠山中度过。当时年轻浅薄，加上心性淡泊，散淡地虚度着悠然见南山的日月，对散落在群山间的那些遗存不曾留意，只在百姓口耳相传时获得点滴印象。后来离开，开放之风喧然，我才回过味来，自知错过了对这方葱茏水土的探求和叩问。当大批的外来者一拨拨进入群山寻古问访后，我不免痛惜懊悔，蹉跎了如许珍贵的光阴。

若干年前，我就沿着山洼中一条蜿蜒的羊肠茅路，去一座坟前拜谒一位叫作姚莹的先人，《清史稿》中记录着他的功业、他的沉浮、他的乐观与淡泊。嘉庆二十五年即1820年，三十六岁的姚莹任台湾县令，惩赌徒，扫迷信，禁烟土，治理有方，深得民心，时人赞誉为“菩萨心、霹雳手”。我多年后得到了一本《姚莹年谱》，作者施立业先生说：“他可能是中国最早觉察并提出预防西方侵略的人。”我实在想象不出这样一个政声卓著的能臣，竟然在台湾五战五捷的抗英侵略中被革职处分，被道光皇帝钦点的台湾兵备道，被林则徐等推荐的文武兼备的“学问优长，所至于山川形势，民情利弊，无不悉心讲求，故能洞悉物情，遇事确有把握。前任闽省，闻其历著政声，自到江南，历试河工漕务，词讼听断，皆能办理裕如。武进士民，至今畏而爱之”的干才帅才，五十四岁之后，只能没入家乡的黄土。他竟然因功罹祸，只能说明清朝的覆亡是必然之果。

我曾经多次在城中心区域的老街寺巷流连，无一例外地在心中激荡起汩汩幽情：“门临青竹邀君子，窗有红梅见古人。”我得知这是姚莹后人所住的房子，不禁肃然起敬。家风即门风，什么样门庭出什么样的人，正如什么家长教育什么孩子，什么上司带出什么下级一样。姚门依然如此脱俗，如此高格，在如今“生意兴隆通四海，财源茂盛达三江”之类春联触目皆是的时代，唯独这儿的墨迹依然笑春风，见证姚门遗风。记得雪刚刚化去，巷子依旧死寂，这副春联让我陡然为之一震，热泪沾襟！那家静静门楣两旁从未更改的对联，映见先人的风骨，以及如何形成的家风——“代有名贤，学问文章；道义宦绩，渊源自有。”这是先生在《十幸斋记》中的自述。此时他已经六十有五，老之已至，回顾平生功业，跌宕起伏，口气淡然，不无自慰。我深吸一口清冷而潮润的空气，目察栅栏内门前一块空地上那株静静绽放的蜡梅，梅花脱俗的气息和浓郁的花香，弥漫在一个僻静的院落，招引路人鼻息。冬天即将离去，又一个春花烂漫时节即将来临，姚户如今的家人安在？为什么木门紧闭？真想进去坐一坐，聊一聊，也许有一盆炉火等候，哪怕看一眼也好。我与先人走得这么近了，这是他的出生地啊。我不禁怅然若失。没有谁敢把这个“个头短小精悍，双目炯炯有神，胸怀大志而处世稳健，才能出众而雍容大度，集才气、义气、霸气于一身的豪爽之人”小觑了。唯独没有说他“文气”，然有清一代，他又确实是个文学家。苍天在上，日月苍茫，如果湮没了这样一位维护祖国统一的抗英英雄，真乃天理不容！

回归乡土，叶落归根，符合士大夫的梦想，更是黎民百姓的夙愿。双溪村的一块净土理当是姚莹的安息地。既然大丈夫熟知士为知己者死，既然读书人志在达则兼济天下，那么一个人的前途和命运如何动荡，利弊得失如何计算，已在所不惜！我想，姚莹一定比谁都明白自己所要的是什么，不是良田万顷，不是妻妾成群，不是酒池肉林，所以他不会在乎因功罹祸的不公。那么，他坟地里的这抔沙土，就是一份特殊的奖赏，满载祭奠意义与价值的忠魂；通往故宅与坟地的路，不过咫尺，却闪耀着中华文明几千年的光辉，闪耀着人文精神之光。这路，就不再是一条普通的路，与物质形态的泥土路没有差别的路，而是在功能和价值形态上均打上了民族精神烙印和家风传承的路。这是走心的路，一条通往国家统一大业、民族复兴的路，是延伸进如我者梦里的路，也一直延伸在正义的人们良知发现的歌哭里。

从这方土地上生长起来的“十方锣鼓”，热闹猛烈，属于我邑独有，其声势之壮，宛若雷霆万钧，其快捷之雄，如疾风暴雨，当年给姚莹送行的锣鼓班子一定感受到刻骨铭心的震撼。当然，这锣鼓也给乡民劳碌而丰歉的一生远行送行，如今已被列入国家非遗名录。当年姚莹灵柩回故里，那必是一个惊天动地的场面。可以想象，二十面大鼓排列，三十面铜锣亮相，鼙鼓动地的阵势再现，岂不是旷古之音？接下来，北峡雄关的大关水碗宴请八方来客，显示淳朴乡民的热情好客。“吃不过北乡”，是一个家喻户晓的口头禅。桐城的北乡是以美食闻名的，北乡人的蛋皮面、鱼丸、肉丸、白漂、鸡丝、车骨肉、汆肉丸子……配上粗瓷蓝边碗、白瓷汤匙，摆上光洁的圆竹筷，食客少不了眼发直，鼻翕动，口生津，舌如狼，犹如饿鬼投胎。最隆重的红白喜事都得用它来彰显，来炫耀，来烘托。稍慢，点上葱花、姜末、蚕豆酱，没有味精和鸡精的参与，照例是一席色香味形俱佳的民间美食，大师傅厨艺绝对顶呱呱，从艺少不了十年功底，嫩、爽、滑、鲜、麻、辣，样样精当。这功夫也可登天，一跃而入龙门。在秘制的菜谱里，我大海捞针也不得玄机，可是我高兴，我怎么能不以此为荣？耳朵长的，舌头尖的，满足口腹欲的，不得不来见识这套只有民间才会精挑细选的酒席菜谱。所用圆的器皿、餐具和圆的锣鼓家什,与圆形城池和它的古老民风,巧妙契合,神形兼备,一脉相承,又岂仅仅是相得益彰?

五

龟形地貌自然是天然形成的,龟形城垣是上苍的恩赐。龟,出现于易经,自古就被公认为四大神灵之物,与青龙、白虎、朱雀合称,是道家的器物。龟壳最早用来占卜吉凶。龟在民间也是古老的吉祥物,寓意长寿。吾邑祖先,最早在这块龟形地落草生息,是否早就相中了这儿的风水?从元代的紫来桥至今,环绕城池的龙眠河又添了几座不同形状、风格的桥。彩虹桥从西环线外的河面上腾空而起,夜晚灯饰点缀灿若星辰,仿佛迎接仙女下凡。城南的一座廊桥仅供市民步行鸟瞰风景,桥面上阁楼状的亭台轩阁雍容华贵,再现汉唐风韵,端庄、典雅、大气,飞檐翘角的徽州风味,将古老的徽派建筑精华嵌入其间,令人目眩神迷。日暮时分,乘凉的人们纷纷前来聚会兜风,忘情对弈,捉对厮杀,吹拉弹唱,黄梅调的余音袅袅绕梁,行人的脚步盘桓不去。最有意思的是老城西北角河段上的落水桥,桥头近岸的部分设两道桥拱,两两相望,宛如一对佳句映照,平仄相对,丝丝入扣。而在水位最低的中心恰恰留存的是阔面桥底,来自西北的溪水隐隐潜入桥下,不舍昼夜,无声无息地漫流。好奇的行人或者兴之所至,或者需要解乏,可蹲在桥面直接从河里掬捧清水,清凉脸颊。附近的居民,还可以借河水浣洗衣物家什,在春水暴涨的时节,从来没有出现意外。有人曾称之为拦水桥,我觉得倒也贴切。当然,除此外,还有一些其他的桥,我每天要过的连接老城与外城之间的一条百米长的钢筋框架的水泥桥,现代、简约,适应快节奏生活。当然,我都没有顾及过桥下的流水是如何匆匆流逝,或哗哗告别昨日今宵的。

若干年来,河上竟然添了四座不同年代不同样式的桥,这个号称为龟形的城,自然有了自己健壮的腿脚。如果来此地游历山水,不用出城,桥就是别开生面的一幅美景。

在这以书香名闻遐迩的小城,读书人院落里的枇杷花也开了,梅花也香了。

最古老的桥,就是紫来桥,它是座石头桥,整个桥身、桥廊、桥墩都是石头的。那上头的故事和年深月久的车辙一样深,一样神秘,一样不可捉摸。

没有天工开物的神奇,哪有如许众多的精品?围绕古老的县城的,就是鳞次栉比的民居,年代久远。河沿上搭着翻修的古桥,意韵虽减去些,而骨质脊髓还在那儿摆着。盛夏,有人站在桥上垂钓,有人坐在桥上乘凉。这两孔双耳的石桥,确实有些年头了,翻阅史料，可以追溯到元朝。桥随时序变化着容颜，经受不住风雨的剥蚀、时光的蹉跎，如今加上了钢筋扶手，也立了钢筋护栏，可是桥的主体还是那古意盎然的麻条石铺面和有着锐角的尖嘴菱形桥墩支撑，温厚端庄而凌厉不改，不失古风古韵，经历过无数洪峰绞杀而岿然不动，依旧稳如泰山。

多年前的仲春时节，我独自坐在城西的一座光秃秃的悬崖旁，远眺眼前金灿灿的油菜花海，被那绚烂恢宏的强大气场震慑住了，耳朵里嗡嗡嘤嘤的是蜜蜂们的密语，浓烈的带着药味的芬芳冲得我脑袋一阵阵眩晕。那一刻我已经忘记了这儿曾经有一座天主教堂，如今连影子也不见了，在它的遗址上，取而代之的是一座甲级医院，这医院里有产房和太平间，而且离火葬场很近。我曾经走过那里置放尸体的太平间黑洞洞的门脸，不敢朝内看一眼，即使门是封闭的。可奇怪的是，真的等见到焚尸炉里出来的骨灰，我倒不是那么怕了——我原来一个单位的老财政所所长就是在某个雪天遭遇车祸的，厚厚的洁白的雪地上有他深红的凝固的血迹，我去现场给他收尸，送往殡仪馆。这就是人的离去和存在。恍兮惚兮，阴阳瞬变。那一年老所长即将退休。他简短的一生，匆匆在我眼前终结。我见识了一件非常遗憾的事，这事或许影响着我对世事的看法，也矫正着我为人处世的准则。我一直感激处于低调的平静，鄙弃张扬的浅薄，不争、不讨、不谋、不诽、不慕、不嫉、不恨、不卑，顺其自然成为我的生活哲学。我忽然悟出，生死轮回原来说的是意念的转化在每个人身心上的反映，而非真的是一个人死了还能在下一世重来人间。

六

书案上摆放了三本书，已有些时日，我常常拿来摩挲，品味先贤大哲的文治武功或平生经历。这三本书都源自一个人的生平功业。有姚尚友先生的《无可大师》，有陶善才先生的《大明奇才方以智》，我在家乡的新闻媒体工作，编辑报纸副刊时有个栏目叫《潇洒园》，请本土几名书法家刊头题字，就栏目何故命名如此而不解，后来探得潇洒园不是别处，而是晚明一代大家方以智先辈少年时代的出生地，这与我从钱王刚先生的著述《方以智传》里所得到的信息相左。钱先生考证方以智乃诞生在枞阳的浮山，在陆山庄，原名北沙岭。我折服于研究者的精细穷工，不可否认的是，他忽略了一个绕不过的史实，即枞阳昔日属于桐城确是不争的事实，有据可证，无可争辩。虽然我不止一次听闻，所谓“枞阳出人，桐城出名”，想必不过是狭隘者之流的偏激之语，失去古仁人之风的市井饶舌。妄自尊大与从善如流之间仅一步之遥。过于纠缠，任何一方不觉得失去风度吗？文化名人与兴隆之地，从来不能以地域的增减为沟壑，历史上的桐城文派产生，许多作家都是从枞阳的大地上茂密生长而出的，甚至出生归葬都在其间，何以仍被划归一派？这不仅有地域风尚的因素，还有文化价值观念相契合的因果。我想，学者做学问，这是必须弄个水落石出的课题，可作为一种文化流派的形成，或地方名气的营造，放在饭后谈资上，则失了分寸。因为更多地人为掺杂了市场逐利、比拼知名度的因素，就大可不必在乎口舌之争了；起码，可以借此人文资源，起到激励后人、荣耀乡里、自豪本帮、发挥正能量的引导作用。恰如新安画派的重要人物里一样有方以智，佛禅的天地里一样有无可大师的方以智，在中医学的天地里一样有药地老人的方以智，在哲学和自然科学、音韵乐、文学领域依然少不了成就斐然的方以智，这位史书上被誉为“中国17世纪百科全书式的人物”，《辞海》里，祖孙三辈男性姓名均入选其中，其姑姑方维仪，作为明代诗人还没有算入，一个家族的荣积兴盛在中国历史上也罕有其匹。

我如今仍然保存着对潇洒园的敬意。据说那就是他出生地凤仪里。我想，无论这些考证是否属实，都不影响我对一位乡贤大哲的景仰，都无法阻止我瞻仰他的故居的脚步。20世纪90年代初，我跟友人来到他曾经住过的木楼，我没料到今天，这间房子仍然深深影响着我的情感，仍然在我的文稿里必须出现它的踪影。我忘记过许多事，或许生命中在别人看来很重要的事，但没有遮蔽掉我对一间闹市中凋敝的小木楼的鲜活印象，我也没有料到会重新启动对它的追忆——如今，它竟然在我的记忆里意外复活了：楼梯已经斑驳，梁柱有些倾斜，光线昏暗，木楼内方寸之地逼仄，木格窗子应该还是当年木工的手艺吧，漆皮剥落。这儿已经住过不少陌生的城市居民了，室内陈设，已经完全跟一间贫民窟的样子差不多，年久失修的破相，被家常的日杂所牵累，住居的人家也顾及不到许多。经过许多年代的更迭变迁，还能看到这样的老房子，我已经心满意足了。我以为，这里曾经是方以智住居过的地方，或者是他的出生地，不完全是空穴来风，只是我们还没有在时光里捞取漂浮在深渊洋面上的证据链而已，一如律师对代理人的负责，只是在前行路上产生了分歧，像花园里分岔的小径，只要进入，芬芳是无处不在的，仿佛一个人在探索沿途的曲折时发现了意外的迷人风景。且想想吧，在经历过动荡年月洗礼之后，漫长的时间长河冲刷之后，仍然见着了它，需要多么巧合的机缘与运气啊！曾经历尽坎坷、死于非命的大家先贤，于我，不过是换了个时空而已，然我的命运遭际就比他幸运得多，简直无可比拟，没有战乱，没有天灾，没有病祸。只要站在这里，就可以呼吸当年的空气，就可以想见这儿的主人如何走步、欢笑、饮食、起居的日常，在这里读书、绘画、练武、对弈、问药，我就不得不热血偾张，不得不自问：我给时代留下了什么？向未来的历史能交付什么？跟古人的励精图治比，我简直愧对生命，愧对先哲，愧对乡土，我意识到自己的渺小、人生的苍白！我羞赧，无地自容！

有史料记载：1650年，清兵攻陷广西平乐，方以智被捕，清军在方以智的左边放了一件清军的官服，右边放了一把明晃晃的刀，让方以智选择。方以智毫不犹豫，立即奔到右边，宁死不降。清兵将领相当欣赏他的气节，于是将他释放。

生于乱世，有如此气节，不曾苟且，读来怎不令人慨然叹然？

关于《方以智晚节考》的阅读，他的死，的确是在惶恐滩自裁，还是别人考证的“发疽疾而亡”，我不太关心。这不是装糊涂，而是对一个人的死法产生意义的规避，要不要追问，和站在何种角度上追问，这是个问题。我觉得无论是发病死亡还是自裁，不过是站在断代史的位置上观察一个人的品行节操。

如果站在中华民族的文化史和君子人格的角度上看，我实在不愿意将一个人的死与狭隘之论衔接起来，认为自裁或许更符合方以智的气节。但引颈就刀也罢，发疽疾也罢，都是走在迈向死的路上，我认为，他绝对不会为所谓的死法及其所产生的意义而纠结，深谙《易经》大义和熔佛道儒为一炉的人，一个对自然科学专注执迷的人，对生命的价值尊严尤其看重的人，绝对不会苟且地活。于他，活是奔命，死是解脱。惶恐滩上蓝幽幽的海水，对一个不谙世事的少年是烂漫，是清纯，是嬉戏，而对一个浑身到处是创伤、身心疲惫的中年人，是孤独，是寂寞，是凄清，是决绝。试想，一个王朝从万历到崇祯，已经沦落到何等地步，即使没有李自成的起义，也将有王自成、吴自成举起义旗将它摧枯拉朽。任何王朝的更迭，都是自己的因果，清军的势如破竹，天机是一方面，时势是另一方面。只能说，一个人的命运好坏，完全系身于时代；一个时代命运的好坏，完全系身于领袖和他组成的集团带领的人民如何找到一条正确的路。黄仁宇先生在《万历十五年》里分析得很深刻，制度的进步才是民生的幸运、福祉。所以，不必如此纠结方以智死的方式，不必自己为难自己，偏要猜测，做貌似合乎情理的推测。任何猜测和推理，都不是对被研究对象的推理，全是推理者一孔之见的推理，是自找乐趣的游戏，都可能造成对先人的误读。难道他的离去能产生游戏的效应？非也。我建议，还是尊崇先人的无可奉告吧，那是对一位过世大家的最好崇敬！

追问和讨论，总归无休无止，世界不断地产生谜团供后来人咀嚼。只要没有可信的资料做证，那么，我们的推测和想象就不会枯竭。

七

我是一点点接近龟城的内核、一点点触摸偏僻小城的文化脉息的。

若干年前的清明节，我寻访过家乡高桥镇的那片莽荒之地的南山，这里有桐城派鼻祖之一戴名世的衣冠冢。可怜一代才俊成为康熙王朝文字狱的牺牲品。由此，我对比出，生在这个时代是多么幸运。

我冒着蒙蒙细雨，顶着早春尚刺骨的寒风，来到这面朝南的坡地。四周寂静，没有人在意这一个寻常的早春之日，也没有人意识到某一天这里将有一处受法律保护的文物。麦苗在田野里葱茏地绿着，绿油油的麦苗下是黄色的酸性黏土，仿佛还粘着昔日的怨情。黄泥可以建造黄砖块支撑大厦，垒造民房，而我们的戴先生却被带入了两百多年前的那个不测世界的诡异天地。天地浑黄像一摊泥的缩影，比不了他缩在乡间课生时的简单痛快。这个一心想着扬名立万的士子，出人头地也不看天象，尽管才高八斗，也不过是清统治集团眼里的一根草芥，本该点状元的命却徒劳地遭遇《南山集》的毁灭性打击。据说，他的文章盖世，一时洛阳纸贵。他的《钱神问对》入木三分地揭露官场的腐败，精短，极富寓言性，文风辛辣、犀利、恣肆、深邃、机辩，以小见大，针砭时弊，如雷贯耳。我认为他是桐城派作家中文本创建贡献最大者，正如姚鼐是桐城派散文作家中理论建树最高者一样。戴名世的精神世界是复杂矛盾的，否则，他就不会有《数峰亭记》中打算给自己造一座休闲的亭子的愿望。“西北诸峰，尽效于襟袖之间……凿池蓄鱼种莲，植垂柳数十株于池畔。”一幅多美的规划未来生活的愿景图！

现在，他的墓窀取代了幻想的亭子的位置。

我们在草地上坐了会儿，烧过几刀代表心意的黄表纸，几根香，一叠黄钱，放了挂小鞭，三叩首，望着这茫茫春日里流淌的雨水，从岗子上的草隙间流出，积少成多，汇集到低处成一条细流的水沟，汩汩地响。泥鳅在那儿舒服地扭动身子，柔软而机灵的样子，把活泼泼的生命呈现在我面前。遥想当年，如果不是十一年前门人尤云鹗刊刻的那本《南山集偶钞》，如果不去加入秋闱者的队伍，如果安稳于授徒讲学的日子，静静地待在砚庄品味恬淡，安心地做做学问，断不会招来那么大一个乱子，付出自己头颅、全家老小用人九十九口投身鬼哭塘而毙命的惨重代价。如今的鬼哭塘，是一个养鱼塘、幸福塘，可至今，据说还有人在梅雨季节的午夜，听到塘面隐约传出的冤魂震天的哭声。也许这就是命，五十几岁的年纪还想有所作为，不安分的因子在血液里野马似的奔突，这在一个信息不灵、舞弊丛生、官场阿谀讹诈成风、同僚彼此虎视眈眈的王朝舞台上，你一介书生，所谓的意气风发、臆想的大有作为，只能是自投罗网，只能是万劫不复，只会给历史书添一抹血腥！所谓的家国情怀，在那些狡诈鬼魅的人眼里，只是一文不名的笑料！唉，戴名世，你没有遇上清明盛世，你只能在自私狭隘的统治欲里权当祭品！

鸡鸣狗吠的砚庄还在，砚庄的那个塾师已经作古；南山还在，被黏性的酸性红土祭奠，《南山集》却被众多人缄口不提。那座墓被雨水和雾气淹没了，似一个巨大的老龟，伏在丘陵地貌的大野里。起伏的山岗上。连绵的山地，蚂蚱、豆娘、跳蚤出没，一个孤魂，卧伏，还是安眠？

后人分析戴名世的死，有几种因素促成，一个是他想写一部明史，对南明的史实不能确定，于是找到曾在南明小朝廷混事的犁支和尚了解详情。被查抄的信中提到南明三个皇帝年号，冒犯清廷之大忌，而且其历史观认为这三个皇帝同样应列为正统，以司马迁写《史记》遗风著述，自然招来赵申桥的弹劾。二是由于赵申桥儿子当年殿试第一，是因为赵作弊所得，怕名列第二的戴名世获悉内情，阴谋败露自己脱不掉干系，必须加害戴名世才能保住自己，所以先下手为强了。三是康熙在朝堂上把《滇黔纪闻》一书的作者方孝标这位方学士听错了，以为是依附吴三桂造访的方学诗，惹怒了康熙帝。戴氏读一生的书，却做了屈死鬼，死不瞑目，冤！

谈到这些先人，我满腔的悲愤真的没法说，一方面为他们自豪，一方面为他们惋惜。我想，人世的悲欢离合是写不尽的，各有各的酸甜苦辣，各有各的悲欢离合。不能强求，也不能幸免。没有人能替代。人只有一条命，如何生如何死，似乎已在性格里注定，而朝代、世风，同样决定了一个人命运的走向。一个昌明的时代，人们的安全感、满足感、幸福感、获得感就多，反之，就少。然而，人毕竟都是要去向一个遥远的地方的。这个远方，在逼近，也在取舍，让我们真的明白，死生契阔，只有珍惜，珍惜每一天的到来，让苍白的心灵接近更大的明朗天空下的自由。

从我的乡土走出去的士子很多很多，名流大家，博学鸿儒，难以尽述。我觉得生在这样的土地上是荣耀也是挑战，是动力也是压力。譬如，我并没有把桐城文派的著名人物借寸纸一吐心曲，而是匆匆地一笔带过，也是秉承了本土遗风的。那是一个繁盛的有着巨大影响的文派，绵延清朝两百余年，作家一千两百之众，成为皖地三大流派之一的文化流派，蜚声海内外是自然的。方苞、姚鼐、刘大櫆等，梅曾亮、管同、姚莹、方东树姚门四子，以恽敬为代表的阳湖派散文流派的产生等，都是与这片茂盛的人文土地上生长的文化休戚相关。在我所生长的土地上，不仅生产粮食，还生长谦和、礼让、低调、务实、真诚的基因，话不说满，事不做绝。这就是这座龟形城垣的恒久魅力所存，来这里做客的人不会被怠慢，也不会被辜负。否则，就是信用的透支。

八

好多个这样的白天过去了，好多个这样的夜晚来临了，它们来了又去，去了又来，似乎无穷无尽，不值得回眸，不屑于注目。他们类似于天上浮云，地上光影，来去匆匆，飘飘忽忽，我跟随他们，只是向前，向前，向前，从未后退，从未怀疑。我与他们，仅仅这样彼此穿越在一个叫作时光的隧道里，擦肩而过，彼此欣赏或不欣赏，接纳和不接纳，任其自然而不显突兀。

我和这个世界如此，我和任意一件物如此，我并不把这看作必然，也不觉是个偶然。我不认为自己是我的，或者我是另一个别人，我在这个世界活着，仅仅是一个现象的存在，我并不清楚自己到底为了什么而如此这般延续着自己的生命。

我想，每个白天，并不是人为的分界，夜晚也不是。白天和夜晚，它们对于我是简单的，假如我要追溯缘由，实在说不好，发觉它又是那么混沌，又是归于神秘而复杂的。我说不清我为什么有头，有身子，有脸，有腿，有眼睛，有人所谓的一切器官，我怎么就是个人而非别的。我到了这个世界上来，这个世界之外还有什么？我怎么突然是我了，怎么恍惚间又是分散无着的我，像风，像气，又像花，像水，像光，又像灰。我曾经被我毫无结果的又多如牛毛的问题惊呆了，我害怕了，我的震惊多于害怕。譬如，世上的好些问题是很难回答的，少年的我发现不了这些问题，长大的我很害怕这些问题，而且长大的我并没有摆脱过这些问题，还有更多更复杂的问题我没有发现或正待发现、触摸、品尝，我只是像更多的人一样，更多的时刻故意不再关注这些问题。人们专注的似乎不是这些，而是吃喝穿住行，以为这些事是最急迫的。这么认为也有它的道理，所有的道理是基于所站的角度，所以环境变了，观察问题的角度也在变，所不变的是不断把前人的感受重复。然而，我还是不清楚一些人，貌似活得很好，可是突然离开了人间，他们留下遗书，解释自己的归途。他们用死的事实来证明自己的选择，似乎死是不应该被别人左右的，死，竟然也那么清醒地存在着，被自己掌控着，这令我诧异而战栗、胆寒、不安，不，有时欢欣又战栗。死的感受，是没有人能说出的，对于死的认识，应该是复杂的，或者，那些即将赴死的人，他们在自己的意识里觉醒过来，而别人却发现了他们的疯狂，或者绝望？

我在这个世界匆忙地穿梭了许久，其实，对于这颗星球，简直算不上一瞬。在我寄身的星球上，来来往往不可追的人已经不可胜数了，而且，过往的那些时间也不知道溜到哪儿去了。就像海洋里的水和潮汐，我见不到他们的影子，那些被时间裹挟而去的人，那些与时间一同消失却永远回不来的人，我很少遇见他们的面目（相片），我只能遇见他们的灵魂，或者说他们留下的传说和故事，至今还散落在尘世上，就如同即将湮灭的灰烬还留着走过的余温，还留存着他们真实的气息。不过，过滤下来的这些故事都不是完全真实的他们，他们生活的每分每秒不可能被还原，被跟踪，被录像，被珍藏，所以，我从书籍里、传闻里遇见的他们也是不完全的，这些人注定了要带着剩下的部分继续活在后人的意念里。要么，我们从古墓、古迹中想象他们，这些貌似冰冷的僵硬物件，依旧回环着昔日流逝时光的气息，就如氤氲的雾气在山岚上飘忽，仍然在人们喜欢失忆的脑海里点上一盏灯，虽然他们偶尔的呈现依旧是不完整的存在，我能用想象来把残余的部分填满。我所存在的星球已经老到我数都数不过来它的年纪了，没有谁敢嫌弃它。在这个星球上，我幸运地发现自己像蚂蚁一样渺小，而自己的到来简直是一个奇迹，让我比必然更崇拜偶然，敬畏偶然的造化。我难道一点唐突感都没有吗？那完全是假的。特别在慢慢觉醒之后，这个惊人的发现才冒出脑海，光阴荏苒，岁月蹉跎，世界蛮荒，有时我发觉自己就是用来同陌生的事物消磨、浪费的，或许，生命的个体，就是需要这样的对抗，或者在对抗中呈现并寻找各自的归宿。很多人也似乎跟我一样，他们的肉身穿过重重光阴，并把光阴视如流水一样逍遥，谁也不能想象着岁月静好的祈愿里一个人的内心曾有过多少轰轰烈烈多少惊涛拍岸的回环。好多人来不及回忆与细想就告别了这个世界，一双脚印里写满各自的沉暗与混沌。

天气冷了，雨雪从夜晚的空中降下来，有时早晨醒来，绿化带上黏附着一层洁白的霜。如在若干年前，我一定惊呼天地间这神奇的造化。绿化带依旧绿着，昨夜，这绿上披了一层薄雪的轻纱，给灰暗的天空涂抹上一层诗意的亮色。有着亮色的绿和洁白，我的心情无疑是轻灵愉悦的，歌声会不小心溜出嗓子，窗前的稿纸上一不留神会泼墨一行新鲜的诗。我会想起儿歌中的雪地，我久久摩挲脑海里出现的画面，那些足印留下竹子、梅花，把动物和植物巧妙地连缀为大自然的乐园。虽然冷，可这冷是追逐美的调和剂，没有冷，就没有雪，没有雪，没有那些鸡鸭猫啊，就没有这美丽神奇的雪地上的画。人与物仿佛是彼此舍弃的，也是彼此给予馈赠的，当然，这不是交易，我要说的交易是指斤斤计较的那种，不是大差不差的那种，如果追根求源，也许如今风靡一时的沙画，正是受那雪地里竹子和梅花的启发。那是萌发的籽粒或曙光的泛滥。

回到天底下,人啊活得自顾不暇,其实是一种割舍不掉的神往与贪恋在作祟吧?事实上,我们哪一天不是在天底下努力前行?如果生存的人有时太忙,太猥琐,顾不上解放自己拘束的心灵,自然少不了时有的苟且,生命会生出虚无感来。这也没有什么大惊小怪的,芸芸众生,在我看来,只有受压抑太久太深的人,在某刻突然卸下肩头的重荷时,才有轻灵飘逸梦蝶振翅的快意。我把这种闪念作为一种阅世的方法过滤下来,渐渐摩挲出其间的微妙。如春夏秋冬四季,正是祖先依据智慧选择的大好河山所寄,世上没有哪个国家的人会如此完美地享受季风气候带来的享受。四季分明难道不是一种恩赐?高山、河流、沙漠、大海、平原、高原,难道不是一种赏赉?水稻、小麦、玉米、大豆、莲藕、棉花,难道不是一种惠顾?环顾这个世界,换一种眼光打量,给我们的全是种种幸运。喜欢的,是恩赐;不喜欢的,是没领略它好处的恩赐。即使我们体验得迟了,偶尔生出愧疚、悔恨、不舍、自卑,也是恩赐所给予的。随之,我们的衣物就有了应对四季变异的改善,不仅种类式样繁多,抗寒与抗高温能力也明显有了适应性的增强,甚至有了更多的应对疾病之策。人间的美是大自然赐予的,大自然出考题,人类做答卷,是多么不知不觉的神奇而和谐的互动关系!大自然奖励那些勤劳的人、聪明的人、珍惜民力和善良的人,不会亏待付出艰辛的努力者,保证了天地正道畅行无阻,尽管道阻且长。

我一次又一次地放飞自己的灵魂,我一度乐意在出生地狭小的城市空间里自娱自乐,安于天命,过着缓慢的生活,度过剩余的时光。徜徉,逍遥,即使足不出户,也神游在这得天独厚的小小旷野间。宁静的小城像一只安谧的摇篮,四季更迭,顺时代谢,默读春秋。我在绵延的田野、逶迤的群山间游走,在河谷、湖畔间穿行,在花飞花谢、春播秋藏中沉吟,穿过古旧的小巷,在低矮的白墙灰瓦间凝思,伫立在暮色里的桥面,沐浴晚风,花香轻拂,站在缓缓流水的河沿映照身影,不乏为一种修身养性的最佳方式。飞鸟尚懂梳理羽毛呢。我走过书香熏染的文庙,感受那飞檐翘角上风铃传出的缥缈的玄思,漫步在龙眠山的幽谷深处,寻觅那类似兰草一样清香的古人风神,屹立在一脉流水的紫来桥头的柔波前,倾听昔日车水马龙的商旅的独轮车在坚硬的大理石条上切下深深的车辙,幻若幽梦。我在南街区、北街区、东街区漫步,行走,伫立,在练潭映月的老街,在梅蕾朵朵的梅街,在绿荫飞花的雪池,在流连韵脚的孔镇,在万夫莫开的大关隘口,我以一个行吟诗人的谦卑,穿越它们曾经深埋于废墟中的时空,惊动那里一丝丝空气,或者,是我兴起,给那长长的柔波里投下一颗鹅卵石的涟漪。那一刻,我的纵情给我带来了快乐，可我不适应这一波消费的情绪在我身体上的浮浪，我的瞬间释放随之消逝如不兴的水波，就像泡沫，眨眼飞散，取而代之的是很快漫上一层莫名的心慌。我在这江淮辽阔的丘陵地带瞩望，我被宽阔的田野间一辆缓缓而来的火车吸引，那是一条游龙，从墨绿色的夏天的稻田上经过，或者在秋后一片空旷的土地上闪身，去一个我所不知道的远方赴约。

如今，现代发达的科技通讯、四通八达便捷的交通，缩短了人与人交往的空间距离，也消弭了异地隔离的地域差异。智能化时代来临了，一座城池保持一种独特的地域风貌显得更为重要。与小城结成“执子之手，与子偕老”的深情，更容易令人刮目。我一次次地离开，一次次地回来，感觉到还是生养自己的地方好，不光习惯了，更有一种解释不清的情结。也许长此以往沉淀的情感、关注的物事、培养的兴趣都聚焦在这一块土地上，总是觉得顺溜自然，凝结于心。游子眷恋故土可以理解，一个生于斯长于斯终老于斯的居民也眷恋故土，不觉得意外吗？一个地方住久了，这块土地也就成为自己的爱人，一草一木，都那么难舍难分。远方的游子，为什么带一把家乡的泥土在身旁，我算是理解了这份眷顾的顽强。我暗暗窃笑自己的没出息，真的像龟孙子也爱趴窝儿。买书、读书、写书，去干自己爱干的事，去钻自己爱钻的牛角尖，去见自己想见的人，有什么不可呢？人各有志，生也有涯，造化无涯，我何苦自寻烦恼，自找不快，费神费力，心神不定，不知满足，做蚂蚁搬家的蠢事？

写到这里，我想自己也许真要做一件蠢事了。在许多人纷纷拥向六尺巷凭吊或者表达自己内心的尊崇时，我却不得不说出真相，在出版的张英、张廷玉的全集里，根本就找不到张英的那封四句诗的家书，也没有六尺巷发生的张家与吴家为三尺地基而产生纷争故事的真实记载，他们是否真的发生过不快，只能天知地知两家人知，后人不知，后人只是宁可信其有也不愿信其无了，毕竟这是一段佳话。那四句打油诗，出自清末文人姚永朴的记载，距今也近一百年了。当代著名文化学者、桐城籍人士李翰先生在2016年3月16日的《光明日报》副刊上发表了题为《六尺巷前说乡愁》，以学者的理性和精微，就姚永朴耆老曾在自己著述里记录的关于张英的诗句进行了考证：“张英为康熙朝显宦，若果有此事，道光朝《续修桐城县志》理应叙录，但笔者检阅一过，未获片言。张英存世诗集中，亦无所传让墙之诗。姚氏《旧闻随录》未指明出处，其由来已茫然无考。然‘旧闻’者，乃乡闾闻听之辞，‘旧闻’缀以‘随笔’，是姚氏不欲辨其所述之真伪，姑妄言之也。”成书于民国二十五年（1936年）的《桐城志略》载录此事，诗是怎么来的，无从考证。我想，张英这样一个满腹经纶的阁老，不会以民歌体写一首诗来充作书信的吧。接到家人气咻咻的禀报，竟然不严肃地以“打油”回复，读书人的端庄在哪里？风度又如何体现？但，我不想指责，我只想忠于事实。我想强调的是，家乡的后人还是愿意相信有这个史实而非故事，父老乡亲们也不是故意要欺世盗名，只为一个共同的情结，就如人人都想圆一个自己的梦似的，即便有些强词夺理，也要守护心中的那厢美好。我非常赞同李翰先生的观点：“尽管在我看来，当仁不让、当理不让或依法不让，似乎是更富现代性的思想品格，更具理性价值，但对于乡愁来说，情感才是第一位的。”从他的观念里不难揣度桐城游子与学子的心声，他们的精神深处是宏阔而求真的，深明大义的，从一个侧面道实了六尺巷的由来和张英诗的真伪莫辨，还原了历史的本真。此种磊落情怀，撇开家乡的私情，一丝不苟的较真的治学态度，正是一个学者所应具备的品格，这儿，我该向他表达深深的敬意。

逆时光而上的还有不可忽视的一长串载入史册的名字，他们是著名美学家朱光潜、一代学者叶丁易、著名作家方令孺、哲学家方东美、留法革命家尹宽、外交家黄镇、刺杀军阀孙传芳的女革命家施剑翘，还有著名文学家、编辑家舒芜等，再向前追述那就更多，真乃不可胜数也。纸短情长，不能一一追忆。时光浩荡，蓦然回望，那些消失的人和岁月，怎么不令我慨叹心惊？

竞放芳菲的桐子花，又将在古老的桐子国大地上绽放，又一个春天即将来临。装点这个春秋年代就有的龟形城池的行头，分享人们沐浴天地之光的恩泽。在桐子花香即将弥漫的萦绕的季节，我引颈企望属于一方水土的凤凰，在明媚的春天里翱翔！

（许松涛，笔名黄岗，1964 年生，籍贯安徽桐城，安徽省作家协会会员。出版散文集多部，在《人民文学》《北京文学》《散文》等多家刊物发表作品 120 余万字。作品被多次选载，多次入选全国年度散文选。）

回望渔亭

方锦华

站在渔亭古桥之上，双手倚撑着石桥北侧栏杆，俯视沿河西岸，从上街到横江入口之间近千米河堤上，依然完好地保留着七座古老的码头。尽管河旁的石缝里杂草萋萋，水域再无船只往来，旧时的繁华与喧嚣早已远去，但取自镇南复岩山特有的本土红石，在河水的拍打和岁月的侵蚀下，却越发呈现出包浆的质感和厚重的历史，积淀下极具地域特色的徽文化。

静静横卧在码头台阶上的一块块硕大条石，年复一年地被岁月磨去棱角之后，在光滑的表层留下一双双深嵌的脚印，时至今日，已经无法分辨哪一双是达官显贵，哪一双是布衣百姓，抑或是重重叠叠。总之，长长的石条总是默默地承受着重负，坚韧地延伸至高处的街道，注视着古镇的喜和乐，见证着徽商的兴与衰，与永不停息的清澈漳水一起述说着那些远古的故事……

徽州的四大古镇，渔亭、万安、屯溪、深渡，无一不是坐落在新安江上游沿河两岸，在陆路交通极不发达的山区，这些著名的古镇皆因航运而兴起，又因码头而繁荣。但渔亭码头有它地域的特殊性，它既是这条水运航道顺流而下的起点，又是逆流而上的终点，可谓货物、人流最重要的集散地，古时被誉为“七省通衢”。

渔亭码头的雏形可追溯到南宋时期。

靖康之乱后，公元1127年，宋朝都城从开封迁至杭州，改杭州为临安府，史称南宋。定都临安伊始，南宋政权大兴土木，扩建杭州原有的吴越宫殿，增建礼制坛庙，这就需要大量的木材。刚从歙州改名徽州的一府六县中，最古老、最偏僻的黟县仍然存有大片的原始森林，盛产名贵木材。新建立的南宋朝廷传旨黟县进贡优质稀有木材也理所当然，况且编制成木排后，通过横江水路顺流而下，过新安江、富春江可直达杭州钱塘江，春水期仅半月时间就可运达。

然而，渔亭码头在完成帝王宫殿木材进贡的任务后，再也没有停止过木材的运输，毕竟这里的木材受到过帝王的青睐，此后官宦、百姓自然需求旺盛。这样木排形式的水上运输一直延续到20世纪70年代才宣告结束，整整漂流了八百余年。只是前期很长一段时间码头未曾扩大。

直到明末清初，徽商进入鼎盛时期，渔亭码头方才迎来大规模的扩建，由原来的三座增至十二座，沿漳河西岸一字排开，蔚为壮观，生机无限。渔亭从这个时候开始，与江、浙、沪、宁、赣、闽、湘等地客商交往密切，生意往来频繁。黟县乃至周边的木材、茶叶、中药以及土特产品，浙江的食盐，江西的瓷器、大米，苏杭的丝绸，上海的棉布百货，大多在渔亭码头上船或卸船，再由渔亭中转运往各地。

清中期，弹丸之地的渔亭衍生出五十余个行业，二百余家店铺。十二座码头各司其职，承载、分解着不同的货物。商贾云集，会馆林立。搬运工、挑夫、骡马队挤满码头，充斥街道巷弄。沿街沿河各类仓库一百余间，存储量上万吨，码头每日进出船只两百余艘。上街、下街、正街、里街和盐街喧闹至极。若至秋冬时节，来自江西、福建、湖北和湖南的香客、信徒到九华山、齐云山进香拜佛，均需在渔亭码头中转，此时的渔亭镇更是车水马龙，人声鼎沸，尽显渔亭津渡达四方的空前盛况。

公元1747年秋天的一个傍晚，一名十四岁的男孩，从西递徒步到渔亭码头。他本来是在私塾里读书的，先生曾对男孩的父母说："此子才思敏捷，日后必成大器也！"但无论他读书如何优秀，依然无法逃脱"前世不修，生在徽州，十三四岁，往外一丢"的遭遇。刚满十四岁的他，这天就是准备乘船到休宁万安某商号做学徒去的，由于山路崎岖而耽误船时，只得在河边的顺生客栈留宿，待翌日天光之际搭第一班客船或顺风的货船前往万安。当这个半大的孩子伫立在渔亭码头时，瞬间就被眼前桅帆林立、人头攒动、吆喝之声此起彼伏的场景所震撼。毫无疑问，这是他第一次走进商业重镇，码头对于一个山里的孩子来说也是极其陌生的。

是夜子时，男孩睡不着觉，被响动惊扰，他从临河的窗户窥见码头上悄悄进了两艘货船，随即抬下几十个沉甸甸的精致大木箱，陆续搬进顺生客栈。客栈老板杨顺生轻声说道："已经和骡马队的汪领头说好了，再过两个时辰就到，天明之前保管会运到西递、宏村，不会耽误你们的事。"对方回答说："那就好，我们还可以休息一会。"男孩隐约听到一些对话，觉得很神秘。在私塾的时候，先生曾经讲过海盗的故事，眼前的一幕似乎有几分相像。第二天一早，惶恐不安的男孩站在杨顺生老板面前，杨老板说："别紧张，本就没打算收你房钱，以后发财了再说。"其实这孩子是想知道昨晚发生的事情，继而从杨老板那里得知，昨晚那些箱子里装的确实都是金银财宝，但却是富甲一方的黟县籍徽商在外发迹，为光宗耀祖，荣归故里，回报乡梓，把积攒的银两和奇珍异宝，通过水路运回家乡的。为安全起见，多半会在夜间搬运货物，和所谓的海盗并无半点关系。这个十四岁的男孩在渔亭码头被上了第一课，刚出道就遇见善心人，他暗下决心，自己一定也要成为大徽商、大富豪，报答乡邻。

——这个孩子就是后来威震江南，雄踞六大富豪之一，并结识歙县曹文埴，助他考取功名的西递胡贯三。发迹后的胡贯三念念不忘渔亭码头的启蒙之遇，曾经几度捐资修建渔亭普济桥和修缮古码头，做了许多慈善的事情。

曹文埴任户部尚书之际，特来西递答谢恩兄胡贯三，在渔亭舍舟登岸，探寻好友胡贯三孩童时在这里的奇遇事，诗兴大发，以《渔亭》为题作得诗文一篇："水浅江路穷，岸窄市门对。石梁通往来，云甃向互背。竹筏与松舱，停泊各分队。论货盐米多，问途水陆会。此招舟子进，彼率担夫退。老我成熟客，夙者经已再。"从这首诗我们不难遥想渔亭码头当时的繁华。

清代诗人黄景仁于乾隆三十八年(1773)从杭州坐船逆流而上，体验新安水路，目睹十里九滩的景象，感受船随着地势的逐渐增高，行进十分艰难，每经过一滩就像增高十丈，到终点渔亭码头时，诗人感慨万千，随即写下著名诗篇《新安滩》：" 一滩复一滩，一滩高十丈。三百六十滩，新安在天上。"诗人心中这个天上虽然是比喻和夸张，但特定的所指就是渔亭码头——新安最高的一处泊船水域。

………

回望渔亭千年古老的码头，我们从时间隧道里，仿佛看见不知多少吨货物在这里被吞吐，惠泽八方；亦不知多少徽商从这里泛舟而去，闯荡商海。也是从这里起航，黟县商人逐渐成为徽商大潮中的一支劲旅，最终迎来"无徽不成镇，无黟不成市"的鼎盛时期。

(方锦华，黟县作协主席，安徽省作协会员。在《清明》《作家天地》《中国散文精选》等数十家报刊以及新媒体发表小说、散文、报告文学若干篇。曾获"圆梦之旅全国散文大赛"二等奖、黄山市第五届文学艺术奖等奖项。主编并出版了《黟山文学》三卷、《黟县五黑故事》、《空桑》、《美丽的黟西北》等书。)

地图上的两种颜色

方文竹

“宣城”和“皖东南”，一个地方版块的两种命名。重合。调换。互义。对映。如《宣城日报》的前身就是《皖东南日报》。宣城是隶属于安徽省以行政区划为主的地名、符号；皖东南则襟苏浙（东）而带黄山（南），倚九华（西）而面长江（北），她的区位却在不经意中带出了一片真山真水，一方可视可摸可嗅可睡可饮可食的气息流布的天地。

一片土地的两种背景。我在两者之间行走和思索。我在一块土地上的两种行走，仿佛从岁月的源头和深处，寻访那些阴暗久远、无法辨认的厚重之物。

宣城是听觉的抽象，仿佛空洞的地名；皖东南是视觉的具体，在地球上如同一具人体的细小部位。宣城是一部巨著的封面和目录，皖东南是血肉、细节、过程、画面、万物生长的内容。宣城是一种远观，皖东南是深入其间的血脉相连。宣城是一种自豪，她来自英雄、典籍、民间传说、大事记和历史圈套；皖东南更多的是感性涌动，担夫争路，曲项鹅歌，暮霭丝游，山峦对峙，长河决哮，漏水滴痕，牛哞羊咩，寡妇挑灯，扎手的风物丛生，每天所发生的都是“流血”的事件。如果说，宣城是生存的，皖东南就是审美的了。“宣城”有人唱山歌，传遍外省，“皖东南”则有花香鸟语。宣城是空空荡荡的，像一面酒旗向四面八方飘着，飘着；在皖东南，时间停止了，或说时间在这里打了一个死结，从一个早晨可以看到一百年前甚至一千年前的一个早晨，一棵千年古树站在无人知晓的深山里，和我一样寂寞。

这样的解释与描述很简单：既有地理的，又有文化的。文化赋予山水以意义，不是有“智者乐水，仁者乐山”吗？其深处是人类的心性建构。心灵与山水的结合，使得没有宣城那样区位限定的皖东南自成一体。当今，省际不大变动，而在一个省内市与市之间的划分是常有的事。因此，皖东南是较恒常、久远的，而宣城则处于一定程度的变化之中。前些年从黄山市划归宣城市的绩溪、旌德两县的居民大多仍然沉溺在徽山徽水的梦呓里。

说来也许很奇怪：皖东南成为一种诗性文本，她来自纯真的天道自然，尽管冠以“东”“南”，但她远远不及宣城更具有常规“地理”之意指。“宣城”仅是一个符号，而“皖东南”则将这个符号之壳胀破了，露出了里面的红血白肉——一片海洋般生灵跳跃不止的世界。

清代名相张廷玉有誉：“人文之盛首宣城。”与昔日的荣光对称，作为现今的区划，在开放的时代，宣城要发展要腾飞，她必定收容了皖东南，并以皖东南包装自己，为自己插上翅膀。通过访亲探友、招商引资、定量奖罚、扶贫开发、旅游热线、新闻发布、驻外机构、媒体炒作等等，宣城如今把大山扛在肩头，把水乡拽在腰间，把平原披在背上，把名胜古迹抱在怀里……把整个皖东南含在嘴里、吞在肚里，远走天涯而常常满载而归。

作为一个外籍人，未到宣城工作时听说有一个宣城，但宣城如何一点也弄不清，现在在这里生活了近四十年而习惯于皖东南了。这也难怪，行走在外地，当人家问“从哪里来，到哪里去”，你只能说“宣城”而不能说“皖东南”。但是，皖东南的千种图画揣在我的心间，像一口千年的古井，越望越深。

历朝历代的外籍文人名士如李白、白居易、杜牧、朱熹、范仲淹、沈括、苏辙、文天祥、贡师泰、施闰章、梅清、石涛、洪亮吉、张大千等等的许多上品佳作都出自宣城。仅唐朝杜牧写宣城的诗就有 40 首、许浑写宣城的诗有 22 首。“……两水夹明镜，双桥落彩虹。人烟寒橘柚，秋色老梧桐”（李白），“天际识归舟，云中辨江树”“望山白云里，望水平原外”（谢朓）……均是诗人赞颂的一流的自然胜景。“别是一家春”，一下子激活了宣城，这是一片充满了灵性的土地，呵，皖东南是宣城的立体化：万物的出场，整体，具体，有序，是一轴苏醒的大地和山水的感性画卷。

宣城是大叙事。皖东南是小叙事。宣城写下了敬亭山、扬子鳄、宣纸宣笔、太平湖、太极洞、山核桃、江村、查济、陈山旧石器遗址、云岭新四军军部旧址、广教寺双塔等等，谢朓、梅文鼎、梅尧臣、包世臣、胡宗宪、胡适等等；而皖东南则容纳着让人激动不已的一道道风景：山峦、村庄、道路、田地、河流、桥梁，断桥，残壁……甚至不遗漏无名的小花小草小桥小山小村，还有小花的一阵战栗、小鸟的一声叹息、小溪的一句歌吟。你将耳朵贴近大地，准会听到一种难以名状的无尽无声的诉说。

我听到了宣城的呐喊。我感受到了皖东南的温热的肉体和气息。

在这种真实的气息里，我感到自己渐渐清晰起来。沿着城区宛溪河的水边走动，我被晨光中翻卷不息的波纹的七彩光芒所围绕。在数不清的墓陵、祠堂、摩崖题刻和典故出处中间，我编织着当代的故事和故事中的我。在月出鸟啭的敬亭山，我怕在此闲适一番的自己会成为像李太白那样的诗仙，唤来楚辞中的山鬼，在夜幕里“被薜荔兮带女罗”。

水阳江作为长江的一条不为外人所知的小支流，撕开了宣城，这从地图上可以细心地看到。它流在宣城就是宣城的了。而在郎溪、广德、宁国、绩溪四县的广阔大地上，我看到了两省或三省的许多无名小河，像细小的血管密布，拐了一个弯又一个弯，又像长长的热情的手臂伸展着。河滩上一片庄稼，绿油油黄澄澄，是大神织出的锦绣。

在宣城，你永远置身于她之外，却能分享她的“集体性”的天空。而一旦踏上皖东南的大地，把一个名词砸碎，阳光将晒干你的霉斑，露水将打湿你的梦，风将吹乱你的心窗……这里有的是生活性、个体性、神秘性、私密性。

我曾写过《在皖东南的大地上看落日》：“在这光的异端处，我再一次领略到惊人的掠夺之美，我想起了要关上的门和打开的天空。”“对于永生的黑夜，我缺乏记忆。”倘若改换成《在宣城的大地上看落日》会是怎样呢？我看到了两种时间中的叶片。一片沉静，形同虚设；一片飘荡，带动另一片飘动。显然这是两种不同心性的版图：时间在这里改弦更张了，消失而又生长无限。有的只是瞬间，无数个瞬间，或者说空间化的时间。我仿佛置身于皖东南的幻想的乐园：瞬间就是永恒！而在空间意象上，宣城属历史学家的平面，皖东南则是诗人乐在其中的多维立体；在运动节奏上，皖东南是宣城停顿之后，突破界桩的飞奔。

在这块真实的土地上，一个单独的真实存在，是一个个体的梦游者。在城区一个叫月牙湾的地方，我住在一座楼房的五层里。我经常一个人静静地看着一条穿过城区的浑浊的河流从楼旁经过，她来自时间的深处，并引导着我日复一日地观察：比这一切更古老的是这一片土地，她的大美剥去了一切的外饰。万物是其所是，重归于各自的怀抱。而在郊外青青的草地上，整整一个下午，我都在静静地观看一队又一队蚂蚁上树的过程。一些细小的胸怀进入了宇宙的时空，人类整体的意象。这就是我在一个地方生活与思索的写照。“诗意地栖居……”是我不断寻求的一束水里的火焰。水与火。问题的关键是这里的“寻求”的普遍性主题。从而“宣城”“皖”顿失，“东南”也无意义，她所对应的是上天的星位。这即我对自己所说的:“多年的事情,就是寻找一个旧地址/火焰的暗门,握在谁的手中”。(拙作《高原漂流》)

只有通过仰观天象、俯察地理、环视人生,“精骛八极,心游万仞”,才会拥有一片属于自己的纯净、虚空而又广阔的世界。这个世界是宣城又不是宣城,是皖东南又不是皖东南。在这个世界里,冥冥之中我听到了释迦牟尼、孔子及走到时间深处的众多亡灵和当代圣哲们的布道和解说,我突然悟到:我的生存之所,我们所有人的生存之所,地图上甚至连放大镜也看不到的一小块地方,终将被时空的无限所吞噬。这就是地理学向心理学转移的人生大境界。也许,我们的一生就是在虚无的包围和体验之中。

霎时,我看到地图上那条毛细血管一样的河流游动了起来,接着掀起了滔天巨浪……

(方文竹,安徽怀宁人,60后,写作和批评者。先后毕业于安徽师范大学、中国人民大学,哲学硕士,长期在《宣城日报》工作。20世纪80年代起步于校园诗歌。出版诗集《九十年代实验室》、散文集《我需要痛》、长篇小说《黑影》、多学科论集《自由游戏的时代》等。作品入选《中国新诗三百首》《新诗百年诗抄》《中国文学年鉴》等。)

大通散章

陈七一

通者，通达无碍也。周易云，往来不穷谓之通。

大通，或曰四通八达，或曰大道通天，或曰生意兴隆通四海。吴头楚尾的江南有座古镇，她的名字就叫大通，其蕴涵当是兼而有之。

这是一座千年古镇。她一头连着宁静自守的山，一头连着流荡自如的水。山水间的古镇，得山之稳重，得水之灵动，像一位惯看秋月春风的老人，端坐在江南，端坐在鹊江边。

大士阁、和悦洲、澜溪老街、天主教堂、羊山矶、佘家大院，这些名字，像诗经里的一枚月亮，楚辞里的一袭疾风，唐诗里一场不想告别的聚会，宋词里那扇黄昏的窗棂，千百年来，深深地镌刻在一代又一代大通人的心头。

1

大士阁，不在九华山，却是九华"头天门"。

出老桥口往南溯青通河而上，河岸边一丛金碧辉煌的建筑群，便是大士阁。

大士阁，初名相水寺，建于清顺治七年（1650年），比康熙帝还大四岁。当时，九华山化城寺派僧人来此处建庙，一是为了纪念金乔觉当初曾路过神椅山；二是下江善男信女多会于此，而后膜拜九华。缘于此，清顺治帝赐予大士阁"九华山头天门"之称。鸦片战争后，大士阁几近圮废。九华山无相寺住持僧圣传路过古镇，见状遂发愿重兴，初名"无相下院"。圣传苦行数载，殿宇得以扩充，法堂、大佛殿、天王殿、观音堂、禅堂及僧寮九十九间渐次落成，终为丛林。"无相下院"易名"普济寺"，又名"大士阁"，有嵌字联书:“大阐宗风传万世,士开法席讲三乘。”

自此,东南亚及下江的信士弟子、香客施主,伛偻提携,一年四季向着大士阁云集,而后再循着地藏王当年的足迹,溯青通河南行,上化城寺,上甘露寺,上祇园寺,上百岁宫,上东崖寺,拈香礼拜,诵经唱诗,祈福求财。

光绪十五年(1889年)圣传圆寂于大士阁,塔神椅山。不到八十年,大士阁被夷为平地,毁圮殆尽,连片砖只瓦都不曾留下。

世纪之交,国策昌明,佛门弟子大定者,上得政府之鼎助,下有善信之共倡,更有九华高僧仁公赐墨,安庆大德皖公题匾。于是,天王殿、大雄宝殿、大愿殿、伽蓝殿、祖师殿和功德堂、大慈殿、三圣殿、五百罗汉堂、讲经堂等相继落成。“大九华山头天门”重披异彩,人们重新捡拾起一缕心香,圣传的遗愿得以弘扬。

大士阁宛若一盏赵州茶,数百年来,开化无数善信之人。老街上市井之人,身心困顿了,或在生意场上做得有点累了,便虔诚地渡过老桥口,去神椅山上的大士阁,找僧人谈谈心,向菩萨诉诉苦。临了,僧人莞尔浅笑,菩萨拈花不语,那人心里也便明白,成佛亦苦。于是,打老桥口渡回老街,依旧做他的市井之人,日出开张,日没打烊。

2

江上和悦古街,洗尽铅华,归于平静。

用“菡萏香销翠叶残”来比拟现在的和悦洲是比较贴切的。

这个昔日被称为“小上海”的地方,如今只能从一道街上残留的麻石道板与街道两旁已圮或将倾的房屋中,觅见些许的蛛丝马迹了。

数百年大浪淘沙的积淀,一片荷叶终于植根于扬子大江之中,把它绿宝石般的翠色铺陈在江面上。

清著名学者、曾国藩幕僚莫友芝《莫友芝日记》载:“壬戌春来时,洲上除数官局外,瓦屋不及十家。”两年之后他再次来到大通,荷叶洲的景象令其瞠目。《莫友芝日记》又载,荷叶洲灯红酒绿,洲上的瓦屋已达“一二千家”。繁华程度可近安庆芜湖。

这种变化,源自曾国藩推行的盐政。《清史稿·食货·盐法》载,曾国藩为整治盐业抢售之弊,在江苏仪征设总栈,在沿江各省设督销局,“皖岸(督销局)(设)于大通”,大通盐务督销局就设在荷叶洲上。

曾国藩的部下、长江水师提督彭玉麟对这片“荷叶”可谓一见钟情,一边在此屯练水师，一边在此打理皖岸盐务督销局。正是这位彭提督在这片“荷叶”上生就了三街十三巷的叶脉。这些叶脉里流淌着官盐，还流淌着八大商帮的稻米、生姜、茶叶、蚕丝、药材，流淌着金银财宝，还流淌着目连大戏、黄梅野风，流淌着深巷卖花的音韵气息，流淌着春宵一刻、千金一笑的风花雪月。一时间，客栈、餐馆、报馆、银楼、电影院、发电厂在这些叶脉里如雨后春笋般破土而出。还是这位彭提督，在荷叶洲登峰造极时，将其易名为和悦洲，有人说这只是谐音，但也有人说，这位彭提督另有寓意。

由荷叶而和悦，是为新洲。由是“新洲灯火”跻身澜溪八景：从长龙山望过去，泊港大船桅灯高悬，犹如点点繁星，小船灯火，忽明忽暗，仿佛流萤掠水；江边路旁，街市巷衢的电灯，把整个江面照得通明。每当风平浪静时，江中倒影，恍如海市蜃楼，又如风动微波，闪金烁银。

兵燹与水患加之水路的式微，使得这座江上古镇江河日下，繁华不再。大码头、大关口、大马路、圣公会、招商局、督销局……灰飞烟灭。一只燕子停在山墙尖上，怅望东风，心里在想，昔日的主人这会儿是不是也在新的住所凭窗怅望？燕子无奈地梳理着自己的新羽，带着对旧主人的疑问——这还是你的故乡吗？——飞走了。

3

岁月停驻在澜溪老街上。

澜溪老街，据水陆之津要，控南京之上游，江由此向北，海自此回头。

老街就是一方历史的舞台。六朝在此设立“梅根冶”，唐代设水驿，宋建镇，明设巡检司、河泊所、驿运站，清置水师营、建参将衙、设邮政总局，清末民初，与安庆、芜湖、蚌埠齐名，并称安徽“四大商埠”。

老街得水之便利而人文荟萃，李白、杨万里、王阳明、张国维、刘大櫆曾在此流连驻足，他们感于性而触于情，留下不朽诗章。

老街得水之滋养而钟灵毓秀，怀瑾握瑜之才指不胜屈。有明一代，佘天官、三进士、《量江记》，使得澜溪佘氏名噪朝野。清末民初，老街经济文化日臻繁荣，士绅云集。商贾者义中取利，医药者利物济人。士绅诸君，或以德行威望，调停问事；或以才学见长，传道授业；或以贤能著称，对策幕府。谦谦君子，不一而足。

如今的老街，还有“长街二三里，店铺数百家”的景象，风韵遗迹隐约可见：封火山墙、飞檐翘角、镂花窗台、水上吊楼等明清结构建筑仍历历在目，店铺还保留着前店后坊、楼下经营楼上住宅格局。铺门板的油漆已经剥落殆尽，暴露出筋骨，像一位位耄耋老人将历史的岁月挽留在老街上。

一阵风夹着淡淡的咸腥味吹过来，这是老街的味道，也是杨万里“鱼蟹不论钱”的诗意诠释。老街上人一年四季做咸鱼干，一年四季都有用各式各样的鱼做成的鱼干出售，尤以冬季为盛，俗称“压断街”。

老街的味道自然不只是咸腥味，周详的老街人知道，谁家铺子什么时候会有鸡汁茶干、小磨麻油、油糖蒸糕、炕炉酥饼和油炸毛豆腐的味道。他们都知道，梅子熟时整条街就会弥漫起白兰花的香气。

味道而外，老街自有风韵传承。百年的理发铺子，能让人于慢悠悠中懂得什么是传统，什么是手艺，而后品出一份舒坦与惬意；百年的杆秤店里，錾秤星的老板一脸的淡然自若，告诉你什么是坚守，告诉你宠辱不惊是什么样子；陶瓷店里的老人这会儿正在一堆陶货间打着盹，仿佛一尊古董；这家叫作“三闾大夫”的小旅馆前，两位游人一边指点着店招，一边争论着屈原当年是不是真的来过这里。

老街终结在老桥口，而这里，正是当年折柳相送的“小灞桥”，或者是“过尽千帆皆不是”的断肠处。

4

天主教堂说：大通的地标建筑与多元文化的交融之物证，非我莫属。

大通天主堂公教会始建于 1872 年 4 月，创办人为西班牙神父解佩仪。现存的天主教堂钟楼及已经拆除的教堂是一座罗马式的建筑，由天主教芜湖代牧区西班牙神父纪纳德负责建造。始建于 1931 年，竣工于 1936 年 8 月 8 日。

1931 年初夏，一条木帆船溯青通河而上。船上有七八个商人，其中有一位怀揣着狂喜与不安，想着疾疾回家，将从天而降的喜讯告诉家人。这个人便是青通河上游青阳县人朱牧野，一位普普通通的小商贩。朱牧野这次来大通，本是采购货物的，没想到镇上正在卖售中华航空公路建设奖券，便掏出一块大洋购得五张奖券，孰知这位朱先生财星高照，五张奖券竟然得了两个一等奖，奖金五十万元。飞来的横财弄得朱牧野还没有从惊喜万分中醒来，便又跌入惊恐万状的深渊，借钱的，要债的，打秋风的，络绎不绝变着法子巧立名目地上门要钱。朱牧野是个忠实的天主教徒，他怕性命难保，干脆关了那爿小小的杂货店，来到南京天主教会讨主意。在天主教南京教会的授意下，他找到天主教芜湖代牧区,将五十万元奖金悉数捐出,用在天主教堂的建设上,铜陵大通镇、青阳蓉城镇各一座。

大通镇教堂占地十余亩,共建有钟楼、教堂、圣母院等建筑物,设有诊所、学校各一所。1938 年 5 月教堂被日军占为兵营,教堂人员逃至青阳。新中国成立后实行土地改革时,教堂土地分给当地农民,后收归国有。教堂在土改时改作小学,现改为大通幼儿园。教堂与大士阁遥相呼应,东、西方文化在此交会,成为大通的地标建筑和多元文化的元素符号之一。教堂为大通镇上最高建筑,登临其顶,鹊江两岸一览无余,大通美景尽收眼底。

解佩仪、纪纳德、朱牧野都走了,教堂也被夷为一方小广场,单把那形容单薄清瘦的钟楼留在西瓜顶上。多少人想再次聆听楼上那口大钟直追灵魂的神圣钟声,可是,大钟和钟声已一起随历史飘远,很久很久没有再响起。

5

祠堂湖,天下佘氏族人根祖之所在。

老街东南边有一处湖面。晴日,一湖碧水,波光潋滟,山色街景为之平添了几分灵秀。朗夜,千家灯火,铺照湖面,闪金烁银,捣衣砧上碎月拂去还来。

这处湖面原本是一脉清溪,清溪有个非常好听的名字,曰澜溪。澜溪的水来自长龙山南麓,一路逶迤,景色也是绝美的,一脉清溪花入影,半篙闲橹桨成歌。随着大通佘氏的卜居并播衍成为池阳望族,在西瓜顶下澜溪之阳盖起了宗祠,按祠堂规制,蓄澜溪为湖,澜溪便沉璧湖心,也便有了今日的祠堂湖。

大通佘氏的播衍凝练在祠堂的那副对联中——雁门绵世泽,豸府振家声。上联说的是大通佘氏来自山西雁门。北宋年间,佘起率一千三百余口由山西雁门迁至铜陵金榔,六世而后,佘氏又由金榔迁至大院。明永乐年间,佘起的十七世孙志贵复由大院迁居大通。下联的“豸府”之“豸”,乃指“獬豸冠”,即古代御史等执法官吏戴的帽子,后指御史等执法官吏。明代佘氏出了个佘可才,官至吏部验封司主事、通政司左通政,人称“佘天官”。

佘氏自志贵落脚大通一百三十多年后,家族日渐兴盛,为慎远追怀,嘉靖十九年(1540 年),佘氏七房合建了大通“佘氏祠堂”,祭祀断自志贵公以下先祖,通称“贵公祠”。到康熙四十一年(1702 年),铜陵佘氏在大院合建了大宗公祠,族谱称“乡祠”。贵公祠既宗属于乡祠,又相对独立于乡祠。为后世诸多人不解的是,后建的乡祠里高悬了“天官冢宰”“四世天官”的匾额,而早于乡祠一百五十余年落成的贵公祠却没有这些匾额。原来,“天官”佘可才是志贵的叔父,不属于直系亲属,不可挂名悬匾。后裔佘敬中虽曾任吏部主事,也可称为“天官”,但祠堂建成时敬中年仅十五岁,尚未进入仕途。

佘氏祠堂建筑气势恢宏,曾令无数人敬仰。然而,更为世人尊崇的是,佘氏一族,数百年簪缨不绝,怀瑾握瑜者指不胜屈,成为池阳望族。嘉靖己未(1559年)至万历庚戌(1610年)五十年间,佘敬中、佘毅中、佘合中一门三兄弟连中三进士,名噪朝野。佘敬中之子佘翘被汤显祖引为小友,一生著作等身,其代表作《量江记》被冯梦龙称为罕见珍本,与汤显祖的《临川四梦》并立于世。

如今佘氏祠堂虽已倾圮,然而佘氏已然播衍四海。天南海北的佘氏族人,他们的根永远在千年古镇祠堂湖边。

6

从塔影横江到双桥飞架,羊山矶再次成为焦点。

塔是羊山塔,桥为皖江第一桥和G3长江公铁大桥。

羊山塔和皖江第一桥,先后落成在羊山矶上。

羊山矶在长江南岸。扬子大江奔流到此,折向北,然后在江南画出一块八宝之地。矶头临水处,鬼斧巉岩,江山并险,海潮到此再难溯流。矶头之上,昔年曾筑青砖石塔,上下七级,高十余米,塔顶六边形大挑角,上覆青灰筒瓦。底层四边敞开,每层均有门和石级,游人拾级而上,可眺望长江。日出时分,江花胜火,渔帆点点,塔影横江,是为胜景。塔周,嘉树修篁环列,幽静堪比钴鉧,文人雅士,纷来沓至,瞻顾之情,吟诗作赋而后已。古镇大通旧有“澜溪八景”,“羊山塔影”为其一。水路式微之前,下江香客登九华山,羊山矶为第一站,“羊山塔影”因此被绘入《东南第一九华天台胜境全图》。

羊山矶对江与之相呼应的一个地名,叫作六百丈。这个宽度源自南唐,池州人樊若水量江于此,广六百丈,遂名。樊若水以丝绳度量江之广狭并献浮梁渡江之策,且亲为向导,宋太祖用若水本谋,架浮梁以渡雄师大破南唐水军,直至攻克金陵。浮梁济师一事,成就了樊若水中国历史上第一座长江大桥发明者之美誉。大通人佘翘据此事迹,作《量江记》,广为流传。

1949年4月,中国人民解放军第二十四军的渡江侦察英雄们,顶着初春料峭的江风，投入湍急刺骨的江流，从羊山矶泅渡到六百丈，将国民党部队沿江军事力量以及火力布置图送到渡江前线指挥部。4 月 20 日夜 8 时渡江大军开始登船。10 时，先头部队在胥坝文兴强行登陆，随后渡过夹江，攻占太平街、汀家洲。次日 8 时许，七十师顺利占领铜陵县城。这是渡江战役发起后，人民解放军解放江南的第一座城市。

时间流淌到 1995 年 12 月，八百里皖江第一桥气势如虹地飞架在当年量江处，天堑变通途。两座宏伟的塔形桥墩，以及悬挂其上的一条条银光闪闪的斜拉索，已然成为铜陵城市的新地标。它如虹的气势岂是“羊山塔影”所能比拟的？它的横空出世，奠定了铜陵市作为皖中南中心城市的地位，使得铜陵成为皖中南的交通枢纽，在皖江经济发展战略中发挥着重要作用。

如今，羊山矶上，铜陵 G3 长江公铁大桥又破土动工。羊山矶头，一座“一跨过江、两层、四铁、六车”的大桥，即将成为一道新的亮丽风景。

清同治四年（1865 年），水师提督彭玉麟巡视水师至大通，士绅毕子卿从其游羊山矶。二人登羊山塔极目远眺，一脉大江携无尽风光，奔来眼底。彭提督慨然吟道：“故乡无此好湖山。”毕子卿以“圣代即今多雨露”联之。提督乃指矶巅无名之亭，名之曰“不波亭”，重新修葺，大通名绅毕竹波书二人联句于其上。

倘若彭、毕二位再登上羊山矶，面对今日如此壮阔图画，恐怕连苏东坡和杜甫的诗句也无法状写二人的慨然或欣然了。

（陈七一，笔名陈墨，安徽省作协会员。有文字见报章或收入各类文集。）

住在黄山

黄良顺

飞来石

一直想写写飞来石。

在我原来那间办公兼住宿的三尺斗室里，推开窗户，目光所及就是飞来石。它和窗前那根晾衣竿以及晾衣竿前的那几棵笔挺的松树一起，连成一条笔直的视线，终点就是飞来石。晾衣竿上偶尔站着一只灰喜鹊，拖着长长的尾巴，冬天还会挂上长长短短的冰凌，晶莹剔透状，还有西海水库升腾起来的云雾以及这片森林里四季的色彩，是这条直线上不断变化的风景。

住这间宿舍的前同事曾取网名“卧看飞石”。对于那些爬了千百级台阶才看到这一奇景的游客而言，能住在这里真是太奢侈了。

山中日子，也不是每天都能看见飞来石的。雨雪天气占据黄山三分之二的日子，雨可以多日连续地下，雾也连续笼罩着，甚至整座山都是被云雾包裹着的，天空和大地连成一片，窗前的松树剪影是天地间唯一的图像。世界一片宁静。

和窗前的寂静相比，观景台上总是游人如织，导游们说着陈年不变的解说词。他们说女娲补天时，落下两块石头，一块是贾宝玉出生时含在嘴里的那枚通灵宝玉，另一块就是眼前这块“镇山之宝”——飞来石。

来黄山的游客，从白鹅岭一路上来，爬上这几百级长长的台阶，到了这个旷阔的观景台，就像走进一座巨大的环幕影院，云海或烟霞，阳光和天穹，丹霞峰、九龙峰、飞来峰，群峰起伏，这一幕胜景突然展现，登高的疲乏也在瞬间烟消云散，何须这些老掉牙的

“故事”呢？

飞来石本身就是“有故事”的。这么一块高十几米、重数百吨的巨石，耸立在平天矼西端，后靠山脊，前临深渊，如天外飞来，仿佛双手一推就能滚落峡谷。其上所镌“画境”二字，或是对这一奇景最好的诠释。

在黄山后海，飞来石就像一座屹立在海岛上的航标，几乎站在每个角度都能看见，且神态各异。在光明顶看，是一挂风帆；在群峰顶所见，是一只五指并拢的佛掌；在西海峡谷远眺，则像一艘乘风破浪的巨轮；立于回音壁的观景台仰视，仿佛一尊披挂袈裟的老僧，正低头耸肩俯瞰西海峡谷，谓之“老僧探海”；从贡阳山隔谷眺望，峰石上尖下圆，形似一颗蟠桃，又名“仙桃石”。

我在窗前看到的飞来石，就是仙桃模样，只是这个桃子左上缺了一块，不知被哪个“熊孩子”偷吃了一口。

观看飞来石的最佳时间是日落时分，且是红彤彤的夕阳正好在仙桃缺口处。这幅“日食仙桃”的落日照，与童子拜观音的“鸿运当头”日出照一样，都是黄山摄影的经典之作。只是可见的日子太少，一年也就那么几天，时间在每年的 2 月和 11 月（“鸿运当头”在每年 5 月和 7 月）。很多奇景都受气候限制，尤其日出日落，有时等待几小时，眼看奇迹就要出现，却突然飘来一片云，又失之交臂了。

飞来石的神奇不仅在其形状，更重要的是其所在位置。自古以来，飞来石均为西线游道的必经之地，既可远观，也可近玩。据清康熙十八年（1679 年）《黄山志定本》载，黄山飞来石有三处，另外两处，一在翠微峰西峰堂侧，一在古颖林庵（今石笋矼处）前小峰上。近年，还发现多处飞来石，如狮子峰头部之下、溪谷之上有一石，如人工柱立，号称“小飞来石”。在西海峡谷、石笋矼等峰谷间，这样的奇石更是不胜枚举，只是少有人至，不为世人所知罢了。

没有月亮的夜晚，星光被万物吸吮，山峰在天幕下印出一个黑色的轮廓，白昼的纷嘈退去，世界简洁干净。此刻的飞来石也就是一块普通的石头，没有一丝光泽。

光明顶

每天晚饭后散步，不是去北海，就是去光明顶。

晨练也是。

这样的活动路径，在外人听来，这就像西藏牧民说“家里没菜，炒盘虫草将就一下吧”,多少有些“夸奢炫富”的嫌疑,至少也属暴殄天物一类的身在福中不知福。

到光明顶的路不像白鹅岭上来那样陡峭,是这三条路中最平缓的,且有上有下有平路。不想爬台阶时,就在观石亭那段平坦的游步道上来回踱步,天气好的话,还可以看见对面飞来石的日落云霞。

光明顶平旷高耸,是前后山游步道的必经之地,也是黄山三大主峰(其他为莲花峰、天都峰)中唯一成为游客集散地的山峰,鸟飞到这里,都会停下来歇个脚。

去光明顶观景,尤其是观雪后云海,一览众山小的独特位置,决定了其观景效果。每天日落时分,平天矼上总是人头攒动,要是不早点,还占不到位置。早晨到炼丹峰看日出更是一位难求。

炼丹峰自古位列黄山群峰之首,相传轩辕黄帝就是在此炼丹羽化的,可谓“山不在高,有仙则灵”。古时,光明顶是光明顶,炼丹峰是炼丹峰,当中隔着一座旃檀岭,其间还矗立着一大一小两根天然石笋,均高达百仞,大的高不可攀,上面还有一尊天然香炉,小的上面垒有几片块石,晃晃欲坠状。游人到此,无不登高览胜。

当年徐霞客登上光明顶,见“天都、莲花并肩其前,翠微、三海门环绕于后”,其视线应比现在高出一截。顶前还有一石挑出,孤悬深壑,上有一松,虬龙盘枝状。徐霞客竟徒手攀爬至顶部,下瞰深渊,远眺莲花,还敢与其同行的浔阳叔有说有笑,胆子真够大的。

徐霞客登顶处应在气象观测平台位置,也是观看日出日落的最佳观景点,现为黄山气象博物馆及光明顶山庄云端客房的独享观景平台。应该在此立一石碑,刻上“徐霞客登山处”几个大字,那必然是一处网红打卡点。可谓梦笔生花。

徐霞客之后,开山和尚普门大师也看上了这处风水宝地。将原位于鳌鱼峰下的净室移建至此,建成大悲院,供奉皇太子所赐的大悲观世音像。院内有一座金刚般若钟,潘之恒捐资铸造,重达五千零四十八斤。真难想象,如此重器是怎么运上黄山之巅的!据说原先计划是铸造一万零九十六斤的,估计是运输因素才“缩水”了一半。据民国十八年(1929 年)的《黄山指南》载:“大悲院在光明顶平天矼之山腋”,且“绕院左百余步即上光明顶”,其大概位置应在气象处下面的步道处。

遗憾的是清末太平天国运动期间,这座雄踞黄山之巅的禅院断了香火,直至化作一堆瓦砾,金刚般若钟更是不知所终。民国期间曾有僧人托钵化缘,筹资重建,但因战乱频繁,所募资财被劫,这座古老的禅院就这样永远消失在岁月的尘埃中。

在乱世里，光有佛的慈悲精神又有什么用呢？

抗战时期，丰子恺写过一篇《佛无灵》。在日本侵略者的铁蹄下，他家的房子——缘缘堂“被敌寇的烧夷弹焚毁了”，他老姑母直叹“佛无灵”。人间生灵涂炭，佛也给不了百姓所需的平安，所谓的普度众生，只是人性的教化而已。

如今的光明顶已与炼丹峰联成一体，当年的模样永远留在了历史的故纸堆里。

月夜，星空高远，飞来石直插天穹，对面丹霞峰的路灯构成一串清丽的水晶项链，太平县城的灯光渲染着远方的红尘，世界删繁就简，让我不禁想起当年这片佛家的净土。

始信峰

始信峰就像黄山的大阳台，游人必去。

自云谷索道上站移至白鹅峰北面后，去始信峰方便了许多，不用再走回头路。且这段路上多杜鹃树，千年古松比比皆是。春花秋叶，皆为风景。峰石峭壁更是千奇百态。

第一处观景台对面是仙女峰，也叫观音峰。一峰突兀而出，形似观音立像，若有云雾从中间飘过，则成奇景“观音飘海”。但因此峰和身后石笋矼正好重叠，最佳观景位置在云谷索道临近上站的车厢里。玉屏楼隔谷远眺，更是惟妙惟肖。有云海时更佳。

石笋峰下的观景台是“童子拜观音”的最佳观景点，黄山日出的经典摄影之作“鸿运当头”就是在这里拍摄的。所谓“鸿运当头”，就是红彤彤的朝阳正好与观音头部重叠所形成的奇妙景观。观音玉立两峰之间，侧倚佛镜，低目慈眉，面向童子，踏云婀娜而来，将万丈金光洒向人间。只是这一奇景出现概率极低，每年仅 5 月、7 月中下旬那几天会出现。

遇一奇景，需季节、时间与天气等因素具备，是要靠缘分的，我在山中几年，专程去等待过几次，均失之交臂，甚是遗憾。

上始信峰前，石笋矼是必然要去的。明清时期，从北面太平县上来的游客必经此地，观景台至谷底林莽中，石阶古道依稀可见，当年徐霞客就是从这里前往松谷庵的。其间“群峰或上或下，或巨或纤，或直或欹，与身穿绕而过，俯窥辗顾，步步生奇”，还有天窗、僧坐石等奇景。只是古径废弃已久，游客已无法身临其境，仅能站在石笋矼上，穿越在古人用文字演绎的佳境里。

徐霞客来黄山时，始信峰已有名字。明万历四十一年（1613 年）夏天，吴人黄习远从木渎山塘街（今苏州古城西北）来到黄山后海，狮子林开山和尚一乘禅师陪同其登上始信峰。那时，从卧云峰到始信峰，间隔丈许，下临深渊，仅有孤木为桥。巧的是正好有一株松树，上悬一枝，如手臂般连接两峰，游人可手扶松枝而渡，遂名"接引松"。接引松是徐霞客《游黄山日记》中记载的现存唯一一棵古松，遗憾的是那迎来送往的松枝已于19世纪70年代彻底枯死，其他枝叶依然繁茂。

不到始信峰，不见黄山松。黄山十大名松里，有六棵在始信峰（竖琴松、探海松、卧龙松、龙爪松、连理松、黑虎松）。现在走过宽阔平整的渡仙桥，看着接引崖边这棵虬枝盘绕的古松，已少有人知道它曾是黄山松的祖师爷。那时，迎客松恐怕还是乳臭未干的毛头小伙。

黄习远命名了"接引松"，登上始信之巅，只见峰岫罗列，奇松虬绕，如入画境，似幻似真，便即兴题名"始信"二字。黄习远曾就"始信峰"之名做过注解，他说："从接引崖石罅中出，右折而北，历峻坂，登其顶，俯视石林森列，始信狮子林之奇，犹人生西方，始信有极乐国也。"现存"始信峰"三字为休宁人孙湛（字子真）手书。

历史上，黄习远似乎没什么太大的名气，他只是个诗人，一生做的一件大事就是对宋代编著的《唐人万首绝句》进行了删补与修订，李白的那首《静夜思》就是他"批改"过的。

我们来看看宋代版本的《静夜思》：

床前看月光，疑是地上霜；举头望山月，低头思故乡。

月光本是无情物，洒落诗人床榻前，便与羁旅天涯的人生相遇。黄习远也因这"一字之师"而载入史册，就像桃花潭的那位"退休"县令汪伦一样，都是"借壳上市"的高手。

陪同黄习远的是当年狮子林的一乘法师，他以始信峰为家，在三尺绝顶上，构木为室，"仅容蒲团"，他每晚在狮子林功课完毕，必独住于此，三年如故。

这需要多大的胆量和毅力啊！

在始信峰上，这样的故事不胜枚举，且大部分已浸润在众多的摩崖石刻里，除围绕"始信"的"始终不信""岂有此理""到者方知""不可思议""无能名"等题刻外，还有"寒江子独坐""丽田生弹琴处"这类记录人物故事的文字。前者是抗清英雄江天一，曾在此独坐静思，后起兵据守丛山关，不幸兵败被俘，因不降被杀害于南京雨花台；后者是其族侄江丽田,常抚琴抒怀于始信峰上。江丽田早年随家叔“业盐淮扬”,不惑之年归隐黄山云谷,一生不婚不宦,琴书之外,别无长物,著有《丽田琴谱》,时以“琴仙”名扬。沈铨、袁枚、王文治等皆慕名造访,并筑琴台于始信峰之巅。歙人巴廷梅手书“丽田生弹琴处”,镌于石壁。琴台前有古松一株,丽田常弹奏于此,琴声悲怆,声声入松,故名“聚音松”,惜1992年自然死亡,现“聚音松”为2002年7月移植。

明万历四十四年(1616年),徐霞客首登始信峰,一乘法师已挂瓢而去,空留静室于“乱石危缀间”。

四百多年风风雨雨,当年看风景的人已成今天的风景。每当我站在始信峰上,“下瞰散花坞,峰峰玉琢成;摩霄无鸟过,架石有松横”,总会想起这些日渐斑驳的文化遗产。

一座山再秀,也还是一座山;一棵树再奇,也还是一棵树。多年前,有位导游编了一段顺口溜:“一棵树,两棵草,害得老子满山跑。抬头看树,低头看路,两边都是雾。”

大自然赋予黄山奇秀的躯体,这些拓印在峰石间的人物、文字及其承载的历史,从远古一路走来,成就了黄山独特的文化血脉,也是今天的黄山传递给我的一种精神标识。

这或许就是文化的价值所在。

(黄良顺,安徽歙县人,安徽省作家协会会员。曾在黄山之巅从事酒店工作,业余从事文学写作,在各类报刊发表散文、随笔等百余篇十万余字,著有《阳台上的菜园》等。2016年以来,一直专注于徽州古道田野调查,形成三十余万字的游记体调查报告,所撰《徽州古道》是目前内容最完整的徽州古道探秘、研究资料。)

白帆回望处 红笺有深情

郑炎贵

无论是过去，还是当今，人们交往总是离不开信这种方式，只不过样式不断演化。历史上，信由刀刻而笔写，古人把出使之人称作“信”；因彼此通信需要交人递送，后来就以“作书”为“信”，即书信。进入电子时代，凭借电脑键盘、触屏或语言转换皆可写书信。

作家当然要通过作品向世人叙事抒情，但仍少不了以书信方式，古有《报任安书》《与元九书》，现代有鲁迅《两地书》、傅雷父子《傅雷家书》、林觉民《与妻书》，不一而足。

令人欣喜的是癸卯年（2023 年）金秋，黄山书社首版了《张恨水书信》（以下简称《书信》）。吾捧读切切，爱不释手。张氏是现代著名皖籍作家，且是我等潜山人的前辈大家，一封封熟悉的笔风尺牍，瞬间便感觉到研究张恨水又有了新维度新视角。

笔者最早追随潜山政协原主席徐继达先生发起张恨水研究会活动，并浸润其间而不辍，至今已三十八载。从迄今十多届研讨会成果看，人们聚焦的是“两恨水”，即“报人张恨水”与“文学张恨水”。前者是后者登堂入室的门径，后者才是功成著果；前有 1993 年由山西北岳文艺出版社出版的《张恨水全集》，展示了“小说张恨水”的基本面貌，继之有 1995 年由徐永龄等主编、安徽文艺出版社出版的《张恨水散文》，更有 2015

年时代文艺出版社出版的《张恨水散文全集》，从而完整地呈现“散文张恨水”，而今又有谢家顺领衔辑注，张伍、张明明参与的《书信》出版，使研究者得以进一步认知“书信张恨水”。

展帙阅来，辑注者颇具匠心。

首先，从写信的时间与对象上做了科学的梳理与编排，条理性、逻辑性一目了然。开篇即为张氏最早的1922年的书信，而末篇则是1965年张氏生命最后阶段的封笔信，共收书信314件，辑注编排以时间为“经”，又以读信对象为“纬”，进行经纬交织式的编排，全书分四大部分，开篇第一辑即收入张氏作为编辑与读者之间的通信241封，其篇幅占全书的一半有余，体现了“读者第一”的现代理念。

其次，辑注者从公开与私密的性质上进行归类排序，对作者以编辑身份致信读者，或以作品作者的身份致信读者的这一类属于公开信的269封，全部编入第一辑与第二辑，这类书信此前虽见于公开出版的《最后关头》《上下古今谈》《明珠》等散文集中，但也有不少是首次辑注的。尽管已公开见诸报刊了，但那些叠床架屋的旧报刊说其尘封也罢，休眠也罢，没有辑注者钩沉剔抉，何来今日一书在手而尽览之便呀！

另一类当为私密性的通信，被编入第三辑与第四辑。就原作者而言，当无意于公开发表，而对今人而言，委是探寻张恨水内心世界的金钥匙。在散文体裁中，日记与私下写给朋友、亲属的书信，是最能表现作者真性情的东西，应说句句皆为真话，虽然真话并不等于真理，但是绝非虚假的大话、套话，从中可以感知张恨水敦厚平和、谦恭向善的人格魅力。

《书信》第三辑收有张恨水连续写给华林的三封信。华林者，中华全国文艺界抗敌协会第一届理事会常务理事，总务部副主任兼文艺奖助金管委会委员，张恨水在1941年8月7日写给他的信主要反映两件事，其一事关申领平价米，另一事关赈济作家白薇。关于前者，张自称“已在《新民报》领得平价米”，虽然老家老母也需要米价贷，但决定不向文协申报，足见张恨水的无私自律；关于后者，表达的是对湖南籍作家白薇治病纾困的关心，白薇原名黄彰，从北平辗转来渝，“现于南温泉重病，热达40度，有时昏迷”，“独身老处女”，作为邻居的张恨水就此写信恳请文协与文奖会“以资救济”。同年8月19日，张氏二次写信给华林，重申“白薇系猩红热，医药需钱极多”，向文协方面申请贷款。

其实，自从1939年初日机轰炸重庆市区起，张恨水一家便疏散到南温泉桃子沟，先租一间平房住，与老舍为邻，后住进文协的三间茅草房，因难避风雨，故戏称为“待漏斋”。这一时期的生活，张氏在随笔《东行小简》与《山城回忆录》中都有非常生动的记述：“每天奔走于山城海棠溪与南温泉之间”，“提囊负米”，“或奔避空袭”，“或烈日如炉中艰难步行”，“日夕焦虑米价”。平价米中沙子稗子多，他就“架镜于鼻，且食且剔”。如此艰难困苦中张氏还是自我约束，决不因私利向社会伸手，倒是热心关心文化同人，其厚道品格毕现。

可以用一句话来概括《书信》出版的意义，其最大价值便是为今人打开了走近“文学张恨水”的另一扇窗，从而多维度体察其风貌与灵魂。

79 年前纪念张恨水创作三十周年时，重庆《新华日报》潘梓年便有“三坚主”之说，肯定张恨水“坚主抗战，坚主团结，坚主民主”；而著名作家老舍则有“三最”之说，赞扬张恨水是“最重气节，最富有正义感，最爱惜羽毛的人”。如今检视《书信》，这些评价果然不虚。

——坚主抗战又有新印证。

见载于 1938 年 3 月 21 日《新民报》副刊《最后关头》“关于诗”一信，张恨水声言“对于旧体诗有三种不愿发表：(一)颓废的没有抗战意味的，(二)自我宣传的，(三)不很成熟的”，并特地提到并肯定“新的不能再新的朋友毛泽东”“他也是常常大作其七律”。

见载于 1939 年 1 月 19 日《新民报》副刊《最后关头》“关头语录”，张恨水锋芒直指侵略者，“法西斯用尽了九牛二虎之力，拉人加入反共公约，结果只拉上了一位马牛其风的小匈牙利，世界上似乎也有些公理存在”。

白纸黑字，言之凿凿，毫不含糊，十分明确地印证了张氏的抗战立场，与其抗战文学的创作相印证。

——重气节、守正义有了新材料。

收入第三辑《复左笑鸿信》中有曰：“十五日，弟一度欲飞汉转赴前线”，为朋友“阻止”。此信后辑注者特附左笑鸿 1938 年 6 月 28 日在香港《立报》副刊发表的相应文章。原来抗战爆发后，本在南京办报的张恨水被迫撤回安庆老家，他病体尚未痊愈，好友左笑鸿见到他“脸上因为风霜而且病未全好，又瘦又黑”。而张氏把家眷送到潜山后，不仅支持自己的三弟、四弟扛起了枪杆抗日，连自己“还打算上前线呢”。左氏不能不佩服他“知其不可而为之”的勇气与正义感，称赞其“为国为乡，一门忠勇”，然而毕竟“以一双手无缚鸡之力的人”怎能上前线呢，左氏当即劝阻，张氏也自觉“可笑可怜”，于是便毅然转“用笔锋抗战”。

——同情弱小、反抗强暴有了新注脚。

为什么张恨水在众多的小说中都掺入了武侠的内容，《书信》第二辑《致〈新华日报〉编者》信揭开了这个谜：

“武侠小说曾教读者反抗暴力，反抗贪污，并且告诉被压迫者联合一致，牺牲小我”；

“人民的不平之气，究竟是可以喊出来的”；

“他们无冤可伸，无愤可平，就托诸这幻想的武侠人物，来解除脑中的苦闷”；

“他们崇拜英雄的意识，是十分模糊的”。

可见张氏对底层人民极富理解与同情心，同时他也看到这中间的消极影响，从而自觉地在武侠小说创作中注入时代精神，让人们获得更全面的人生启迪，无怪乎他的《啼笑因缘》结尾处出现了关氏父女加入抗日义勇军的壮举，刷新了侠义英雄的人生亮色。

——谦恭仁孝、秉持冲淡有了新体现。

《书信》第一辑中的第十通信《告读者》，系作者在病榻上的随笔感想。“一病五日”思念的是：“岁月干戈里，家山涕泪中”，诗性的感言充溢着满腔的家国情怀，“天下正多事”，“以养母育弟，予固跪誓于先君弥留之际”，张氏信言如此，践言不二。同辑还有《答玉琅小朋友》信，面对的是一个自称“十四岁的小朋友”，其来信指出《春明外史》第二辑第八回人物动作描写“网球拍”细节有误，张氏便以《果然是我错了》作答，而且以“你的大朋友恨水拜手”落款。

关于作品的风格，张恨水在小说方面是善用白描手法的高手。1926 年 5 月，李牧人来函称“你那种白描的笔墨，使我十分的敬服，尤其是对现社会种种恶劣现状，能露骨的表现出来，我读了比吃冰激凌还痛快”；1927 年 1 月 31 日张氏在《世界日报》发表《答知一君问》，因知一君有来函，反映朋友对《春明外史》的议论，“张恨水作《春明外史》描写得并不过火，不像李涵秋似的，至于社会小说的刻薄，那是免不了的事，因为社会本来是这样”。

1949 年初，张氏在《新民报》连续发表《写作生涯回忆》，谈到了自己的散文集《山窗小品》的风格，“我走的是冲淡的路径”。《书信》收入的来信反映读者是认可这种风格的。1926 年 7 月 22 日，张氏有《答不愠斋主》信一通，不愠斋主原有《我理想中的恨水》，认为张氏"秉性极厚道，而谦恭多情"。张氏复函肯定其所猜，在《复慧几先生》信中，自述"生平作文，不喜晦涩，雕琢"；在《复新雨君函》中，声言《明珠》《夜光》极不愿"如走方郎中带喇叭，自吹自卖"；在《答知一君》中坦言"平生老实天知道"，"稗官好处在传神"。

"书信张恨水"，就这般一步步地向读者走来，其文貌、文品、文心也一重重向人们揭开。王安石有"户外惊尘尺书至，眼中飞浪白帆收"之喜，苏东坡有"红笺短写、锦句断肠"之诗，笔者亦因《张恨水书信》而感吟云：

通才巨匠成于渐，气节如虹百忍家。书信行间张大义，至今烛照耀中华。

（郑炎贵，安徽省作协会员，安庆师范大学兼职教授，安徽省历史文化研究中心研究员。已出版皖文化研究专著《皖耕集》，主编[合作]《天柱山旅游》《天柱山世界地质公园导游指南》等。）

无端为唐朝读书人揪起心来（外一篇）

佘林颖

零点之后，夜凉如水。这是暑热天后难得的好时光。

踢着人行道上的落叶，不觉就走过了好几条街道。

漫无目的步行，漫无目的踢着树叶，思绪也是漫无目的飘飘忽忽。脑子里偶然蹦出一个模糊的念头，就是人们能够通过观察，找出一些人的习惯与癖好，哪怕是当事人也未曾察觉。由是，又无端地想到唐朝的读书人，特别是那些流芳千古的诗人。凭借自己读唐诗的主观印象，诗人更不用说，好像唐朝的读书人，一直都在路上，他们匆匆忙忙地赶路，不知可有闲心踢树叶？

从"鸡声茅店月，人迹板桥霜"来看，披星戴月赶路是常有的事情。这是真正的步行，跋山涉水，靠一双脚板。我为唐朝的读书人揪心。他们是忙着赶考，谋求功名，抑或是探亲访友，求道壮游？成年的读书人，忙于猎取功名，担任官吏，征戍边塞，从事贸易，等等；而未成年的读书人，或者说，十几岁"年未及冠"的读书人，即便不是赶考，也在到处奔波，忙啥呢？

王维的《九月九日忆山东兄弟》，据说是他十七岁那年写的："独在异乡为异客，每逢佳节倍思亲。遥知兄弟登高处，遍插茱萸少一人。"游子抒怀，情真意切。小小年纪，就在洛阳与长安间走啊走。嗯，十七岁的王维，已经走了两年，他可是十五岁就赴京城应试的哦！

白居易十六岁，从江南来到长安，带了诗文谒见名士顾况，顾曰："长安米贵，居大不易。"即见"野火烧不尽，春风吹又生"诗句时，随即收起了小觑之意，而是连声叫好："有才如此，居亦何难！"

十五六岁，小不小？肯定很小啦！

待到二十七岁那年，白居易进士及第，新科进士前往慈恩寺题名，即写下自己的姓名、籍贯，交由专职石匠，刻在慈恩寺塔的石砖上，以纪盛事。这年进士及第“与有荣焉”，共计十七人。白居易挥毫写道：“慈恩塔下题名处，十七人中最少年。”

轻狂吗？未必。

二十七岁是不是少年？唐人有个说法：“三十老明经，五十少进士。”意思是说，明经科容易考，进士科不好考；三十才考中明经，实在是太老了；五十考中进士，已经算年轻了！

金榜题名，任谁也难保“喜欲狂”。

孟郊，四十六岁，进士及第，按捺不住，作《登科后》：“昔日龌龊不足夸，今朝放荡思无涯。春风得意马蹄疾，一日看尽长安花。”

轻狂根本不够看，“放荡无涯”才天真。

在唐人眼里，四十六岁的进士，正少年！

从十五岁到五十岁，进士及第，都是少年。未中进士，仍在路上。

初唐诗人王勃，九岁即有“神童”之称，十六岁应幽素科试及第，二十六岁探望父亲，自交趾（范围包括今之我国广东省和越南北部）不幸渡海溺水，惊悸而死。王勃在长安，写过《送杜少府之任蜀州》，留下传诵至今的“海内存知己，天涯若比邻”的名诗名句；王勃在蜀中，写下“九月九日望乡台，他席他乡送客杯。人情已厌南中苦，鸿雁那从北地来”（《蜀中九日》）；王勃在豫章（南昌）故郡，作《滕王阁序》，其中“落霞与孤鹜齐飞，秋水共长天一色”，千年传唱，无时无刻不活用于世人之口。

“噫吁嚱，危乎高哉！蜀道之难，难于上青天！”

蜀道难，天梯、栈道，王勃走过了，其从长安至蜀中，并于巴蜀游历三年。行路难，他乡苦，宦游不居，足迹踏遍北中国与南中国，可谓行者无疆。即便是以我们今日交通之发达，无论是到西安、到成都、到海南，飞机、高铁，暮至朝发，指日可就。但今天，二十六岁左右的年轻人，大概还在读研读博，未必就有王勃遨游九州、“夸父逐日”般的履历。

唐朝的读书人，真正是读万卷书行万里路。看看十五六岁的大诗人们，智商情商个个不低。更难得的是“少小离家”，风霜历练，为学问，为功名，为仕途，打下了坚实的基础。

如此想来，何必为他们小小的年纪揪心呢？

唐朝读书人，奔波劳碌，绝非读死书死读书之流，其人情练达，吾辈不如！看看《近试上张水部》："洞房昨夜停红烛，待晓堂前拜舅姑。妆罢低声问夫婿，画眉深浅入时无。"临近考试，赴京赶考的朱庆馀，献诗大名鼎鼎的诗人张籍，在唐代叫"向名人行卷"，借名人之口以扬己之名。你看朱庆馀，毫无书呆子气，无论是公关举措还是外交语言，真个漂亮，滴水不漏啊！

张籍也是个妙人，他是这样回答朱庆馀的："越女新妆出镜心，自知明艳更沉吟。齐纨未足时人贵，一曲菱歌敌万金。"呵呵，您就甭担心了。果然，经张籍赏识、推荐，朱庆馀一举考取了进士。

宝剑锋从磨砺出，梅花香自苦寒来。唐朝的读书人在路上，苦其心志，劳其筋骨，需要我为他们揪心吗？太过自作多情了。

午夜低回。忽然想到王勃的《山中》："长江悲已滞，万里念将归。况属高风晚，山山黄叶飞。"黄叶飘零，唐朝的诗人也好，读书人也好，哪怕是离家万里，有时大概也会像我一样，在路上踢踢落叶吧。

传闻，杜甫很忙，李白乘舟将欲行，想一想，我就该放心了。

唐朝可谓是"大道直如发"，读书人在小小的年纪就意气风发地上路了，道路笔直宽阔，他们走得很开心，而我揪心何为？

星河垂落，黄叶踢罢，趁此凉爽夜色，洗洗睡吧。

温飞卿之照花前后镜，花面给谁看？

从前读《歌德谈话录》，记得歌德说过，诗人写完一首诗后，自然要记下写作的日期，这个日期非常重要，但往往又被人们忽视。写作日期，其实是诗人记录下来的日记。

诺贝尔文学奖获奖者约瑟夫·布罗茨基，也表达过类似的意见：诗歌是诗人的日记。

从这个意义上来读温庭筠（字飞卿）的《菩萨蛮》：

> 小山重叠金明灭，鬓云欲度香腮雪。懒起画蛾眉，弄妆梳洗迟。
> 照花前后镜，花面交相映。新帖绣罗襦，双双金鹧鸪。

对这首词，前人的解释大约有三种：

一是"梳妆"说。美人慵懒晨起，颦眉蹙额，哦，倒也不是什么愁苦的样子，而是眉毛(小山)皱着(重叠),梅花图案的额黄有所脱落而不够齐整(金明灭)。斯时,晨曦如金,美人瞥见不够完整的额黄图案,若隐若现,发髻蓬松如云,覆盖在面颊上。呵呵,美人肌肤柔嫩,香香的,腻腻的,所谓"香腮雪"——吹弹可破哦!

"懒起画蛾眉,弄妆梳洗迟。"女人起床梳妆嘛,你懂的,有点晨困,赖床而已。伸伸腰,磨叽磨叽,我见犹怜,哪个女人不有点自恋?纤指拨弄拨弄头发,轻轻抚摸自己的脸蛋,嘬嘬嘴,瞪瞪眼,镜子呀,梳子呀,眉笔呀,胭脂呀,小零碎可不少!有人觉得女人麻烦,不利索,有人欣赏女人的小动作,小琐碎,举手投足,一颦一笑,值得爱怜。

想一想梁思成追求林徽因时,林徽因在楼上梳妆打扮,梁思成的弟弟急得跺脚:"林小姐下个楼要二十多分钟!"但梁思成有耐心等。女为知己者容嘛。只听楼梯响不见人下来,何尝不是女人在撩拨男人的心弦呢!

"照花前后镜,花面交相映。新帖绣罗襦,双双金鹧鸪。"简单地说,就是女人对着一面固定的梳妆镜,手里还拿着一面巴掌大的镜子,左照照右照照,扭扭腰,看,一身时装,丝绸短袄(罗襦),绣着时新的花样——金线走边的一对鹧鸪图案。

不耐烦的人,差不多要呛口水了,但也保不定,有人流鼻血,吞口水。

二是"苦闷"说。人们从温飞卿的《菩萨蛮》中品味了美人之"色泽、气味、体态、小性子",诸般之妙,忍不住去揣摩美人(留守女)的心思:花似人面,人面似花,此花谁赏?此花谁折?晨光好,美人好,闺房空空——不好!

更何况,鹧鸪成双成对,似乎在叫:"行不得也哥哥!行不得也哥哥!"

故曰,苦闷。

三是"感遇"说。简言之,感士不遇。有美如斯,无主可荐。

有人从画面来分析,有人从电影镜头来欣赏。一切景语皆情语也,一切情语皆心语也。从我国的诗歌传统来看,所谓香草美人,离骚太甚,不过是引类譬谕忠贞君子。这是高大上的正能量。次之,我们可以参考——

王昌龄《闺怨》:"闺中少妇不知愁,春日凝妆上翠楼。忽见陌头杨柳色,悔教夫婿觅封侯。"

金昌绪《春怨》:"打起黄莺儿,莫教枝上啼。啼时惊妾梦,不得到辽西。"

前者写闺中少妇,为让夫婿猎取功名,以致春光虚度——悔!后者写闺中少妇,好梦被扰,绮梦啊,正与夫婿温存,却被清脆婉转的黄莺儿的鸣叫打断——恨!

王昌龄与金昌绪,写少妇的闺怨,主旨明了。而温飞卿的《菩萨蛮》,写美人晨起,却旨趣难归。"梳妆,苦闷,感遇"三说,盲人摸象,各执一词。

如果我们说，这是诗人写下的日记，虽然我们今天已难以确定了温飞卿写作的日期，但也不难看出，美人晨起梳妆，都言女为知己者容，而此词不涉一字良人或夫婿，实则是诗人自喻也。玉质天生，明珠投暗，仕途蹭蹬，懒起有因；虽心犹不甘，但亦有自知之明，尽管晨光大好，莫忘鹧鸪提示（低调，低调）“行不得也哥哥”。

温飞卿才高貌丑，据说其人恃才傲物，得罪权贵，包括皇帝。温飞卿被时人称为“温钟馗”，其屡次考进士科均不能及第，或与长相有关？亦未可知。天下人都知道温飞卿才高八斗，但历任主考官就是不录取他。该仁兄却无此觉悟，每次入闱考试，都咋咋呼呼，为人高调，要么帮同科的考生抢答试卷，要么与主考官大吵大闹。有位主考官专门为他设了一个座位，与其他考生隔开，试毕，主考官说，这次你不能帮别人答卷了吧？飞卿兄则傲然回答，自己虽被特别照顾，但依然暗中帮了八名考生！仁兄啊仁兄！真是令人绝倒！

至此，温飞卿每次科考进士，必名落孙山。

怪谁？

多少心事，付诸流年。温飞卿天纵奇才，一生特立独行，往往有惊世骇俗之举，唯词作华彩，写尽自家事。世人多不解温飞卿，唯诗人自己“照花前后镜”，不因水仙花情结，而是怀才不遇，仕途蹭蹬，花面虽好，给谁看？

子曰：“逝者如斯夫，不舍昼夜。”

温言：“斜晖脉脉水悠悠。”

温庭筠享年六十有六，一说生年约为五十有五，终生不得志，官小人微，诗文集多已亡佚。《唐才子传》所载温庭筠传，也时序颠倒，舛错支离。斯人活着时名动海内，结局却是“竟流落而死”。但我不得不说，其生平志趣，其实均封存在他的诗词里。可谓是——

借助诗歌

毫无忌惮写下

无虑破译的日记

（佘林颖，笔名龙羽生，现居合肥市，就职于新闻单位。著有诗集《十二月遇美人》《宽宥》。有诗歌、散文作品分别入选《大学生诗选》（中国青年出版社）、《小家屋檐下》（《散文》200期精品丛书之一）、《安徽文学50年》、《我的爱不紧不慢正好一生：2021年中国诗歌年选》等。）

法雨过山寺（外二篇）

晏　弘

怀素和尚的侧影

春日载阳，不冷不热，闲读杂书，得些闲趣。读书破万卷，不如读破万卷书，试问世上几人读破万卷书？读书不图过目不忘、忙着寻章摘句，也不图“书中自有千钟粟，书中自有黄金屋，书中自有颜如玉”，寻寻觅觅冷冷清清凄凄惨惨戚戚，也不图模仿名家笔法，照着葫芦画金瓢，“代大匠斫者必伤其手”。一壶茶，一支笔，一书在手，一路读下去，有所晓得，心知其意，有所明白，心有所得不如相忘于江湖，如此而已。

读到有关怀素《食鱼帖》（又名《食鱼肉帖》）的文章，此帖草书八列五十六字：“老僧在长沙食鱼，及来长安城中，多食肉，又为常流所笑，深为不便。故久病，不能多书，实疏。还报诸君，欲兴善之会，当得扶羸也。九日，怀素藏真白。”读完，不禁莞尔，此中好奇怪，此中有真趣。怀素食鱼吃肉，饮酒寻欢，无视清规戒律，立此铁证，不惧扫地出佛门，不惧常流所耻笑，狂直之徒！

僧怀素，字藏真，湖南零陵人，俗姓钱，“大历十才子”之一钱起的侄子，幼时因贫出家，苦练草书，后来成为一代名僧，史称“草圣”。他出家后，衣食不愁，四处游历，广交名士，“饮酒以养性，草书以畅志”（陆羽）。他说在长沙吃鱼也就罢了，还嫌长安无鱼，只能吃肉。出家人吃肉喝酒，为凡夫俗子所不齿，老僧心有不快，闷闷不乐，卧病不起。身体有恙，墨不能挥，美味不能入口，苦啊，所以告诉诸君，酒肉盛宴且等些时，病愈之后再约。想必得到《食鱼帖》的诸君，定会捧腹一笑，今日墨宝到，日后点大餐，值得！

据说，某日怀素与茶圣陆羽、鲁公颜真卿一起研究书法，怀素自称得到了张旭秘诀真传，颜真卿好奇，就问怀素："师亦有所得乎？"怀素昂昂乎，神采飞扬，说："吾观夏云多奇峰，辄常师之，其痛快处如飞鸟出林、惊蛇入草，又遇坼壁之路，一一自然。"颜真卿听了后，灵感大发，说："何如屋漏痕？"怀素有悟，起立，握手连说："得之矣！得之矣！"

张旭确实对弟子说过草书心法："孤蓬自振，惊沙坐飞，余师而为书，故得奇怪。见公孙大娘剑器舞，始得低昂回翔之状。"同为草圣，我以为，张旭草书狂逸而润，怀素草书狂劲而瘦，各有绝活，变化万端。

我虽不懂得书法，更不懂得草书，但怀素所云"夏云多奇峰……其痛快处如飞鸟出林、惊蛇入草，又遇坼壁之路，一一自然"，大有诗意，清境难摹，我真是神往之。飞鸟出林、惊蛇入草，各怀绝技，各显神通，无踪可循，各有妙趣。怀素道破艺术天机，神鬼莫测，变幻无穷，颜真卿说的"屋漏痕"，比"坼壁路"更加巧夺天工，道法自然！至于张旭所言"孤蓬自振，惊沙坐飞"，岂止神助，岂止如神，就是神在，大境界！

怀素身在佛门，心在尘世，不自作茧，不做困兽，狂放不羁，破壁而去，纵酒放歌，酬诗唱和，随性自适，大放异彩，正因如此，砚台几磨穿，高朋满天下。他自三十岁之后，草书越发瘦劲，灵气飞动，人至暮年，终于成就了"草书天下称独步"（李白）之"草圣"美誉，不愧"开士怀素，僧中之英"（颜真卿）之美赞。

怀素老僧，其草书好比腾蛟起凤，可望不可即而无迹可循；其为人好比野生水稻种，蕴含古老而稀有的基因。怀素老僧千古风流，晏弘跪拜，仰而慕之，赞而叹之，献诗一首：

孤蓬振破袈裟，枯木刺穿烟霞。
醉去瘦墨四飞，醒来青山一发。
碰面何必菜色，食鱼如同观花。
诗仙若问归处，鲁公但说天涯。

黄檗禅师刀竖起

黄檗希运禅师乃一代高僧，其人身长七尺，容貌奇伟，额间隆起肉珠，巍巍堂堂，凌厉冲澹，人莫能测。其《上堂开示颂》中的名句"不经一番寒彻骨，怎得梅花扑鼻香"流传于世，激励了无数贫苦有志子弟奋斗前行。其说法，风雷激荡，擒纵自如，棒打喝叫，语势兼用，深得马祖道一、百丈怀海禅法之精髓。他力倡“心即是佛”，唯说一心，分别即魔，忘机即佛，又说“无心是道”，若不觅即便休，心无杂念，开启其后世之临济宗风。

有一则禅宗公案，黄檗在南泉普请择菜，南泉问什么处去，黄檗曰：“择菜去。”南泉曰：“将什么择？”黄檗竖起刀，南泉曰：“只解作宾，不解作主。”黄檗以刀点三下，南泉曰：“大家择菜去。”择菜，黄檗不视择菜为外境，行住坐卧，无不是道，念念之中，清净正观，唯是一心，更无别法。黄檗刀点三下，为什么点三下呢？有人说黄檗以此表明修行方法是不思议一心三观，观一切法当作空观、假观、中观。而“一心三观”是隋朝天台宗智者大师独创的观心法要，生于中晚唐时期的黄檗心中一定晓得，他说过，认得心性时，可说不思议，了了无所得，得时不说知。真是妙不可言，不可言哪！

黄檗曾说“大唐国里无禅师”，不道无禅，只是无师，凛凛孤绝，舍我其谁！黄檗在世，与宰相裴休、唐宣宗李忱结下奇缘。裴休初识黄檗于江西黄檗山大安精舍，黄檗在此隐修，裴休从尚书郎任上被外放任洪州刺史，来此拜佛问禅，正观摩一处壁画时，裴休问：“是何图相？”主事僧答道：“高僧真仪。”裴休问道：“真仪可观，高僧何在？”主事僧无言以对。裴休又问：“此间有禅人否？”主事僧道：“近有一僧，投寺执役，颇似禅者。”裴休道：“可请求询问得否？”主事僧忙请黄檗过来，裴休仔细打量，对黄檗道：“休适有一问，诸德吝辞，今请上人代酬一语。”黄檗道：“请相公垂问。”裴休于是把问话重复一遍。黄檗大声喊道：“裴休！”裴休应诺。黄檗道：“在甚么处？”裴休当下顿悟，欣喜不已，赞叹道：“吾师真善知识也！示人克的若是，何故汩没于此乎？”僧众惊愕，此地藏龙卧虎耶？

于是乎，裴休延请黄檗入府，执弟子礼。后来，裴休到钟陵（今江西进贤）为官，迎请黄檗上山安置于龙兴寺。再后来，裴休到宛陵（今安徽宣城）为官，又迎请黄檗到宛陵，安置于开元寺，数年后创建敬亭山广教寺。

某日，裴休手捧一尊佛于黄檗前，跪曰：“请师安名。”黄檗召曰：“裴休！”裴休应诺，黄檗曰：“与汝安名竟。”裴休有悟，礼拜再三。

裴休不愧出自黄檗门下，黄檗悉心指导与接引，裴休长期敬叩与研悟，各自成就很大。裴休将黄檗的开示、语录、偈颂及日常对话，辑为传世禅学大著《钟陵录》《宛陵录》（后人编成《传心法要》）。他俩赠诗唱和，黄檗写给裴休：

心如大海无边际，口吐红莲养病身。

自有一双无事手，不曾只揖等闲人。

色即是空，空即是色，有禅意，有妙趣。黄檗告诫裴休学法："才闻一言，便乃绝学。若形纸墨，何有吾宗！"他对"平常心是道"的理解另辟蹊径，说："无心是道，如如之体，内如木石，不动不摇，外如虚空，不塞不碍。"不被诸境惑，方为自在人。裴休外放期间，息虑静心，宠辱偕忘，幸得黄檗时时点拨。

黄檗与唐宣宗初识更具戏剧性。话说唐宣宗李忱而立之年，为躲避侄儿唐武宗猜忌，他装疯卖傻，在宦官帮助下，诈死藏进粪车逃离皇宫，潜隐于河南香严寺，剃度为沙弥，拜智闲禅师学法。后辗转到浙江盐官海昌院，偶遇黄檗，一通问话挨了黄檗三巴掌。

是时，黄檗在海昌院殿上礼佛。李忱好奇地问道，不着佛求，不着法求，不着僧求，长老礼拜，当何所求？

黄檗答道，不着佛求，不着法求，不着僧求，常礼如是事。

李忱接着问，用礼何为？

黄檗便掌，李忱骂道，太粗生！

黄檗吼道，这里是什么所在？说粗说细。

随后又两掌。李忱很是恼恨，但似有所悟。

打归打，骂归骂，彼此都有慈悲之心。李忱隐遁途中，耳闻目睹，深知民间疾苦，尤其见证了唐武宗当朝"会昌法难"摧毁的寺庙和逼迫还俗的僧尼，扼腕叹息。无奈之下，移情山水风物，流连江南胜景之地，隐居宛陵泾县水西寺时，写下诗句：

大殿连云接爽溪，钟声还与鼓声齐。
长安若问江南事，说道风光在水西。

李忱时常向黄檗请教佛法，如何救百姓于水深火热，而黄檗不仅深谙佛法，更懂《易经》，推测过国运，观天象见龙在田，觉察到李忱龙象显现，就说：莫做自了汉，渡劫度众生。据相关文献记载，某日，李忱和黄檗一同到山中（一说江西黄檗山，一说福清黄檗山，一说太湖县四面山〔山腰有大中寺〕）游玩，黄檗远望瀑布，不禁赞叹起来："千岩万壑不辞劳，远看方知出处高。"李忱听了，甚是心动，借诗抒发情怀，吟道："溪涧岂能留得住，终归大海作波涛。"黄檗听了李忱的联句壮怀非同凡响，甚是欣慰。

在宦官马元贽等人拥立下，李忱果真回朝登基称帝，是为唐宣宗。唐宣宗擅长诗文，喜读《贞观政要》，在位期间，恭谨节俭，从谏如流，励精图治，大兴佛教，人称“小太宗”。有趣的是，大中二年（848 年），裴休迎请黄檗住持泾县水西寺（含宝胜寺、崇庆寺、白云寺）。这是几年前唐宣宗隐遁之地，黄檗一定感触良多，他开辟黄檗道场，重修崇庆寺，弘扬佛法。大中九年（855 年），黄檗在宛陵开元寺圆寂的消息传到京城，唐宣宗想起过往，怏怏不乐，心情矛盾，拟敕封黄檗谥号为“粗行禅师”。升任同中书门下平章事（即宰相）的裴休甚觉不妥，上奏唐宣宗，黄檗禅师打了皇上三巴掌，是“三掌断三际”，彼时帮皇上断了前、今、后三际，即“无往、无今、无来”，明心见性！唐宣宗一听，觉得有道理，就赐黄檗谥号为“断际禅师”，塔号“广业”。

二祖慧可斩春风

隋文帝开皇十三年（593 年），禅宗二祖慧可 107 岁，因遭辩和法师妒忌、陷害、网罗“十大罪状”而被投入大牢，捏造的“十大罪状”是：一、妄称菩萨下世，迷惑百姓；二、篡改佛祖教义，散布异端邪说；三、聚众煽乱，图谋不轨；四、妖言惑众，以“无明”影射当朝；五、说杀人犯也能成佛，为其叫好；六、阻挠农耕商市，扰乱地方；七、阻人行善，为害村民；八、以巫术治病，草菅人命；九、坏人婚姻，拆人良缘；十、耍弄妖术，大闹公堂。如果罪名成立，就是死罪。几番严刑拷打，慧可逆来顺受，不辩不上诉。快马圣旨到，判斩立决！三月十六日，天地昏暗，慧可从容走上行刑台，南望司空山，欣然一笑，吟诗一首，引颈受戮。诗曰：

四大本无我，五蕴亦是空。
将头临白刃，犹如斩春风。

白刃血腥，丝毫斩不断春风到万家，倒是花开遍野，明月高悬。慧可在世，为佛法而生，历经千难万阻，立雪“断臂求法”，方得达摩以心相传、衣钵相传。达摩授予四卷本《楞伽经》，他日夜研读，明心见性，广为弘法。北周武帝下诏灭佛，慧可南下隐遁司空山，筚路蓝缕，守护法脉，机缘一到，就将衣钵传给三祖僧璨。他不顾耄耋之年，又回到邺地（今分属河南安阳、河北邯郸）匡教寺一带公开弘法，传说讲经时“天花乱坠，地涌金莲，阎罗听经，鬼判修道”，真是感天动地，“农民辍耕、商人闭户，千里听经、万人空巷”。

据记载，慧可离开司空山重回邺地弘法，为了赢得更多信众，“韬光养晦，变易形仪，随宜说法，或入诸酒肆，或过于屠门，或习街谈，或随厮役，一音演畅，四众皈依，如是长达三十四年”。

唐太宗在位期间，诏令尉迟敬德监工，在二祖遇难处即邯郸成安县城东建元符寺旁建塔安奉二祖舍利子。千年风雨，兵燹地震，二祖塔部分塔体倒塌，“文革”时更遭毁坏，有人写了半副对联，成了绝对：“二祖塔，塌半塔，半塔半不塌。”

二祖塔已毁，后在二祖塔的塔基下发现地宫，地宫里有石椁，石椁里有银棺，银棺里有二祖舍利子。

如今，元符寺被视为二祖道场，此地名叫二祖村。

（晏弘，原名陈焱红，安徽太湖人，现居合肥，安徽省作家协会会员。已出版诗集《忘了她：晏弘的诗》《枝上》等。）

多少事，欲说还休

张秀云

香冷金猊，被翻红浪，起来慵自梳头。任宝奁尘满，日上帘钩。生怕离怀别苦，多少事、欲说还休。新来瘦，非干病酒，不是悲秋。

休休，这回去也，千万遍《阳关》，也则难留。念武陵人远，烟锁秦楼。惟有楼前流水，应念我、终日凝眸。凝眸处，从今又添，一段新愁。

——李清照《凤凰台上忆吹箫》

一直喜欢长调的词牌，重重叠叠环环绕绕，似在中音区弹奏的曲子，缓缓地铺陈叙述，是星夜里老奶奶一下一下摇着的蒲扇，有似梦非梦的闪烁迷蒙。这样的词牌，若用来表现忧伤，那忧伤则在这平平仄仄里化成了雨，从星空里落下来，一条一条和星光一起落下来，落啊落流啊流，把天地把你我都漫得不知所以。

“凤凰台上忆吹箫”，这个词牌名字也长长的缓缓的，拖着萧史弄玉的笙箫之声，余音袅袅缭绕。

李清照与赵明诚，是一对生在凡间的神仙眷侣。他与她，在灯影幢幢的上元夜里相逢，一转身四目相对，便怎么都抹不去了，不约而同地，都各自写诗向家长婉转达意，非他不嫁非她不娶。同是诗书传家的官宦家庭，一个美丽端庄、才名远播，一个气宇轩昂、喜研金石，毫无瑕疵的天作之合，没费什么周折，就欢喜地坐到红罗帐里了。那一年，她十八岁，他二十一岁。从此，两个人，一盏灯，同送岁月，共读诗书。她说，某诗句在某古籍的第多少页多少行，猜中者赏茶！守着一大摞书，二人赌了一局又一局，胜出者常常是她。她捧着茶碗得意地笑，他佯作生气挠她的胳肢窝，她笑得更颤了，紫薇花枝一样摇啊摇，摇得茶水泼了一身。他故意绷紧的脸哗地炸开了，那个乐啊，前仰后合，欲止不能，笑声穿过窗纸波浪一样向夜色中汹涌流去——哈哈，到底，你也是没喝上！

他与她到处游玩，美丽的汴京城，汴河岸边，荷花丛中，笑语声声，惹得莺也飞鹭也惊。更多地，去相国寺古玩市场，他要淘宝。买回来一截残碑一卷字画，两人抵肩并头，指尖相触，同勘共校。那一日，他看到一本罕有古籍，没钱了，索性华袍一脱，当了衣服，穿着贴身小袍抱着所得回家，她亦不以为羞，乐陶陶跟着。

他是她的粉丝，是她大部分词作的第一读者，可终归年轻，心下总藏着一小点不服。那一阵，他外出未归，她想他了，填了一阙《醉花阴》寄他："薄雾浓云愁永昼，瑞脑消金兽。佳节又重阳，玉枕纱厨，半夜凉初透。东篱把酒黄昏后，有暗香盈袖。莫道不销魂，帘卷西风，人比黄花瘦。"他读了，感她情谊，又羡她才华，心下酸溜溜的，想和她比一比高低短长。闭门三天，废寝忘食、冥思苦想，他填了五十阙词，把她的这阙《醉花阴》夹杂其中，交与他俩共同的朋友、才子陆德夫鉴赏评论，陆读后，说，只有三句绝佳。他眼眸里光彩万丈，尽是期待：肯定是自己的吧，她的只有一阙，摇奖也难能摇上呀！"哪三句？""莫道不销魂，帘卷西风，人比黄花瘦。"鼓胀的皮球一下子泄净了气，他蔫了。原来用尽全力，也比不过她小指一拂。转瞬他又开心了，这个天下无敌的美貌才女，独一无二的美貌才女，竟是我赵明诚的妻子！他的幸福无以言喻。

如果时光可以停止该有多好，就停在燕尔新婚，停在花木幽幽岁月静好的团聚里，没有朝廷内部的新旧党争，没有他的外出致仕，更不要有后来的金兵入侵宋室南渡。可是，该来的总是要来，你读一读文章开头的这阙词，这阙长长的《凤凰台上忆吹箫》，就知道，它已经来了。读这阙词，哪怕你不知道金猊就是狮形铜香炉，不知道宝奁是梳妆盒，也不知道阳关是送别曲、秦楼是凤凰台，仅仅是一字一字慢慢念来，仅仅一知半解，就有莫可名状的密布的伤感。这伤感，像昆曲里的水磨音，拖得长长的，逶迤地飘着，没有形迹，没有去意。"多少事，欲说还休"，那么多的话，到嘴边，又咽下了，还是不说的好，说出来，我怕你牵挂，怕你伤心，还是笑着送你走吧。我知道，纵使我把《阳关三叠》唱上千遍万遍，唱到玉嗓喑哑，也留不住你远行的脚步。你走之后，看看我的生活，炉里的薰香冷了不想再点，被子堆作一处懒得铺叠，日头老高也无心梳洗。我瘦了，变得那么瘦，不因饮酒，不因悲秋，为了什么呢，罢罢，还是不说了吧。

——欲说还休，心事休说，休休…… "休"这个字，是湿的，是秋的雨愁的泪，是能拧出水来的沥沥的潮，潮成雾潮成霭，潮成心间绵绵不息的笼罩和缭绕。这个字，是插在心间再也拔不出来的一把刀,是不舍也得割舍的无可奈何。而这仅仅是开始,分离的开始,“休休”的开始,再往后,还有国破家亡物是人非的事事皆休,有识尽愁滋味的欲说还休。不论这次的夫妻小别,还是被迫离开他回到明水老家的长期分别,都仅仅是开头。真正的“休休”,是战争来了。野蛮的金兵踏破汴京梦一样的繁华,踏破他和她宣纸一样安宁的生活。

“易安”,安家易,安心易吗?乱世里,谁也没处可安。他和她,拉着一车又一车的古玩字画,艰难地向南奔走。徽钦二宗都被金人掠走,新皇帝带着众臣南逃临安,他们也追随南下。从汴京到杭州,这长长一路,风餐露宿,小心翼翼,也免不了那些宝贝遭抢遇盗,她的心憔悴了,像山河一样青翠不再。而他,一锅乱粥似的混乱里,接到去湖州任太守的命令,暑天日头流炎,一路急急赶赴,途中染病,竟然就去了,死在建康。那一年,他四十八岁,她四十五岁。

心碎了,国碎了,家也碎了,易安易安,哪里还有处可安?自此,西窗那支温暖的烛火熄了,从此,茶是冷茶,酒是苦酒,夜是冷冷清清凄凄惨惨戚戚。一个人守着窗儿,听梧桐落叶,听秋雨滴沥,一叶叶,一声声,空阶滴到明。

死亡那把雪亮的刀,把他与她唰地劈开,她带着血淋淋的半面伤口苟活在乱世里,在每一个夜里想他,三杯两盏淡酒敌不过晚来风急。也许那夜,她又借酒浇愁,风夹着雨吹进来灭了烛火,一室漆黑。微醉,她站在漆黑的窗前往外看,往黑夜的雨线里看,忽然,就看到了一个温暖的窗口,一窗烛火映着相依的两个人影,挨得那么近,那么亲密。一瞬间,她恍惚了,那是他和她吗?她和她的明诚,雨声里正剪烛夜话?两个人耳鬓相磨,正说些什么?她向那扇窗靠近,靠近,哗哗的雨里,她梦游一般,向那个梦幻般的温暖靠近……

颠沛流离,飘零无寄,她开始想要一个家。哪怕仅仅是一个安枕之地。这时候,一个叫张汝舟的男人来了,他吟着她的词,摇着扇子,慢慢地走过来,与她论诗,与她话茶,嘘她寒问她暖。他用风雅的面具掩了丑恶的嘴脸,看起来温情脉脉,似乎可以寄托。她回回头,看看叠在旧词里的明诚,闭闭眼,嫁了。她也是想与他过日子的,却不料,他要的并不是与她的日子,而是她的声名,是她手里明诚留下来的珍贵的金石书画。他索画,她不与,他要古籍,她也不与,他恼了,面具一把扯下来,拳脚劈头盖脸。她一定被打愣了,一定待在原地不知所措。他的好,原来一直都是装出来的,他一开始就有所图,而且,不达目的誓不罢休。哭已经没用了,死去的人不能回来帮你,靠自己吧。

大宋的刑律规定，女子要打离婚官司，不论对错，不论成败，都得坐牢两年。坐就坐吧，玉碎成粉，不作全瓦，她心一横牙一咬，一纸诉状把他告到官府。他科举考试曾经舞弊，把这个隐秘抖漏出来，就能告倒他，就能脱离他的摆布。是明诚冥冥之中的护佑吧，她赢了，摆脱了，而且，她只入狱九天，就被亲友设法救了出来。四十九岁，她结束了一场短暂的婚姻。雨后黄花堆积，憔悴损，如今有谁堪摘？——纵有人攀摘，心已焚成死灰，也不会再动了。

前事休说。从此，只专心续写他没有完成的那部《金石录》，只读书填词，只回忆。

二十二年后，也就是1155年的5月12日，她松开手里的书，松开揣在胸口的回忆，走了。走的时候，她当是笑着的，她看到，他已翻开书斟好茶，正温情脉脉地看着她，等着她……

（张秀云，中国作协会员，纸媒副刊编辑。出版散文集《一袖新月一袖风》《安之若树》，儿童文学绘本故事《爸爸的村庄》（合著）。作品散见于《清明》《散文》《散文百家》《光明日报》等报刊。）

金蔷薇

春色九瓣

黄德义

春色九瓣:花朵,是残冬盛开的伤口

1

突然间,是谁在我耳边耳语,对我说:花朵,其实是残冬盛开的伤口。

这一特别的句子,一直盘旋在我的脑际,像晴空中一闪而过的闪电。

我看见,经历漫长的冬季,那些白雪无法带走的污垢和残忍也在慢慢呈现。而同时,所有的温暖都在心灵间积聚,所有的梦想都在暗夜里面奔走,冬春厮杀,就是为了破茧出壳,奔赴一个温暖明媚的春天。

2

阳光下,雪,消融。冬,在山坡草地,在林间枝头,在人心里面,突然撤离。

悄然不语的春到来,四处迸发的花朵,成为寒冬败退时最艳丽的伤口,这也是人间最为欢喜、最为明亮的笑颜。

3

你说过,青春是疼痛的,春天也是在疼痛中怒放的,那些鲜艳的红、娇嫩的粉、炫目的黄和明艳的复色,在阳光下微笑,绿色无声地从地底、从根部向着蓝色的天空迸发。

我真实听到了春天锵铿挺进咚咚的脚步声。

所有的新生都是以死亡为代价，也是从疼痛开始的，犹如我们顽强的生命。

4

这些花的颜色其实就是花草树木梦想的颜色。在深深的冬季经历长时间的跋涉，踏破岁月山河，带着青春的底色、生命的鲜红来到我的面前，我报以惊呼与拥抱。

虽然，这耀眼的花朵尽是冬季盛开的伤口，也是春天芬芳的伤口。

我知道了，疼痛，是生长的必然过程。

生命，有时需要残忍地从死亡出发。

5

就是这样的明媚春天，三十四年前的那个三月阳春，海子在山海关冰冷的铁轨上向春天进发，以年轻的生命在大地之上盛开鲜红的花朵。生的残忍、春的无奈和诗的神圣，让无数爱诗者疼痛，呼喊不出一丝声息。这疼痛的伤口不随时间流逝，依然以花朵的明艳怒放在我伤感的记忆里，经久不败。

春天来了，十个海子，你们复活在哪一片花海里面呢？

6

家有海棠花，朋友推荐的木瓜海棠。

清晨，我惊喜地发现，一个个尖尖粉白色的花蕾，昨夜无声地在黝黑的海棠铁皮色枝干上爆裂，这无法言明的力度和向往春天的力量是人类无法想象的。柔软的花朵、娇嫩的花蕾是依靠何等的信仰和温暖的力道，穿过黑夜和冷硬的枝节微笑着来到我的眼前。

花容摇晃，芬芳四溢。

我对这眼前娇嫩的海棠花蕾产生由衷的震撼和无穷的想象——

那是怎么样的热血拼搏、春色突围的一夜？

7

我一直认为，这人世间，最触目惊心又最不忍的生产是破腹产。

我不曾目睹也不敢目睹，但我可以想象这鲜嫩生命是从母腹鲜血淋漓的硕大伤口出发的。

生命与死亡是如此的亲近，这是生命的伤口，也是死亡的伤口，命悬一线啊，这人生作品维系着一个家庭，家的概念在那一时刻是如此的真实而坚固。

这是不能以疼痛来形容的，这伤口也是生命的花朵。十月怀胎，破壳而出的呱呱生命是人世间最美丽的风景，也是最疼痛的风景。

二十多年过去了，我紧守在产房须臾不敢离开的那一刻，分明依然就在眼前，我对全天下的母亲产生由衷的敬重和珍爱。

8

有很多无名的花朵，在暗夜里绽放又在暗夜里无声凋落。

所有的努力和春色只留给了泥泞与尘土。风吹过，落英纷飞，暗香溢动，让我眼生泪水，心生疼痛。

她年年来去，无怨无悔，仍以她整体生命的丝丝暗香，顽强地向土地诉说，与人间求证：我娇弱，但我芬芳，且绚丽地来过。

9

我们其实是大地的伤口，也是人类的笑容，以我们的颜色和坚忍向春天迸发，向美好聚集。

岁月积累，尘土飞扬。我们真的是枝干冷硬，叶脉枯黄，生命污染？

虽然我们不再青春和单纯。

我们污染的心田在市俗的世界里，何时才能破茧出芽，盛开为清新明艳的花朵呢？

我期待这疼痛的伤口，即使是鲜血淋漓，我也期待这春天的更新和生命的突围与迸发。

汉语九辞：我对文字产生了无际的依赖

1

我对文字产生了依赖，她仿佛是我精神上的爱人，生生相依，无法剥离。

我曾在大别山岭臂膀里的石门湖畔散步，我想我应该写一首诗，至少是一首。我曾在无数个早晨踏着晨露背诵和朗读唐诗宋词，想象古人的美好意境，色彩与动静，近与远，虚与实，那些美好的句子我至今还记得，已经渗进我的血肉，无法分离。

2

我对这里的树和草都很熟悉，桃枝上鼓起粉色的嫩苞，迎春花已经开放，它开得很自在，在山里。树上的翠鸟，窗外的远山，湖畔的小船，水中的白鹭，这些美好的事物，在我背诵的诗句中都能寻得相应的位置，而我在人间的事物也能寻得对应的诗的意象。

文字与诗，我一生的伴侣。

我知道，眼前的湖水不是很深，似乎刻意在某些地方露出沙滩与湖床。我默默地走着。走着，走着，风起了，夜来临，我还是没有找到我的那首诗——是水中漂游的水鸟，还是顺江而下的孤帆？

3

当我回到书斋，打开灯和电脑，面对的是另一片空白。在故乡的冬季，仿佛是一次诗意的栖息。

窗外是一条石块铺成的路，一堵土红色的墙，上面爬满了蔓生植物的枯枝败叶，散养的鸡三三两两在草地上来回寻食，在路灯下唤起我对温暖大地的记忆。

实际上，我仍然想不出应该怎样写一首有关故乡的诗。故乡有个小诗友曾很失意，五年过去了，他依然在田间行走，在诗行间跃动。因为我们不是为小说或者诗歌而活着，虽然也未必是为了生活而活着，但是，我们都可以实现自我自由人性和精神的诗意救赎。是的，我们在自己身上，可以看见黑暗，也可以看到阳光，以及那穿行于其间的流风。

我们依赖文字前行。是的，穿过那么多诗行，读了那么多诗人，死了的和活着的，最终，我还是热爱李白。我的欣赏意向又回到了他的身边，唐朝的大气，唐朝的品格和意象。是的，必须是李白！我盛大唐朝的李白！

4

还有个不写诗的法国人，叫罗兰·巴特，他的解构主义文本《絮语》让我能翻读九遍，很多词汇让我心生美好诗句，词义和文字的力量在他的作品中达到了极致，非诗，大诗也。

我想，在我写不出诗的时候，可以读读他的那些非名诗，那些不广为人知的非名诗，我感觉到有种力量在砥砺我，是什么力量我不知道，我只是觉得一股坚忍的力量。还有那个神奇的里尔克，从1894年的梦幻、神秘与哀伤到1905年的紧凑、哲思。

5

还有，那个永远栖居在树林边缘的哲学家荷尔德林，自言自语的荷尔德林。荷尔德林，在汉语语境中已经成为神圣，“人，诗意地栖居在大地上”，这个诗句想来是其根本魅力——就是告诉我们人类，面对冷漠现实而无可奈何地归隐心灵的不归路。

6

还有，在文字之外，我不得不说的是那个天才西班牙画家，他叫米罗，超现实主义，达利和毕加索的泰隆尼亚兄弟。

米罗的画，童真之中包蕴着巨大的创造力，他的画名特别有趣，有的叫“一只鸟翼上滑落的露珠惊醒酣睡的妇人”，有的叫“星空下的鸡鸣”“向蓝色致敬”和“5 与明天”，等等。他的作品尽是梦想、童年、星空与女人、鸟群。我不知，是文字引导了他，还是画面引导他走进这奇妙的文字深处。如《三更时分的夜莺之歌和清晨的雨》和《给情侣们启示未来的美丽之鸟》，画面上似乎只是美丽的色彩和抽象的色块，但仔细辨认，很快就能看出自然的意象文字。这文字，让我沉迷。他的画面上，血红色或钴蓝色的各式形状，散布在深浅不同的背景上，大小相间的黑点、黑团、黑块，像色彩爆炸四溅的宇宙流星。这些假装漫不经心乱涂出来的稚拙形状，构成一个反复无常的童趣世界，一个多姿多彩的梦幻世界。

7

象形汉字，更像自然生长的文字，从古汉字的辞、义、形和谚语、辨意，金木水火土，这五行的形与义均来自自然，如大地之上一丛丛生长的植物，如一株株参天的古木——楷和模挺拔着举天入地。

时光流逝，字体变了，可它的形、质和花叶还如同万千年前一样纯粹，清冽的木质香气经年不变，如我喜爱的诗。

对于很多习见的事物，我们总是以迟钝、麻木的眼光从其表面一扫而过，如同熟视无睹的文字。很少真正地在文字那里停留下来，更不可能盯住一件事情不放，透过文字来看到他的本质。

生活是琐碎的，甚至是烦琐的，它常常使置身其中的人感到不耐烦，因而失去了清点的信心。这刚好表明了文学的价值：它不是历史事件的记录员，而是为我们清点和梳理纷乱的人生。

所有不同的内涵均由文字来包裹，简单而又繁杂，不同的组合形成无数惊心动魄的故事和情感表达。

8

文字就是很奇特的符号，就在这一笔一画之中，让人们通过视觉的刺激，很快使我们的心迅速兴奋起来，让一个既有限又无限的空间游离出许多飘浮的思绪，我坐在电脑桌边，明明是一个人的世界，却很奇妙地滋生出一个庞大而又复杂的、混乱而又安静的、流动而又静止的遥远历史和炫丽抑或平直的现实。

文字是灵魂的外衣。岁月是其中最多的存货。原生态的历史在文字中存活。在满眼的木头颜色里，依然保留着原初的形貌、生动的文字，鲜嫩得像未被碰触，也从未渗漏的汁液，清澈而醇香。

9

在偶尔敞开的东窗里，我看见对面的女人站在临水的一面优雅漱口，姿态安详，如古老时间中的一幅插图。我想在很长的一段时间里，她的动作状态和生活节奏都会如约而至，如每天的旭日。在那一刻你能感受到，你是谁？谁又是你？这一美丽的自然景象首先感染了我，我再通过奇妙的文字描绘出来，去感染你们以及未来的尚未出生的男男女女。

从此，我的文字、我的心、我的梦想在一代代后人神往迷离的目光中生动起来、鲜活起来，郁郁葱葱，永生不息。

（黄德义，笔名楚汉、楚汉风华，安徽巢湖人，安徽省作家协会会员，中国作协鲁迅文学院全国青年作家班学员。所创作诗歌、散文、评论和小说散见于《诗歌报》《清明》《长城》《散文百家》《诗选刊》《萌芽》《星星诗刊》《现代文学评论》等百余家报刊，作品曾入选《文学作品六十年精品选·诗歌卷》《中国新实验现实主义诗选》《散文百家作品精选集》《新世纪新诗典》等选本，联合主编出版4部著作。）

西月之歌

佘林明

西月之歌

这是远古至今就持续的一种天宇循环吗？每天，白日准时退让，黑夜准时降临。

林中的小鸟归巢了，田中的小鸡归窝了，大地上劳作的人们倚着枕头睡去了。一切的一切，全被黑暗和沉睡所占领。

这已成了铁定的规律，谁也从未怀疑过昼夜交替。

可是——就在白日结束的时刻，我却凛然诞生；就在黄昏弥漫的路上，我却开始了自己的行程。

是的，我很弱小，只是一瓣渺小可怜的嫩芽儿。而阴霾像潮水样袭来，乌云压上头顶，黑暗窒息得使人透不过气来，希望的星躲在远方闪耀。

是的，前途莫测，谁也难以预测将来。或许大风会将那盏灯吹灭，或许暴风雨会将那团火浇灭；而且，虽然心愿在东方，但命中注定仍然要在西方坠落。

这就是现实，严峻而又残酷的现实。

这一切我都知道，既然上路，就既不怕刮风，也不怕狗咬。

我的心在东方，我从西方向东方突进。

而每一次升起的结局，只是不容改变的沉落。

沉落了再升起，毁灭了再诞生，就是在这种逆向的抗争、升降的轮回之中，我赢得了自己的生命和自己的天空。

我一步一步，向着东方的地平线移近！

我渴望圆满，虽然心已缺损。

我只记得，我曾经是一面圆圆的镜子；后来不知被谁摔碎了，方成了现在的模样。

折损的一半已经丢失，过去的一切再难找回。我向往和追求的只是明天——锻造一面全新的镜子。

在每一个平凡的夜晚，总有无数道目光在注视着我，关心着我。

正是这些期望的目光，使我理解了爱，获得了信心和力量。

我从西方走向东方，

我从幼小走向硕大，

我从稚嫩走向成熟，

我从缺损走向圆满。

我全部的心血，就是为了结成一枚果子，悬挂在天空。

湍流经历

当你被推入湍流，你的命运便与这条河流的命运紧连在一起了。

来不及躲闪，来不及叹息，便被卷入飞旋的旋涡之中。

随着浪头前进，一切都是绷紧的。肌肉、神经、心灵，就像紧绷的木筏一样。稍一松懈，就有粉身碎骨的危险。

深谷，暗礁，还有两岸的射手和水中的鲛鱼，全隐伏在前途上等待着你。

一会儿抛上浪巅，一会儿跌入深谷，一会儿发出骇人的撞击，一会儿又箭一样射去——希望与绝望的波涛，汹涌而来又汹涌而去。

这真是一种较量，一种人与兽的较量：它咆哮翻滚，想摔下你；你执鬃挺立，想降服它。在这种轮番拼搏之中，你尝到了人生的一切滋味。

正因为前程的诱惑，你方执着；正因为死亡的威胁，你方顽强。

经过了一条死亡之河，你清楚了人世间什么东西最为珍贵。

你我之间

当我双足迈上旅程的时候，我心之羽翼已飞临远方你的门槛。

当我透过一层层林荫、一扇扇窗洞、一堵堵墙壁，透过夕阳浸染、鳞次栉比的屋顶，在天和地的一片灰色混沌之中，看到你的那扇门——那扇明亮的、芬芳的、注满阳光的门敞开的时候,我的心是何等的喜悦啊!

我胸中紧闭的门也开启了,坦呈亮晶晶的空间。

啊,只要你的门开着,我就会含笑地走来。

你距我是那么遥远,远方的你似乎远在天边。一路上需要步行、乘车、搭船,还要翻越那座高高的大山。

还要翻越那座高高的大山,还要泅渡那条深深的河涧,你距我又是那么远、那么远……

天涯咫尺,漫长的里程怎能拉短?

大千寸心,心灵的距离如何衔近?

远可以临近,近可以疏远。啊,只要你的门开着,我就充满勇气和信念。

还未上路,我已在心底做过千百次的搏斗。犹疑和胆怯像两扇沉重的磨盘,碾磨着我那可怜的豆粒样微小的心愿。

不是碾碎,就是磨坚。啊,只要你的门开着,我就会勇敢地踏上路程。

上路了,我才发现自己忘记携带雨伞。狂风挥动无情的雨鞭,凶狠地抽打着我羸弱的肢体和那在风雨中颤悸的心脏。

茫茫风雨如帘,遮挡住希冀的视线。

雨水泻成无数道小溪,将前进的道路切断。

而路,则毫不客气地剥去我的鞋袜,拽住我的双足,不准我向前挪动一步。

啊,这一切、这一切又怎能将我阻拦?

只要你的门开着,我便会坚定地走来。

已经接近你的门窗了,怯懦却在一刹那占据我的心坎。我差一点回转头,像受惊的小鹿一样逃去。

那么远的路程都走过来了,这么近的距离却难以逾越。

啊,这一切、这一切又怎能将我阻拦?!只要你的门开着,我就会欢欣地走来。

唯　　你

常想起那些多梦时节,梦中的情节总是十分诱人,可一个一个,全是虚幻。

唯你是真实,让人触摸得到。

在那些岁月里,灵魂的小舟,日夜在外面飘荡,任谁也难以驾驭。

唯你是金锚,锚住了一颗心。

曾经孤独,在静的夜里,去寻找水源。

唯你是圣水,滋润我心扉。

曾经绝望,想变作一只小虫,悄悄死去。

唯你是春雷,震惊魂魄,又爆出新绿。

也曾寻找,可大街上的门扇,纷纷关闭。

唯你是钥匙,递我一串惊喜。

也曾追求,可那些吝啬的人,谁也不肯施舍。

唯你最慷慨,赐给我的财富,一辈子享用不尽。

当身沉死海,是你下海捞起;当心已破损,是你细细弥合。

唯你,唯你,才是我的真神!

昨日悲凄的泪水,是你轻轻擦去;今天幸福的笑容,是你用心来培育。

唯你,唯你,让我体验穿越而来的爱,是那么真切、强烈、刻骨铭心。

瞬间的醒悟

(一个特定时刻的追忆)

那是一个黎明。当我从混混沌沌懵懵懂懂的昏睡中突然醒来时,我感到了我的存在。

这只是一闪念。我为我的这种感觉而吃惊。我此刻存在,我以往就不存在吗?我问自己。

有个声音在说:你没有自己!

我更惊诧了,我竟没有我自己。

那个声音肯定地说:是的,你是没有自己!

我越发糊涂了,我没有自己,那我自打娘胎里生下来之后,一直是个什么呢?

那声音回答道:你是什么——你只不过是一只鹦鹉,跟着别人喁喁学舌;你只不过是一道影子,随着别人姗姗而行;你只不过是一具木偶,顺从别人的牵拉扯拽。

那我、那我没有脑袋吗?我甚为惶恐。

你的脑袋不属于你!那个声音斩钉截铁地宣布。

这对话只是响在一瞬之间,在那个沉静的黎明。

在那一瞬间里，在那霹雳样轰然作响的一瞬间，我整个人被彻底击垮了！我反复回味着那个来自天穹发自体内如雷鸣电闪震天动地的声音，不得不承认它说得有理。我为自己而悲哀，为那些过去的岁月过去的生命而悲哀。

可我也有幸，有幸在那一瞬之间，在长年累月的昏睡之后终于醒悟，像有一道火光照亮心空：我发现了自己！

啊，自己——这是一个多么美丽的命名！这是一个多么伟大的词语！这个世界上最最神圣最最动听的字眼，标志着一具自由扭动的肉体和一颗独立不羁的灵魂的组合，也就是那闪光的生命，它的高贵和永恒。

在那历经浩劫的岁月里，我和许多人一样，曾经丢失了自己。可在那值得纪念的一瞬间，我又发现和找到了自己，这种发现，不亚于发现新大陆，人生还有什么比这更为珍贵更为愉快的事情呢？

那一瞬间，黑夜正在消逝，白昼正在升起。

那一瞬间，生命像太阳一样辉煌灿烂！

挣　　脱

是的，是想飞到高远的蓝天上去。

可总是迷恋那只笼子！

那只祖宗遗传下来的笼子，那只一代一代赖以生存的笼子。虽然旧了，却总感到上面闪耀着一股神圣的光辉。且住惯了，一切都是那么的舒服、惬意。热窝难离，似成了千古定律。

多想做飞往蓝天的小鸟啊，却又丢舍不掉自己的笼子。

是的，是想离开那破旧的笼子。

可总是找不到门！

想象的门往往寻不见，寻得见的门往往出不去。唯有一道道栅栏，围住了自己。

左冲右突，只是碰壁。

多想做离开笼子的小鸟啊，却又打不开自己的门。

是的，是开启了那扇关闭的门。

可又很难一下子跨出门去！

渴望的阳光照进来了，又担心阳光后面伏有暴风骤雨。

那过去的一切,临告别时又难以别离。

还有一种强大的拉力,仍要把它拉回原地。

多想做飞翔的小鸟啊,却又难以跨出自己的门槛。

但是,请你相信——

既然门开了,鸟儿总会飞出去的!

固　　定

一切都是不经意的。

蒲公英的种子被风吹着,落到哪里就在哪里。一垄树苗,有的被栽在高岗,有的被栽在凹地。一个窝里孵出来的鸽子,被关到了不同的笼子里。

这就是固定。就像房子,一旦盖在某个地方,就很难再作移动。

每个人,都被固定在一个位置上。这个位置,不管你想还是不想,爱还是不爱,一经固定,就像被钉子钉住。

有的人甘于这种固定,在自己的位置上默默地经营。

有的人不甘于这种固定,四处乱闯,碰得头破血流,最后仍在原地苦苦地呻吟。

从这个位置到那个位置,中间隔着一座翻不过去的大山。许多人终生被困在自己的位置上,快老死了才感到遗憾。

虽然世界上有无数道门,但大多数的门是紧闭着的;只有少数的门,为少数的幸运者突然洞开。

这中间的机缘谁也难以说清。

我从一颗螺丝帽上,认识了固定的秘密——

拧紧,拧紧,你会随着车子一齐向前奔驰。

而另一颗螺丝帽则说:我被铆到了电线杆上,寸步难行。

(佘林明,男,国家二级编剧,中国戏剧家协会会员,中国策划家协会专家,国际注册高级策划家。发表诗歌、散文诗、散文、报告文学、戏剧等各类文艺作品千余篇,40多件作品入选各类选集,80多件作品获省“五个一工程”奖等奖项。出版散文诗集《爱之树》《瞬间的醒悟》,散文集《源头集》,剧本集《痴情集》,长篇纪实文学《刘铭传》,乡土文学《魅力肥西》《水乡古镇三河》等。)

霜花洁白，雪落无声（组章）

吴中伟

霜　花

在霜地上行走，在雨露下呼吸。

冬天的某个场景，如此温馨、静谧，在干净的笑容里，迈出欢欣鼓舞的脚步。

皎洁的霜花，比露水冰冷，比雪坚硬。此刻，我和它们对视，冷峻的光芒刺破冬的枯寂，将寒意聚拢于内心，将坚毅包容于骨骼。酝酿、升温、喷薄，一场春的酣梦和霜花其实并不遥远。

徜徉于茫茫的霜地之间，丈量天地的广阔辽远，感受阳光的温情。"霜后暖，雪后寒"，这些美丽的谚语，挂在沐浴朝霞的枝头，并试图抵达生命的高处。

雪　野

顷刻之间，山尖全白了。纯色的白，覆盖尘世的污浊和丑陋。白，深入灵魂的白，让万物战栗不已。

晶莹的雪花如同洁白的裙摆，飞旋、跳跃、降落。从万米高空坠落到广袤的原野。雪，内心纯洁、坚忍，不改初心。曼舞，便是升腾；温存，便是消殒。

每一片雪花，扬扬洒洒，荡气回肠，落得安详，簌簌地铺染大地，过滤杂质和喧嚣。世界静得出奇，只剩下雪落的声音。

喜欢一个人静静地在雪野行走，看白雪覆盖的群山，看地面深深浅浅的脚印，看静卧雪野的村庄和麦苗，看万物被雪包融的安详与从容。

从地表到云霄，从精致到凡俗。雪，来源于水，最终化为水。穿越浩渺，雪洒落水面之上，相融相释，寻找生命的本真。

雪　歌

如期而至的雪，落在我温软的笔端，宛如跳跃的火焰，燃烧冬的桎梏。

驿外，断桥边，雪落压低枝。

前世的书生，在季节深处，摘一枝枯瘦的老藤，画梅、写诗、饮酒……北风凛冽，雪花簌簌。梅蕊绽放，那一行行刚健峭拔的文字，只把岁月从春书写到秋，只把繁华蹉跎成流年。恍如落雪，无声，亦无形。

零落，成泥；碾，作尘。孤独的暗香，不卑不亢，恍若今夜的惆怅和失眠。

雪　夜

飘雪中，有人还乡。

午夜，轻掩的一页柴扉，吱呀一声，比脚步早一点到达，该是一行盼归的热泪。

寒风呼啸，吹不灭摇曳的灯盏，豆大的星火映在老母亲光洁的额头，穿针引线，低眉弯腰。厚厚的"千层底"揽入怀中，只为归乡人那一句深情的呼唤。

近了，近了，天籁之外，白雪覆盖一切；茅屋之内，望眼欲穿，心跳压低呼吸。

谁的身影，伫立窗前，像一尊佛，也像一场雪那样影影绰绰。又是彻夜未眠，隐匿的脚印，像一场雪那样缥缈，不着痕迹。

零下5℃

冰、霜、雨、雪，这些自然的精灵从二十四节气中娉婷走出，时令在烟熏火燎中慢慢潜行。

零下5℃，蜷缩于温暖的被窝，把自己捂得严严实实，生怕漏风，抵御自然的破绽。冷，呼出的白气，让天空有了丝丝暖意；冷，晃动的身影，让大地有了缓缓心跳；冷，说出的词语，让山谷有了阵阵回音。

聆听北风的怒吼，眺望原野的皎洁。撬开封冻之层，泉水冒着袅袅的热气。荡起的涟漪，像花朵，被春风吹拂。

冬天。冷，绝不只是冷！

（吴中伟，安徽省作协会员，中国散文学会会员，第十一届安徽中青年作家研修班学员。有作品散见于《安徽文学》《诗歌月刊》《散文诗》《散文选刊》《海外文摘》等，现任教于合肥市第四十八中学望湖校区。）

八斗岭

"出圈"千年四顶山

张道德

1

以数字命名的山，我的脑海里储存不多，除了远近闻名的佛教圣地九华山，大概就是家门口的四顶山了。

这四顶山，在山的大家族里，显然没有九华山那么声名远扬，但其坐拥的大湖名气却不小，那可是全国五大淡水湖之一的巢湖。巢湖素有"八百里湖天"之誉，放眼一看，这哪是什么湖，分明是一望无际的海啊！四顶山就坐落在大湖的北岸线上。不知是先有湖还是先有的山，这涉及历史、地理的大课题，本人没有那个专业能力去阐释，可以肯定的是由多少万年前的地壳运动变化形成的。大自然赐予巢湖的鬼斧神工之美，永远值得膜拜，除此之外，我对任何"陷巢州"的传说都不抱兴趣去叙述了。

我关注的是在大自然的伟力之下，与大湖相拥的四顶山究竟有什么神奇之处。

在一个深秋的上午，我来到了山脚下。抬头向山顶望去，隐隐约约有四座不高的山峰牵手相连。他们拥有共同的山体，犹如一奶同胞弟兄四个，从大到小一字排开。此山不高，海拔约两百米而已，且登山步道已修到山顶，沿着步道台阶往上走，就可以一览途中风景了。

踏上台阶，首先跳入眼帘的是一棵“迎客松”，只不过是黄山迎客松的瘦身版，主干修长而挺拔，顶上松叶浓密，侧枝不多，却在半腰处，一根横枝几乎垂直于主干，其宽度完全横贯路面，像是在山路的上空加了一道月亮门。

穿过“月亮门”拾阶而上，落叶已在台阶上铺了一层金黄色的地毯，踩在上面，富有绵软的弹性。此时松涛阵阵，山风盈耳。这山间的树比较杂，除了松树、杨树、槐树等外，我多半叫不出名字，但有个特点比较明显，那就是山路北侧的杨树，侧枝一律向南延展，鲜有向北而生的树枝，像一把把梳子一样伫立在路旁，而南端正是面朝大湖的方向。看来，树对水的渴望，是通过风来传递的。

鸟是山林的精灵，一路鸣唱一路伴随，上下翻飞，穿梭于莽山丛林中。随着鸟的指引，我一路拾阶而上。半山腰处，两块巨石相依相偎在丛林间，显得高大而突兀。据相关介绍，我知其为“鹦鹉观天”石。石名以形而得，因为此二石形似敛翅的鸟儿，正仰头朝天鸣叫。对自然景观的附会，往往表达了人们某种情感的想象和理解，而这两只“鸟儿”相伴于莽莽山林中，且面朝大湖，似仰天长鸣状，引发游人的无限想象。也许，很久以前，一对生活在这山林里的鹦鹉，恋大湖之阔、山林之幽，其情甚笃，相约海枯石烂永不分离。而今大湖浩荡永不枯竭，苍山古树经风沐雨，二鸟终化为相守瞭望之精灵，静观其子子孙孙活跃在深山大湖中。

在第六百多级台阶处，见一告示牌，上书“炼丹池”，并载明“万历《合肥县志》记载‘炼丹池’在四顶山，是魏伯阳炼丹之所”。魏伯阳，东汉时期的炼丹理论家，生性好道，不肯仕宦，闲居养性，曾率三弟子入此山炼丹修道。丹成吞服后，师徒四人升天成仙，连他带来的一条白狗也成了仙犬。所谓“一人得道，鸡犬升天”即源于此，故此山又称“四鼎山”。此时呈现在眼前的炼丹池长约二十米，宽十多米，深约一米多，池中野草兴盛，几乎长满池面。令人称奇的是，满池的水草中，左右各有一汪几平方米的睡莲，静静地卧在清澈的水池中，像是两只大眼睛，默默地向每位登山者行注目礼，又似正在痴痴地凝望着遥远的星空，叩问那得道升天的魏伯阳师徒如今安好否。

越过炼丹池不远就到达山顶了，地面一下子开阔起来，难怪唐代僧人在此建一古刹，到宋时名为“朝霞寺”，又名“庆和寺”。关于这朝霞寺，明代诗人许蕃春在一个傍晚时分来到此地，并留诗一首：“亭午过朝霞，山斜月略斜。细泉分石齿，晴鸟乱银沙。地远苦年梦，春浓野诗在。晚烟迷短骑，归路柳条遮。”而清代周家颐在一个早晨登上四顶山，也赋诗一首：“瞥见朝霞寺，临湖四顶山。晓钟才觉得，孤鹭未飞还。”两位诗人在早晚两个时间点上都曾路过朝霞寺，抒发各自所见所思，可谓同登一片山，相看两不厌。

到了明代，大学者方自勉在此设立书院，名为朝霞书院，从此这里多了一处传经布道之所。书院在古代是非常重要的教育形式，多建于山林僻静处，以“启智、知行、儒雅、气节”为宗旨，历时千年，创下了中华传统文化教育的奇迹。四顶山上有此书院，堪为此地文化的历史深痕。

2

朝霞寺旧址往南百米远，即是山的尽头了，往下看已是绝壁悬崖，山脚处植被拥岸。在这里凭栏而观，巢湖万倾波涛尽收眼底。晚唐大诗人罗隐曾经扶栏而叹，留下“胜景天然别，精神入画图。一山分四顶，三俯瞰巢湖。过僧夏无热，凌冬草不枯。游人来至此，愿舍发和须”的绝美诗句。话说这罗隐，在唐代诗坛高手云集的时代里，似乎并无太大的名声，但在当代文学大师木心的眼里却是位分量很重的诗人。木心老先生把罗隐与“小李杜”、温庭筠、杜荀鹤等并列为晚唐诗人的代表。罗隐的诗多含忧伤，且富有哲理，但这首吟诵四顶山的诗句，则是鲜见的旷达胸意的抒发。

罗隐是浙江杭州人，到四顶山是个人游历，而一名当地出生的明末高官也曾书写过四顶山的诗句，这就是生于长临河许家榨，曾官至巡抚、按察使的许如兰。四顶山就在许如兰的家门口，幼时登山观湖应是常态，中了进士、入了仕途也未忘了这片滋养他人生的土地，他为四顶山而作的七绝诗就叫《登四顶山望湖作》：“嵯峨直上极层椒，绝顶峰烟四望遥。山色西来连霍麓，涛声东去逐江潮。天边贾舶千帆远，水底鱼龙万象骄。况是仙灵多窟宅，伯阳丹鼎霭晴霄。”我们无法知晓六百多年前许如兰作此诗时处于何种境地，但从诗面上可知此诗比较完美地呈现山与湖的自然之美，将人与仙的传说进行了巧妙的嫁接，让这座山充满了古意和仙气，是达人也是隐士的绝佳去处。正应了古人那句话：山不在高，有仙则名。

这山上距离现在时间最近的建筑物，当数20世纪30年代初，爱国将领张治中在此所建的三间西式别墅，名为“朝霞小筑”。张治中在《回忆录》中，曾对四顶山描述道：“忠庙、孤山、姥山尽入眼底，远望白石山和巢湖南岸诸峰，参差如列云屏。我常常一个人静悄悄坐在山头，面对巢湖，天风浩荡，襟角飘开。每遇这种境界，顿忘尘俗，栩栩欲仙，觉得心灵上受着莫大的益处。”可惜，20世纪五六十年代，种种原因之下，这“小筑”与那些旧筑悉数不存，唯有流淌在风中的诗句穿山越岭，流传至今。

据不完全统计，在四顶山隐居读书的历代名人、侠士有二十多位，留下的诗句有数百首，无疑为这山增添了浓郁的文化魅力。

近代以来，四顶山一带更是风起云涌、名人辈出。这里曾是挽晚清于既倒的淮军重要发源地之一，先后涌现出吴毓兰、吴毓芬、吴谦贞等十几位淮军将领。一百三十年前的"高升号"事件中八百多名宁死不屈的壮士，也多是这里的好儿郎。中华人民共和国成立前，当地先后有四千多人走出国门，那些闯荡的灵魂散落在世纪的风雨中，却以顽强的毅力扎根在新的土壤里，并生发出别样的风采，所在的长临河镇也被誉为"安徽第一侨乡"。而这一切，正是四顶山骄傲的历史篇章。

3

从山上收获了一肚子历史文化碎片，转身沿步道悠然而下。抵达山脚下，抬头一看，却见一副庄重典雅的门楼立在不远处。此门并不高大，但做工颇为考究。门前铺有十三级台阶，两侧依势建有镂空式水泥栏杆，便于行人拾阶而上；门垛两旁一对憨态可掬的石狮子，正与对面的山门遥相凝望；两盏古旧的灯笼吊在门楣之上，疑是藏在深山之处的居家之所；门楼上建有两层滴水檐，青瓦覆面、翘角迎风，两侧灰墙绵延。此地或有另一番盛景，随即推门而入。

眼前视野顿时开阔起来，竟是一片高低错落、铺陈有致的景观林。这里以罗汉松、樟树为主，有盆栽，也有地植，满眼皆是绿的海洋。

沿园内的步道前行，又遇一开阔地，入口处立一门牌，上书"GO 巢 · 半山妖"。看这名字起的就挺新潮。这片平坦的地块全为绿毯覆盖，中央有个小舞台，一侧竖一标语牌"心向自由，路向山野"，周边布下数个露营帐篷。显然，这里可以与山为伴，也可夜听湖水的细吻之声。能惹得山欢水笑，必是野营的好去处了。

穿过营地，向左几十米，又见一副柴门立在眼前。与前面那道门楼相比则独具特色。说是门，其实只有两侧的木柱门栏，并无能随时关上的门页。真正的一副大门却被横架在了门楣之上，上面书写了四个烫金大字"四顶山居"，右下角嵌了两个小字"民宿"，表明了此地是四顶山下的民宿休闲区。门上原有的门环、门条、门钉已是锈迹斑斑，这铁锈与那烫金，各自诉说着自己的历史与辉煌，倒也相映成趣。

跨入门内，迎面是一堆叠石，上面爬满了藤曼植物，其间忽有流水潺潺而来，我好奇地探过头去，发现源头还在院墙之外，大概是山上的水流经此地成了一条不起眼的小溪。园内地势西高东低，又形成了溪流的落差，因而流淌之声哗哗而作。溪流拐过了几道弯，最终流向了门前的一条小河，而小河的开阔处聚成了一口水塘，塘里盛满了荷叶。此时已是仲秋，虽无鲜花盛开，但尚是绿肥叶厚之时，想必水底的莲藕已是白白胖胖的了。一条木栈道直接铺入荷塘深处的一座木屋，此屋名为“藕香榭”，大概有百把平方米的面积。在这里，可以观荷品茶，也可听雨赏画，还可以开展集体研学。

荷塘中的木屋是民宿的一个点睛之作，涵养了环境，增添了静气。此片民宿区大概有十几栋房子，每一栋房子都是独立成篇，依着地形地势高低起伏而建，却又全部掩映在浓荫之中，几乎每一座房子的庭前屋后都有绿植相随，有高大的樟树乔木类，也有低矮的盆景灌木类，几乎无处不绿。

我猜想，山居的主人大概不是诗人也是有诗和远方的情怀者，几乎每栋房子都有自己独特的名字。“一览芳华”里，远处的四顶苍翠扑面而来；“帘青”之侧，静听小溪潺潺流过；“风轩”小窗，可遥看湖光点点，也可低头发呆。而“风荷举”，很容易让人联想起周邦彦的词《苏幕遮》中的美句来：“叶上初阳干宿雨，水面清圆，一一风荷举。”养荷的人大概都有那么点清净之心吧！每个名字都能对应一片景，山居主人可谓别具匠心了。

民宿里面的陈设简洁明亮而又不乏时尚，饶有趣味的是把巢湖周边的民俗元素也巧妙地叠加其中。瞧，几副水桨扎成了吊灯架，一叶两头翘翘的小渔船被吊装成了一只飞碟，几把古旧的木算盘站成了一排渔网的模样……这个山居主人蛮有想象力的哈！

4

转身走到客房外，正欲归去，忽听一员工轻声喊：“D总回来啦！”顺着声音抬头看去，这位D总和一位女子正向我迎面走来。四目相对时，却立即认出彼此。原来山居的主人老D与我于十几年前就认识，只不过彼时他是矿山老板，而我是守山樵夫。当年我眼中的老D，除了常和我“吵架”外，可从来没有流露过诗意的痕迹啊！我把一脸的疑问砸向这位和我岁数差不多的半百老汉。老D习惯性地摸摸自己的平头，嘿嘿一笑，指着身边的那位女子说：“都是她的主意，我负责落实。”我这才注意到老D身边这位清秀的女子，原来是他的妻子，看起来比老D小了不少，而且是省城一个大医院的医生。对于我的疑问，老D毫无保留地说：“她年轻时候喜欢花花草草，又很有诗情画意，当年不顾家人的反对，跟了我这个穷小子，啥福也没享到。现在条件好起来了，我问她可有什么愿望，她讲能有个带庭院的屋子，可以种花养草就好了。”

为了满足妻子的这点愿望，老D跑了很多地方，最终选定了四顶山脚下这块土地，最初是承包林地，然后准备自己建房，后因政策限制，建房搁置了下来。近年来，乡村振兴战略掀起，发展地方产业是实现振兴的首选。老D敏锐地捕捉到了发展民宿旅游的信息，于是到外面专门考察学习，打开了眼界。鉴于山下的村子里空置房较多的现实，尝试着和村里的百姓沟通，以租赁方式投资改造盘活闲置房办民宿。由于老D待人以诚，在村民中口碑不错，渐渐地把这块民宿做了起来。在这过程中，除了专业团队设计外，他妻子也亲自参与把关，于是，那些浪漫的诗意环节就慢慢渗透在民宿的改造中，几年下来，“四顶山居”民宿盘活了当地的民房闲置资产，也带火了一方乡村旅游。从那以后，周边民宿产业似乎一夜之间飞速发展，涌现了“侨乡花田里”“畈塘·拾伍舍”“1952粮仓”“雨悦山房”等民宿群，而“四顶山居”也率先通过国家民宿旅游乙级标准验收。老D妻子不无自豪地说：“我家老D在四顶山下找了一个好地方，我当年只想要一个庭院栽花种草，没想到整个春天都拥有了！”

原来，四顶山的神奇不仅在于山上久远的传说和无尽的诗意，也融化在山下曾经激荡风云的历史和穿越时空的回响里。而今，壮阔的乡村振兴之路上，正在展开一幅崭新的时代画卷。古“庐阳八景”之一的四顶山，早已是“出圈”千年的文化胜地，你来与不来，风景和诗意都在等着你！

（张道德，中国作家协会会员，基层公务员。部分文章刊发在《人民日报》及《清明》《安徽文学》《时代文学》《当代人》《中国铁路文艺》《鸭绿江》《百花洲》《散文海外版》《散文选刊》《青春》《延河》《西部散文选刊》《作家天地》等报刊。已出版散文集《我心我诉》《草木本心》《所遇所得》。）

春野拾趣

周培松

茅线草

到了农历的三月，前几天似乎还威严无比的寒潮迅速地收敛。屋外，满眼的红黄绿白挤满了视线，春意在不经意间已经浓稠得化不开了。

午后的阳光总是和煦的，还有丝丝的风，风里隐隐有着丝丝的青草味。不远处的公园里、河岸边，三三两两郊游的城里人逮着一株株我不知名的、开满粉色花朵的树，搭配自己光鲜艳丽的服饰，从各个角度拍摄了一些颇有风情的照片。大约，他们是想要把这花啊树的，带回去种在日子里吧。

公园的大草坪上，挤满了尖的圆的各式帐篷，听说，这些城里人要在这里过夜的，他们管这叫露营。赶上周末，侄儿侄媳带着孩子也来凑个热闹，我自然是要做一个免费的导游。其实也没我什么事情，帮忙搭好了帐篷，侄儿提着渔具直奔垂钓场去了，侄媳和她的同事朋友，自然是要找她们喜欢的花花草草拍照打卡的，我的任务就是照看刚刚读小学的小孙女。只是没想到，人家根本就不需要陪同，一个人自顾自玩着一款我完全不懂的手机游戏。乐得清闲，我就躺在厚厚的草垫子上，眯着眼睛，享受着暖阳的抚摸，颇有些神游物外的超然，倒也比家里的硬板床多了些情调。

许多事情都是后知后觉的。听年轻的同事讲，这是现在城里人一种非常流行、非常时尚的休闲方式，一周的工作忙下来，需要换个舒缓一点的生活节奏，让自己满血复活。我想，这大约和以前某个村子里唱台戏或是放场电影有点类似吧？对于村里人而言，唱戏、放电影是不亚于重大节日的。每逢此时，十里八乡老的少的，但凡不是的确抽不开身，大都会赶来凑个热闹，至于唱的什么演的什么倒不重要。

但我还是无法释然。正如我不能理解城里人的这种做派一样，他们也无法理解那会儿的听戏、看电影，具有怎样颠倒众生的魅惑。至于又有几对俊男靓女借着赶场的时机，偷摸着牵了手私订了终身，更加显得滑稽。

坐在袁河西水库的坝埂上，望着对面那片略显拥挤的滩涂，随手拨弄着身下柔软平整的草坪，我的神思是空灵的，隐隐有点超然的韵味。指尖倏忽间的一点刺痛将我拉了回来——一株不同于周边植被的草儿闯入视线：三寸左右的长短，翠绿圆润得有些夺目，只在顶端泛着微微的紫红。

茅针！我一眼便认出了这个周身毛茸茸的小东西——我们都曾无条件地爱过它呢！

茅针，在合肥一带叫茅线、茅捻，或者直接叫茅草。20世纪物质匮乏的那些年，这种漫山遍野恣意生长的小东西，滋润了所有人的味蕾。如果有谁不会“打了春，赤脚奔；挑荠菜，拔茅针”这样既上口又诱人的顺口溜，肯定是要被同伴嫌弃的。这里的缘由，说来简单。这是大自然赐予我们的第一道美味，并且，这美味无处不在、任君采撷。这与它被后世开发出来的各种功效无关，甚至与它原本甘甜的味道亦无甚瓜葛。

一般是在河岸，或者池塘边，阳光水分充足的地方，茅线的长势更好，其根茎富含的糖分更多。对于儿时的我们，这些是生来就懂的知识。于是，三五个、七八个小子，趁着大人午睡的机会，偷偷跑到村边的洼地、水塘，在将温未温的浅水里嬉闹一番，再爬上岸来，一人拔了一把茅线，光着屁股斜躺在绿茸茸的草里，像模像样地跷着二郎腿，每人嘴里叼着一根茅线。眉宇间的那份得意，颇似刚娶了媳妇的二愣子一般，人见人嫌。

与我们这些小屁孩子不同，大人们总是把有意无意拔下来的一把两把茅针带回来晒干了，保存到夏天煮水喝。家里富裕的，还会在汤水里加上一勺红糖，那份直通心脾的甜润清香，绵长得可以让你一整个下午都觉得唇齿留香。若是放至今日，怕是比起各式精美的奶茶、饮品亦不遑多让吧。

坐得有些久了。揉揉略略有些木了的双腿，拔了视线所及的几根茅线，尝试着小时候叼着它的样子，只是这模样怎么看怎么古怪。至于茅线的味道，许是抽多了香烟的缘故，实在难以搜索到忘却久矣的味道。

香　椿

农历三月的时候，父亲总是忙碌的。虽已不再大面积摆弄庄稼，但是花生、红薯这些我们爱吃的东西总还是要种一些,辣椒、黄瓜、茄子等等各类蔬菜也是必须要栽的。当然,最重要的是安排好香椿芽的去处。

第一茬照例是给在外的哥哥姐姐准备的。通常是在某个周六,因为哥哥姐姐早就约好了这一天会回老家。一大早,父亲母亲便各自拿上一个袋子,小心翼翼地把还挂着露珠的芽头摘下来,说是这时候的香椿芽水分最充足,口感会更好。当然,这只是第一道工序,其后还要筛选、临时储存,包括再交代一次炒着吃凉拌吃甚至直接吃的各种方法,等等。

此后,我的同事朋友、左邻右舍,熟悉的不熟悉的都可以自取了。甚至,父亲还特意找了一根数米长的竹竿,绑上镰刀,随时为我们准备着,割下树梢处够不到的那几簇。碰到笨手笨脚用不好这个工具的后生,他会笑骂着亲自动手。总之,但凡冲着香椿来的,怎么着都不能让人空手而归呐。

记得老屋的院子里有两棵香椿的。听父亲说,应是在20世纪60年代末,他从姥姥家移植过来的。反正打我记事起,她俩就娉娉婷婷地陪伴着我,或妖娆,或沉寂,在看似漫不经心的日子里,演绎着四季的轮回。

第一茬香椿芽一般是在清明节前两三天可以采摘。此时,整棵树好像刚刚从冬的凛冽里苏醒过来,有一瓣两瓣红艳艳的新芽,悄无声息地从略显粗糙的枝丫上探出头。如果恰逢晴好天气,这几瓣新芽就会快速地由红变绿,并且会生出新的芽叶来,这就可以采摘了。

很少有小孩子喜欢香椿芽的味道,只是好奇这个小东西为何如此神奇地被大人们宠溺?相比于现在流行的香椿炒鸡蛋、拌莴笋之类,父亲的吃法显得更加神奇。他总是选择在太阳很好的中午,将新摘的香椿芽焯水以后,撒上一点细盐,用筷子轻柔地搅拌均匀,然后薄薄地铺在大筛上(筛子根据筛眼的大小分为大筛和细筛),放在太阳底下暴晒。过两个小时左右,香椿芽的水分蒸发了六七成,母亲就会将将干未干的香椿芽装进一个专属的菜篮子,悬挂于房梁靠北的一端,再盖上一块浆洗干净的纱布,算是完成了全部的工艺过程。此后,每天的晚饭前,母亲总要取出一小把这个吸引不了我的东西,看着父亲生生把两碗稀饭喝成了一场饕餮盛宴……

2009年,为积极推动和美乡村建设,老家周边的几个村庄统一规划,原本凌乱的村庄变成了一个现代化程度颇高的居住小区,路网、水电以及一应的配套日臻完善,从航拍图上一看,联排别墅的恢宏气势闪瞎了太多人的眼睛,哪里还有旧时的影子?

然而，父亲总是执拗的。对于香椿的偏爱，或者也还有对自己亲手栽种的不舍，使得他对老屋的拆迁始终耿耿于怀。为了他的这份执拗，我逼迫自己尝试了几次香椿。原来，从拒绝到接纳的过程也只有从口到胃的一小段距离。虽谈不上如何的喜爱，但也不是记忆中的难以下咽——并且，你会偶尔地想起来：这两天，香椿芽又可以采摘了吧？

有些事情的发生非常偶然、非常奇妙，并且终将成为你生命中不可分割的一部分。就像我对香椿的接纳，何尝不是一时的冲动？至于理性的思考、现实的意义，自是任何一段旅程中从不缺席的部分。

现在的这些香椿树，是在母亲的反复念叨下才有的。在老屋的旧址边，我寻到几棵幼苗，随意地栽在村头的菜地和水塘埂上。最初移植的那几棵已经有了十多年的树龄，早就枝繁叶茂了。许是有着充足的水分滋养，每年，都有一簇簇新发的幼苗刷刷地冒出来，满足着和我一样在不知不觉间喜欢上她的人的味蕾。

马 揉 菜

到了暮春，红的粉的黄的白的各色花儿渐渐褪去，取而代之的，是一颗颗刚刚成型的小果儿，羞怯地隐在宽大的叶片后面。这时候的茅针草已经开始抽穗、扬花，原本甜丝丝的根茎略略有了滞涩；香椿芽也已长成了细细的秆，越发地端庄大气。

诱人的野味似乎一瞬间便不再可爱了。但是，大自然是从来不会吝啬的。众芳隐去，还有马齿苋的秀绿，怕不是春天最后的馈赠吧？

马齿苋，一年生草本植物，全株无毛。茎平卧，伏地铺散，枝淡绿色或带暗红色。叶互生，叶片扁平，肥厚，似马齿状，故得名。在我们老家的乡下，马齿苋一般被叫作马揉菜，也有一些镇上的人叫它安乐菜。当然，它叫什么与我关系不大，因为我不喜欢它的味道，远没有极少出现在菜盘子里零星的五花肉好吃。

一般都是在某个上午，忙完了家务的母亲会领着姐姐，一人提着一个竹篮，再带上一把小巧的铲子，便朝着记忆里长满了马揉菜的地方去了。自然，我是要跟着去耍的。虽然几乎不可能帮忙挑菜，但我还是对去田野充满了向往。母亲和姐姐在挑菜的时候，我有一个独属于自己，也独属于这个特定季节的游戏，可以自得其乐。

光秃秃的田埂上，新发的草芽刚刚破土，仔细寻找，会发现有几个米粒大小的孔洞。接下来，我要找到一种带有锯齿形叶片的细茅草，小心地齐根掐断，然后慢慢地旋转着拧进那个小小的孔洞，微微地松开手指，瞪大眼睛盯着草茎的尾梢，只待稍有晃动，便能用上堪比兔子见了老鹰的速度，将其拔出……一个见证奇迹的时刻：有只你绝对不认识也不可能有兴趣认识的小小的虫子，会挂在草茎上，被带到地面。

偶尔，也会有失手的时候。可能是那个小家伙变得聪明了，又或者是我在那一瞬间失去了耐心，结果就是草茎上空空如也，拔了个寂寞。通常，这时候我是不会罢手的，盯着这个让我品尝失败的家伙，似乎有点愤怒，还有一点疑惑。便在这疑惑与愤怒中，一次次重复着相同的动作，与它斗智斗勇。若非母亲的菜篮子已经装满了新鲜的马揉菜，一脸嫌弃地喊我回家，我是决意要和它斗到天黑的。即便此时，母亲已经走得远了，只剩姐姐在等我，我还是要抢来她手里的铲子，愤怒地挖开地面，看看究竟是怎样一个成了精的小虫子，一边嘟哝着这家伙竟然如此不上道。惹得姐姐急了，揪住耳朵，半提着我匆忙跟上母亲。

尽管不喜欢，但是见得多了，也慢慢记住了马揉菜的做法。大抵是用新近的草木灰搅拌均匀，然后抓起一大把，放在磨盘或者青石的门槛上，双手略微使劲揉搓，待草木灰差不多附着在茎叶上以后，再放到预先清扫过的地面晒干，就算基本完成了制作过程。至于怎么个吃法，无非蒸蒸煮煮那一套罢了。而现在人吃马揉菜，都是用开水烫过了以后再晒干，或是焯水以后直接食用。说是草木灰揉出来的不干净，不易清洗。其实都明白，就是觉得为了一盘并非不可或缺，亦不见得甘之若饴的菜肴，实在不值得浪费大把的时间。

仔细一想，我怕还是有点着相了。马揉菜的存世恐怕不比人类更短，我们的爱或憎、钟情或嫌弃，与其何干？倒是我自己，沾了它的光环，偷摸着玩了几回和小虫子的斗法。

只是有些疑惑，这种小小的草儿，何以能有如此旺盛的生命力？虽不停地被连根拔起，又不断地被各种除草剂包围，生存的空间越发狭窄，还是能够年复一年，赶在春夏之交与我们相会。若非真如故老相传的那样，皆因“后羿射日”之时，躲在其后，逃过一劫的太阳，在冥冥中庇护着这弱小的生灵？

（周培松，1975 年出生于肥东县梁园镇，1994 年入伍，先后在南海舰队训练基地和驱逐舰第二支队服役。2007 年 5 月转业，2019 年 3 月始就职于肥东县梁园镇人民政府。）

粗看肥东

梦　野

如果小说没有获奖，我是不可能南下肥东的。

飞机落下来，滑行的时候，我看见雪花在飞舞，不是北方的那种，有的盖着了地面，有的还裸露着，这样或许就有了更深的交流。还有那些不同容貌的指示灯，在各自的规矩里，有着不一般的表情，唤回我青春年少时，几许落叶般的飘零。

“下飞机了吗？梦野老师。”

“没有。”

“晚点了？”

“包公故里，还敢晚点？机场是不是想上法院了？”

“不想不想。”

“那就对了，你在哪？”

“我在出口处。”

“你辛苦啦！”

“你辛苦啦！”

我不会说普通话，他也应该说的是江淮话吧，但我们能听得懂，毕竟都是文联系统的人，互通乡音的可能性多了一些。

坐上小车，开点小窗，看着小树，嘟嘟嘟，走着走着，夜就来了，不论怎么看，我也只能是粗看了。

我看到的不仅是小树，还有更大的树，还有莽苍中楼群里的万家灯火，都在平原上，闪着身姿，不见了影子。合肥，停泊在长江中游平原区里，有两个县，因了方位，一个叫肥西，一个叫肥东。

粗看肥东，不仅是水灵，一汪一汪的，一汪瞭望着一汪，飞速而来，有点甜腻的味道，越过吴楚要冲，似乎打开了他们的食谱，让我提前体验了这里人的盛情。雪花飘转，身披简衣的肥东，是那样的圣洁，大白天下的，像包公再世，正在大堂审案，余音绕在各大街巷，还是别有洞天的。

肥东人，打包公的牌，一直在打着，打在文学上，确实就打对了，打到了黄金点上。包公文化的传播，如果没有文学，它怎么能形神不走、活灵活现、百姓拥戴在当下呢？"包公故里杯·优秀小说奖"颁奖仪式上，我想到了三个词：一个是简约，不铺张，看不到华美，但同样有面子，我的右前方，中国作家协会、《小说选刊》杂志社、人民文学出版社负责人在座，那里是有一道光亮的。不，不仅是光亮，是我精神的灯火。一个是精粹，控制力都仿佛在不经意中，各个环节不拖泥带水，文艺节目短小，但深含着包公文化和肥东特点。一个是奏效，聚光灯主要对准了获奖者，作品会让地名生出光彩，在文学宣介地方的良方里，肥东还是很棒的。

在包公故里文化园，我还是粗看的。我都是跟在人群的最后面，但脑袋会仰得很高。仰得高，是因为建筑高。不论在孝肃阁、故居、书院、宗祠，还是在共园井、荷花塘、廉苑、包林，我都是粗看的，而且我觉得，保持距离的观察，也可能适合我。

我在粗看中，看到了文化气势，它向着国家级廉政文化教育基地迈进；看到了文化气场，文旅向前狂奔，乡村振兴的样板自然就带出来了；看到了文学气韵，因了包公，因了包公精神，肥东各种故事，让创作者有了更大的疆场。

仅用了一天半，我们就看了很多点子，不论看肥东博物馆、刘湘如文学馆、未来作家班，还是看肥东县文学艺术院，还是领略创建"中国文学之乡"的过程，我都是粗看的。进入经济百强，肯定是荣耀的，肥东进入了，不一定所有进入的县域都会重打文化的牌子。但肥东打了，而且掌门人亲自操持，这就令人思量了。

这思量里，伴着我更多的是粗看。粗看，让我紧跟着他们的脚步，让他们的声音，细节化的，都进入我的耳郭，是我的另一种视力，带来不一样的文学力量。

"梦野老师，你咋总是站在后面？"

"我挤不在前面。"

"咱们一起挤。"

"你看我这么瘦。"

“这才有文学的风骨。”

“是不是？我都是粗看。”

在异乡，能听到同样是获奖者的小赞，竟是因为曾读过我的小文。我已经是平常心了，内心没有了多少波涛，只是文学堤岸上的一个永远坚持者，

“再会不会来肥东？”

“还会的。”

“你会怎么看？”

“还会是粗看。”

“粗看挺好的。”

挺好就行了，让我们再相聚吧，这次见面的，曾经相熟的，还未谋面的，一起粗看吧，粗看我曾看过的肥东。

（梦野，中国作协会员，全国作代会代表、全国青创会代表，曾在北京电影学院文学系、鲁迅文学院高研班进修。在《人民日报》《光明日报》《人民文学》《小说选刊》《诗刊》《十月》等报刊发表过大量作品。曾参加《诗刊》社“青春诗会”。两届柳青文学奖获得者、《小说选刊》优秀小说奖获得者、两届陕西文学院签约作家，两次入选陕西省优秀作家艺术家扶持计划。现为神木市文联党组书记、主席。）

包公故里打卡记

张　戈

最早听到关于包拯的故事，是提前班的时候。所谓提前班，是家乡宁夏为了解决幼儿园资源极度匮乏而给准小学生们设的预科班。印象中也是很混杂吵闹的，老师们一发火就揪着脖领子或耳朵给拎出门外去，教学资源与水平可见一斑。有天突然来了位姓岳的老教师给我们代课。之所以印象深刻，是因为他的课上会讲故事。第一个讲的就是《乌盆记》。儿时的印象难得清晰，只记得当时紧张极了，觉得一个盆子会说话非常吓人。有一天我独自在家，感觉屋子里有一种难以言表的危机在酝酿，最害怕的就是走廊里脸盆架上的瓷盆突然开口，讲一段自己的冤屈，那可如何是好。

再长大些，有了随姥爷去庙会看秦腔的机会。实际看不懂，也听不懂的。我的姥爷却是忠实的戏迷。在散场回家的路上，他一脸沉重，似乎沉浸在一种极深的情绪里，神游物外般走着。我那“十万个为什么”偏偏发作了，问他看的究竟叫个什么戏，讲了个什么故事。姥爷沉重而简约地回答，《铡美案》，包拯把陈世美铡了。

等台湾版的《包青天》热映的时候，我才知道了《铡美案》究竟是怎么一回事，但那个时候我和同学们最最喜欢的还要数南侠展昭，感觉他是世界上最帅的男子，无敌的功夫高人。去年，我所就职的单位邀请展昭的扮演者何家劲出演了一条公益广告，展昭久矣，但何家劲风采依旧。

2009年，我携笔从戎，被分配在了广东省肇庆市公安消防支队的端州中队任职。次年，父母来探望，但是消防中队有繁重的训练、执勤任务，除了一年休假期间得以松绑，其余时间都必须严阵以待。相见时难，相聚也难，索性鼓励他们自力更生，四下转转。肇庆是个好地方，最有名的景点叫七星岩。其实全国人民对七星岩也不应陌生，86

版电视连续剧《西游记》的片尾，那首《敢问路在何方》唱到“斗罢艰险又出发又出发”时，唐僧师徒后面的背景正是七星岩。那天父亲电话说，今天去了包公祠，又说，没想到包公在这里当过官。

说实在的，我当时很是吃惊。因为包拯（用现在的话叫“大 IP”）在各种戏曲、影视、小说的演绎之后，从一个历史人物，已经上升到了一种神明的地步。当听到包拯，耳边都会不自觉地响起“开封有个包青天”的伴奏来。当这样一个历史名人的步履与我所战斗生活的土地隔着千年相重叠时，心头忽然生出一种新异的感觉——有点兴奋，有点惊喜，还有点荣幸。随后从一位朋友那里听到了关于包拯与肇庆的最有名的那个“岁满不持一砚归”的故事。那位朋友是一名民警，但是对端砚极懂，又长于讲述，且擅长书法。他待我极好，后来我调到机关工作，比在中队时多了些闲暇，他邀我一起喝茶，给我讲了不少端砚的知识。有一次我们去西江边散心，他指着河中心的砚洲岛说，当年包公不知随从私自收了端砚，结果离任时船行至此就恶浪滔天，他知晓了来由后果断把砚台扔进水里，一时风平浪静。水里的砚台后来就变成了这江心岛，包裹砚台的布漂到了更下游，变成了沙铺镇的黄布沙。

说实话我是不信的。无论如何，一块巴掌大的砚台也变不成一个岛屿，一块布也变不成一片沙滩。我觉得这位朋友对端砚的推崇近于痴了，在他口中，端砚是最值得文人稀罕和收藏的宝贝，不仅好用，升值空间亦巨大。他在说这些话时，眼睛里闪烁着异样的光亮。

到底是怎样的一方水土养育了这样一位名垂千古的伟人？带着疑问和敬意，我来到了肥东。搞文学创作的人有种说法，就是作家其实在 20 岁之前就已经被成长经历所决定，他所笃定的、渴望的、珍惜的、蔑视的，那最深处的，几乎如直觉一般的抉择和判断在当时已经形成，而往后余生，所有的行为往往是这些观念的实践和重复。另外，以我在多地生活和阅人的经验，当时只觉得一个人是怎样的卓尔不群，其实眼量大些，视野宽些，就会发现一个地方的人往往有一些同质的、大差不差的精神品质。比如我们西北人，大多数男人的性格很急躁而自尊心特别强。有时候可以错，但是不让人说，一被说就觉得如蒙大耻，要急眼。我一个新疆的女同学有次当着我的面，对另外一个山东同学说，你要尊重西北的男人，你尊重他，他可以为你流血。（因为当时在吃饭，所以我理解的“流血”是埋单的意思）。再比如东北的女性，她们能担当又分外深明大义，内心蕴聚着超出一般人对性别认知之外的热情和力量。许多在别人看来是天崩地陷的事，在她们眼里总有一套可以纾解和自洽的方法论。至于山东的大汉义薄云天，潮汕人素来有生意头脑，这些印象进行的区分虽然过于混沌，但也从某种角度重申着老话说的"一方水土养一方人，一方人有一方情"。那么，包拯之所以是这样一个人，恐怕他的部分品质与肥东这片土地息息相关。

参观包公故里文化园，一个个更为清晰的包拯形象扑面而来。原来他并非是个大黑脸——根据珍藏在故宫博物院南薰殿内的包拯画像看，他面目清秀，肤色如常。原来他并非由嫂嫂养大的弃儿，相反，他的父亲包令仪为他的成长创造了良好的环境。还有一件令人印象相当深刻的事，就是他因为要奉养双亲，先是请求任职地离家近些，后来干脆辞官十年。是怎样的一个人，能放弃唾手可得的权力，选择在家侍奉父母，只为共数晨夕呢？答案不得而知。但可以判定的是，他是个意志特别坚定，俗话说很倔强的人，一旦做了决定，便雷打不动。我在想，这十年间他是否有改弦更张的打算——当听到同届科考的伙伴们如今高升，面对乡邻的困惑不解时，兼济天下、宏图大展的愿望一定快按捺不住了吧。也许一个声音在耳边安慰着他，支持着他，鼓励着他，这个声音也许来自于他所阅读的书，别人身上发生的故事，使他那样笃定、果断和决绝。同样因为这份异乎寻常的果决，当他重返官场时，出手不凡、一鸣惊人。

史料考据，包拯并非沉迷于破案判案而不能自拔。胡适说："包龙图——包拯——也是一个箭垛式的人物。古来有许多精巧的折狱故事，或载在史书，或流传民间，一般人不知道它们的来历，这些故事容易堆在一两个人的身上。在这些侦探式的清官之中，民间的传说不知怎样选出了宋朝的包拯来做一个箭垛，把许多折狱的奇案都射在他身上。"但《宋史》《仁宗实录》《孝肃包公墓志铭》等记录，宋仁宗景祐四年(1037 年)，包拯在安徽天长做知县时通过巧妙谋划，找到了"牛舌被割案"的作案人。这彰显出他深谙人性和长于思辨的特点。

包拯的一生，其官场生涯仅有 27 年，但任职经历却颇为丰富。他担任过的职务相当于现在的税务局局长，负责疏浚运河的"河长"，还干过纪检干部、外交官、财政厅厅长、国防部部长等。无论在哪个岗位，他都做得有声有色。但清廉为本、正直为人的另一面是欧阳修所评价的"好刚，天资峭直"，意思是脾气太硬，性格天生难以接近。

他的性格强硬也体现在另一件法不容情的事上。小时候砸过缸的另一历史名人司马光曾是包拯的下属，他在《涑水纪闻》中记载："包希仁知庐州，庐州即乡里也，亲旧多乘势扰官府。有从舅犯法，希仁挞之，自是亲旧皆屏息。"包拯在老家做知府，亲戚朋友都以为有了靠山，但包拯判处一个犯了重罪的舅舅死刑后，那些故友亲朋都老老实实做起了守法良民。

包拯率队救火的事也该说一说的。宋人笔记《独醒杂志》记载，包拯任开封府尹时正遇开封城失火，他率领军民紧急扑救。为防止火势蔓延，他一边指挥着义务消防队员们用钩杆拉倒着火的房屋，一边组织运水灭火。正在这当口，一个不长眼的小混混跑来捣蛋："取水于甜水巷耶？于苦水巷耶？"包拯也不啰唆，令手下送小混混见了阎王，可见是个暴脾气。

司马光在《涑水纪闻》中这样写道："拯为长吏，僚佐有所关白，喜面折辱人，然其所言若中于理，亦幡然从之。"意思是包拯是个挺凶的领导，下属说得不对，他丝毫不给人留情面，当时就狠狠批评，骂个狗血淋头。一旦发现自己骂错了，又能主动向别人承认错误。可见其虽然性情刚直，但是不刚愎；批评人，也自我批评。

这样的性格当然称不上完美，甚至客观地说，是有较为明显缺陷的。所谓"正不容邪，邪亦妒正"，估计包拯没少成为政敌攻讦的靶子，至于宋仁宗有没有听信谗言，对他产生过恶念，是没有文史资料记载的，但包拯确曾不止一次向仁宗皇帝请求外任。离京外任作为朝臣们在政治失意、君臣失谐时，用来缓解的一种协调手段，也可对他当时的境遇略见一斑了。

包公故里文化园的最后一个部分是展示"世界的包公"。印象特别深的是法国人帕特里克·马蒂的《包公传奇》里的一段话："国家越是富裕，手握权势的一群人就越是贪念恒生，歪风邪气愈演愈烈，官官相护权钱交易民不聊生……正义和公平是包拯奋斗的动力源泉，也是利他的传奇不分国界，经久不衰的背后支撑。"

这个时代越来越发达的DNA技术、视频影像技术使许多沉冤得雪，而不必产生《乌盆记》里那样附着在器物上的冤魂发声这样的艺术想象。今年夏天溘然长逝的姥爷曾醉心的《铡美案》等秦腔戏里的包公，是他这样一辈子无官无职、勤恳劳作一辈子的人心中所信奉的。但与其说是神明，不如说包拯在他们心里是一把亘古不变的标尺——公平正义。到了我们这样工作过一段时间，再也不会认为展昭所面对的刀剑是世上最凶险的事物，而看似任意凶徒就能施以残害的包拯，反而像取经路上的唐僧一样，是那个最坚定和勇敢的人。父母十一年前就随我在广州定居，这些年，他们嘴边唠叨的，就是让我认真工作，照顾好家庭，作家梦是好梦，也值得做一做。作家梦总好过发财梦。他们总说我们一家能从宁夏来到一线城市生活，是该倍加珍惜的福分，不应再做非分之想。而身边那些假借亲人名义开皮包公司而监守自盗者被纪委部门查获的殷鉴，更使我清醒和庆幸。

我那位肇庆的民警朋友，在大约三年前与我断了联系。微信不回，电话不接，我是颇为惶惑并且躬身反省了一段时间的，总觉得是否因为自己到了广州而对他疏于问候，令他气恼。后来因为公差去了一次肇庆，才听另外的朋友说起，他未守本分，以民警的身份介入和干预一起经济纠纷案件中，如今在监狱服刑已有一年，令人不胜唏嘘。

结束了两天匆匆的打卡之旅，收获混合着回忆搅动着我的思绪。每个人的面前都有无数的选择，世界也因此多义、多元和多彩。包拯以他的果决，选择了成就自己，也拯救和帮助无数人的一条路，因此青史留名。这不能不说是一种示范，值得今人效仿。在回程的飞机上，我点开最近一篇自己初就的短篇小说进行修改。这是讲述一个重返官场的人，在现实中饱受诱惑，一度迷失灵魂最终坚守初心的故事。突然间，我恍然大悟般赋予了他一个籍贯，我快速敲击键盘，使这个叫高振的年轻人自我介绍说：

我来自肥东——安徽肥东，包拯包青天的故乡。

（张戈，男，1986年生于宁夏海原。文学硕士，广东作家协会会员。小说、诗歌作品见《诗刊》《花城》《延河》《朔方》等文学期刊，有作品被《小说选刊》转载。曾获全国公安消防部队散文诗歌大赛一等奖，著有诗集《听火的心跳》。）

白雪如昼

丁　真

天气不错。

车开出合肥南站时,雪子就砸在了车窗上。我问司机师傅:“在安徽,也叫雪子吗?”在得到了肯定的回答后,心仿佛突然就安定了下来。这是我第一次来合肥,一个陌生人踏上陌生的土地难免有些紧张和焦虑。你不知道自己会去往哪里,也不知道你会遇上哪些人,但“雪子”,好像一下子拉近了我与安徽的距离。

高架上的车很少,窗外是一片混沌的黑灰世界。司机师傅打开雨刮器,收音机里传出了一个低沉男声唱的老歌,挂在后视镜上的珠串随着雨刮器和音乐声轻微地摆动着。歌声唱道:“依然记得从你口中说出再见坚决如铁,昏暗中有种烈日灼身的错觉。”

“雪子。”我轻轻重复了一遍。转头看着窗外阴影般倏忽而去的风景。

行李箱万向轮轴轮转动的声音戛然而止。我看了看四周,关上房门。打开灯,灯光刺得眼眯了一下。

屋里很静。静得能听到冰箱压缩机的嗡嗡低响。屋里也很冷,冷得能感受到汗毛孔都收缩了。我一晚上心绪难安。窗外的雪子,会下一整晚吗?会变成纷纷扬扬的鹅毛大雪吗?第二天清晨,当我醒来,肥东会变成什么样子?我对这个陌生的城市,因为一场雪而变得有所期待。

下了一夜的雪。

雪落在地上,直到第二天也没有化。雪让肥东的冬天异常寒冷,但雪也让我心底产生了一抹兴奋。对于一个生活在常年不见雪的城市的人来说,这抹兴奋正是我最需要的。所以,纵然树上的叶子已经差不多落光了,马路上白茫茫一片,寒霜渗入了骨髓,却无法阻挡我对肥东产生的兴趣。

颁奖仪式结束后的那个下午,迷迷糊糊的我华丽丽地错过了大部队集结出发的时间。主办方没有让我继续自由散漫下去,约了一辆网约车来接我。司机师傅是一个将近六十的男人,矮个,一件姜黄色夹克式羽绒服,冲我友好地笑。

"咱们按导航来,导航让咱上高速就高速,导航让咱不走咱就不走啊。"这是他的第一句话。

我心里藏着事,怕赶不上大部队,又怕赶上,纠结到尴尬。我没有应他,只是略微点一下头,也不知他是否看到。司机师傅也不介意,打了一把方向盘,车子朝反方向行驶。

司机师傅朝后视镜看了看我的表情,大约没觉察出我有什么不悦,于是继续说:"这导航,没让我们走高速呢。"

大脑还没有明白这句话的含义,嘴里却脱口而出:"不要紧,也许风景更美。"

听了这话,司机师傅笑了。他问:"你是浙江人吧。"

"哦?"我的思绪被这句话带回来了,在外省,很少有人会猜我是浙江人,于是我饶有兴趣地问,"怎么看出来的?我有浙江口音吗?"

司机师傅又笑了:"您别看肥东这地方啊,也算是个交通枢纽,就说这条路吧,这一头通向江苏,那一头通向浙江。可是呢,这么多年下来,江苏人来肥东的很少,浙江人来肥东的很多,我就猜你是浙江人了。"

我点了点头。没说是,也没说不是。

车子稳稳向前开,车内没开暖气,虽有些冷但空气不闷。"今天下雪了。"我没头没脑地说了一句。

"是的呢,很麻烦的事。你们年轻人啊,都喜欢看雪,可我们呢,最怕的就是下雪。您看,这一大早,很多车都出事故了。这下雪天开车啊,容易打滑。一遇上打滑,可千万别踩刹车,一踩,车就不知道滑哪儿去了。新手啊,都不懂这个道理。这个时候,你就得……"

"肥东下雪多吗?"我打断了司机师傅的话。

“雪啊,不多,很久没见到肥东下雪啦。这可是今年的第一场雪。”

听司机师傅这么说,我突然笑了。这是怎样的机缘呢?是因为我们的到来才让肥东下雪的吗?还是因为,肥东下雪了,所以我们来了?

我问:“师傅,你说,肥东是一座怎样的城市啊!”

“嗯,”司机师傅略作思考,笑着答道,“独一无二的城市。”

“独一无二的冷吗?”我打趣道。

司机师傅收了笑容,认真地告诉我,肥东最出名的,是包公。这一点,很多人都不知道。人们都以为包拯嘛,肯定是开封人。谁能想到,这个北宋时期的政治家是肥东人呢。包公的墓葬也是在这边,只是听说在那段动荡的历史时期,墓葬已被毁,而当时的人们掘开墓葬时发现,里面只有两块骸骨,没有其他。村民们都说,因为包公得罪了太多人,连他和夫人死后也未能幸免被报复。

独一无二。我陷入了沉思。正如我与这场雪的机缘一样,是包公的独一无二成就了肥东,还是肥东的独一无二成就了包公?抑或是,肥东和包公,本就是相互成就的历史。

车窗外,一堆堆的雪,在阳光的反射下,亮晶晶的,闪着光芒,向后方飞去。健谈的司机师傅讲着一个又一个的故事,从他上了年纪不再开大货车改开网约车开始,到疫情三年载客人次的断崖式下降,到今年社会消费艰难但生意总算能缓步提升,再到包公故里游客渐渐多了起来。在司机师傅的肥东故事里,我看到了一个普通人用尽全力去生活的画面,也看到了一个普通人在这个城市放出的光芒,也许微弱,但很真实。故事让我感受到了肥东的人文情怀,也感受到了肥东人的心灵世界,肥东人的欢乐与伤悲。文化这东西,丰富而优美,它在肥东的复苏与兴起,更多地体现在肥东普通人的身上。

想到这儿,我想起几个词:白雪。如昼。光明。极光。肥东的雪就像这几个词一样,光源的核心魔力噼里啪啦炸开,它吸引着我,勇敢地踏上这片土地,穿越寒冷,接纳它的温暖。

司机师傅仍在兴致勃勃地讲述着肥东的发展史,讲到他的家庭,他的孩子是怎样在这个城市成长,从孩子讲开来,讲到肥东美食,讲到肥东那四十多种丸子,最好吃的是哪几种,又讲到泥鳅挂面,这挂面是怎么做出来的。他用夹杂着安徽口音的普通话叙述着,像多条叙述线,密密织在一起,缓缓传入我的脑海。一个具有美学张力的美食空间,一个光影交织、色彩斑斓的文学世界,就这样呈现在我的眼前。风的心声、雪的独白。历史的低诉、现实的希音、灵魂的谵语。一个声音一直在重复,它是包公的故里,也将会是你们的故里。

“待这波冷空气过去,会暖和的。”说完这一句,也许是因为快到目的地了,也许是我许久没有给他反应,司机师傅很长一段时间没有再说话。直至行至一幢不高且旧的楼时,司机师傅忍不住又说,“看,这是石塘驴巴,我跟您说过的,就大家说的,那个……阿胶!你们女孩子吃最好了。这肥东的驴巴很有名,你看,这就是我说的,肥东独一无二,但它低调啊,你说你们都知道东阿阿胶,哪里会知道肥东驴巴呢!”

我感觉到司机师傅有意放缓了车速,于是认真地把头转向窗外,仔仔细细打量了右手边的这幢楼。不高,不起眼,的确有“安徽老字号”的字样。在它快速闪过的时候,我抓拍下一张照片。

上网一查,还是国家级非遗。

我由衷地说,师傅,你很厉害,懂得真多。

司机师傅笑了,这话显然很受用,但他还是说:“哪有你们浙江人厉害,浙江人都很聪明,在肥东的浙江人绝大多数是做生意的,而且生意做得很好的呢。”

我也笑了。也许是司机师傅的奉承起了作用,独一无二的肥东给我带来了亲切和温和,就连刮在脸上的风,都感觉柔和多了。

车到目的地。

“她们来接你了。”司机师傅指着窗外的两个小姑娘对我说。

我点点头。

“拿好行李物品,希望您喜欢肥东啊。”

我再次点头:“会喜欢的,肥东是独一无二的呀!”

听了这话,一直健谈的司机师傅突然没接话,脸微微发红。

这回轮到我笑了,我朝司机师傅挥了挥手,有发自内心的感谢。

下了车,两个小姑娘朝我跑来,其中一个对我说,还好,还好,还不晚,刚参观完第一个点,咱们跟上就行。差点就错过了。

我随她们进入包公故里文化园。一进门,就看到小桥边上一堆未化的雪。我蹲下来,认认真真地对着雪拍了一张照片。照片里,那些久久不愿意化的雪,那些已结晶的雪,像大颗大颗冰糖,清冷而又晶莹。这是这个文化园故事主角的气质,也是肥东的气质。

站起身来，我对小姑娘们笑，我说，“也许，什么都没错过。也许，我得到了更多。”

后记：

回浙江后，听说肥东又下了一场大雪。瑞雪兆丰年，谨以此，致敬独一无二的肥东。

（丁真，女，1982年生。中国作家协会会员、台州市作家协会副主席。在《四川文学》《江南》《红岩》等刊物发表中短篇小说，部分作品被《小说选刊》转载。出版个人短篇小说集《偶尔偏离一下的生活坐标》《烈焰成池》等。入选浙江省首批青年作家人才库。）

肥东的曙光

吴远道

失眠许久，没想到在昨夜的浅斟慢酌之后，第一次日高起，在这个经久不去秋意的南方初冬；而且在非我的故乡和非客居的工作地，一个叫肥东的地方，我第一次入住亚朵酒店的房间。

是的，酒逢知己千杯少，心安之处即吾乡。纵使在生养你的故园，倘若心中有事，就像即使天天遇见，却貌合神离的人坐在一起毫无欢喜一样，再好的夜你也是睡不安稳的。

躺在洁白的暖融融的被窝里，我真舍不得离开这位新欢。可是，上午的颁奖活动必须并且欣然要参加的，只能爬起来，作别温柔之乡。

昨晚饭桌上，广东帅小伙子、本届《小说选刊》“包公故里杯·优秀小说奖”短篇小说奖获得者张戈代我朗诵的写给肥东的第一首诗，依然存有温度，其他的烦心事经过一夜的沉淀，遗忘得差不多了。大概平时让身心俱累的事被喜悦、相逢与感恩冲淡得如窗帘缝隙间渗漏的微光罢。不禁也老夫聊发少年狂，张开双臂，放声歌唱：万古青天故里逢，因缘际会合肥东。心中有梦呈恩润，笔底生辉谢苦攻。似未相知均熟识，如期幸遇尽圆融。寒来飞舞千城雪，静待梅园点点红。（《七律·寒冬包公故里行》）

拉开窗帘，一觉不知窗外事，满城肤雪润肥东。寒冬随着一场风雨到来，但没有雪就少了冬的韵味，也就辜负了蜡梅等迎霜傲雪者的等待。

这场雪来得如此悄无声息，没有惊扰昨夜的梦，青春的、秋天的、五彩斑斓的梦，又是那样晶莹剔透，仿佛圣洁的天使垂青大地。她不愧为世界包公、天下肥东的灵魂写照。

一座城，一个人，都是天赐尤物。然而，是城名人还是人名城？这个问题，在我工作的黄州不言自喻。苏东坡的一词两赋彪炳千秋，让黄州从古走到今，走向世界走向未来。在肥东又一次让我坚定了城因人而名的观点，包公的孝廉同样让肥东享誉中外，泽被后世。老实说，如果不举办《小说选刊》“包公故里杯·优秀小说奖”，我不能作为获奖者来肥东，也许一辈子只知道包公，而不知道肥东了。此所谓不知有汉，无论魏晋也。

未来的世界将是智能科技化的世界，也是文化支撑的世界。肥东因包公才有了腾飞的底气与依凭。肥东人也不负先人的厚望，赓续美德，踔厉奋发，将优秀的精气神发扬光大而不辱使命，无论政治、经济、科技，还是文化、教育。一座崭新的城脱颖而出，一个文化强县如旭日喷薄而出。

初到肥东，我感觉肥东的大地一片清新、祥和、充满朝气。人的脸上洋溢着友善和微笑，大街小巷清爽、磊落，乡村充满富庶和诗意。自然的冬的冷寂与萧瑟，完全淹没其中。不由得再一次张开双臂，拥抱这位风姿绰约的丽人。

人生若只如初见。这句饱含无奈而期盼的话语，在肥东，我敢臆断，它只有褒义。因为包公的精神光照着这一块纯洁的、红色的、绿色的沃土。充满正能量的沃土永远会催生出伟岸之树，和荷池一样的丽景。

腹有诗书气自华。不单用在人身上，也可以看出一个地方的实力。从上午肥东县承办的颁奖活动圆满成功观之，肥东的经济文化实力雄厚，完全有能力步入中国文学之乡殿堂。通过一天的实地采风，我领略了肥东深厚的人文底蕴，看到了肥东的美好明天。

肥东县委、县政府善于审时度势，抢抓机遇，发挥地域、人文优势，以文强县，文旅融合，助推乡村振兴，打造了全省乃至全国的一张张靓丽名片。文联作协建在乡村社区，文学走进校园，文化深入千家万户，厚实了文学土壤，广植了文学新苗。可谓包公故里无白丁，老少都能赋诗文。清廉孝善人人敬，巢湖碧水槎山青。值得一提的是，包氏五代八夫人言传身教，培养后代的做法在当下的肥东从幼儿园小学生抓起培植道德、培养文学兴趣、培育各类人才，得到了弘扬和提升。我见到社区、校园、街道招牌匾额上不是冠以“先锋”就是“未来”二字。肥东人的眼界高，格局大，学识广，可见一斑。

昨夜那场悄然而至的薄雪，在我早晨掀帘时不见了飞舞的踪影。仿佛肥东的天空要给我这位新客一个惊喜，又羞怯闪开。怀揣拾梦的喜悦与感恩，踏上去大剧院颁奖典礼现场，天公颇解余意，雪霁。一路清纯远尘事，恰如两袖清风镜万年。心有所感，诗兴勃起——初雪肥东浑未知，掀帘已是艳琼枝。一城纯白涌千思。天霁冬风寒意浅，霜红冰洁暗香迟。人生难得在坚持。(《浣溪沙·包公故里夜雪晨霁》)

肥东文厚德彰，物阜民丰，人杰地灵，正如一轮红日初升，活力四射，前途似锦！作为一个异乡人，在今天即将告别归去的时候，不禁再次打开一扇窗，一抹淡黄色的云霞似少女见到我的偷窥而泛起一脸娇羞，将肥东的天空染得分外妖娆。真的不想离开，我已痴醉。

(吴远道，湖北英山人，现居黄州。中国作家协会会员、中国散文学会会员、湖北省黄冈市文艺评论家协会副主席。作品散见于《民族文学》《小说选刊》《中华辞赋》等报刊，著有中短篇小说集《哦，纯姐》、文学作品选集《吴远道文学作品选》、长篇小说《淹死之鱼》[独著]及《黄昏雪》[合著]、长篇散文《碧云湖》，短篇小说《新年》入围第五届湖北文学奖，中篇小说《老Q》入编黄冈中学校本教材语文课本，微小说《归去来兮》获得首届《小说选刊》"包公故里杯·优秀小说奖"，散文《雨》《阅读》《人间最美是故乡》等被翻译成多种语言发表。)

一棵树与另一棵树

祝宝玉

一个 6 月的晌午，我和李校长坐在操场南边的大樟树下乘凉，烈阳炙热，屋内的风扇不顶用，不如树荫下凉爽。

“你是我用两瓶酒换来的。”突然，李校长开口说。

我望了他一眼，不明所以。

李校长摇着蒲扇，微笑道：“当初，你们这批特岗教师刚来时，我一眼就从名单里发现了你，你原本要被分到马尾小学的，是我和中心校的谭校长磨了一个下午的牙，最后又把他弄到我家里，灌了他两瓶酒，才要到你的。”

还有这曲折故事啊，我倒不知道。两年前，我被分配到李校长麾下，除了内心有一丝隐喜之外，并没有其他特别的感受。我面前的这个头发泛白的老校长是我曾经的小学语文老师，我所在的长安小学，也是我的母校。

我在这里上学的时候，大樟树还是小樟树，我清晰地记得我们班的大毛在课间摆弄那时还是小树苗的樟树时，被李校长发现了，狠狠地批了一顿。这一招杀鸡儆猴挺管用的，自那以后，再没哪个皮孩子敢摇晃骑驾它了。

它之所以能长得如今这般粗壮，离不开李校长的呵护。

“小玉啊，这次全镇学科竞赛你班的语文成绩进步很大，原先你可是倒数啊，现在闯进了前五，不得了啊。”

听李校长这么夸我，我羞赧地笑笑，奉承道：“是您指导得好，管理得好，不然，我是不行的，多亏了您的教导。”

“你小子，下次别在我面前说这话，我不爱听。”看我也尴尬了，他笑一笑，接着说，“你肯用心去教，肯下苦功夫去琢磨，这比谁的指导都强百倍。乡下的孩子不容易啊，父母外出打工的多，爷爷奶奶管不住的多，不听老师教育的也多，想当好一个农村老师，困难很大，你要挺住才行。”

我认真地点点头。

樟树招风，田野上的热风经绿叶的过滤，就变成了凉丝丝的风，我有些犯困了，李校长铺开凉席，让我躺上去。恍惚中，他还为我扇风驱虫。这事过去4年了，那风吹身凉的感觉，却不曾弥散，闭目回想当时场景，犹如昨日。

我现在已在县城里教书了。我带领学生闯进全镇学科竞赛前五的那一年的下半年，县里破天荒地举行了一次选调考试，只要在编在岗，年龄30岁以下的老师都可以报名，看到这个消息时，我当然也跃跃欲试。乡下生活太寂寞了，县城虽然不是大城市，但生活肯定比农村丰富得多。何况，我的对象也希望我俩都考到城里去。

把报名表交到李校长办公桌上，等他盖章时，我看到他的脸猛地变了色。我刚进门时，他还一脸和气，看到我的报名表后，立马晴转多云。他捏着那张纸看了半天，中间把它放下，点着了一根烟。他没让我坐下，我就不知所措地站着。直到他说：“回头我和老赵研究一下。”就这样，他把我打发了出来。

我本想他会爽爽快快地给我签字盖章，没想到他竟把报名表给压那了。没戏了吗？这样的情况我已经从附近几所小学的同事那里听到了，校长不给盖章，不让去考。带着郁闷的心情，我走到了操场上，秋老虎正发威，天燥热得很。我踅到大樟树下，有些叶子开始变黄了，地面上落了一些，但整体上叶盖还是葱茏的。从教室里传出来的读书声，回荡在校园内。那一刻，我有点伤神，似乎自己已经被选调走了，听声思人，竟有点不舍。但事实上，李校长能不能给我盖章还两可呢，那一刻，我竟又有点觉得他以前的和蔼可亲都是伪装的，一点也不通情达理，官僚作风令人讨厌。

三天后，赵副校长把我的报名表递回到我手中，我打开一看，已经签字盖章了。赵副校长说：“祝老师啊，李校长可舍不得你走啊，你看我们学校现在的老师，都是快到退休年龄的老家伙了，他本指望你把学校的担子挑起了呢。我劝你再想想，你在这儿再干几年，等我们都退休了，校长的位子就是你的。”

说完，赵副校长离开了。说实话，我确实犹豫了，我其实早已看出李校长的心思，他想提携我，毕竟现在愿意待在乡下的年轻人不多，而且我还是他的学生，于公于私，他都是很珍惜我的。那三天，他一定处于作难之中，硬留我吧，怕耽误我的前程和婚姻，放我走吧，以后学校工作谁来接挑子呢。终了，他还是决定放开手，让我去试一试。他对待我就像对待他儿子一样，“爱”“恨”交加，他不止一次地拿我跟他儿子作比较。“要是小松不去南京工作，我倒想让他也当老师，在农村干一辈子。”他说这话时，我师娘若在身边，肯定冲他：“你啊，老思维，自私。”

那天后，我不敢与李校长单独见面，总躲着他。

一个傍晚，我坐在大樟树下复习《教育心理学》，不知他什么时候竟来到我身边，伸着头看我看什么呢。他没有吱声，我猛抬头时，才看到他。“李校长——李校长——”一紧张，我不知说什么好。

“复习呢？复习好，争取考个好成绩。”他说。

他坐到我的身边，顿了一会，缓缓地说道：“我记得这棵樟树是你在这儿上学时栽下的，那时还是老孟当校长，我啊，还不到 40 岁。一晃，快 15 年了，真快啊。”他伸手摩挲着树皮，接着说道，“后面的那棵小樟树是今年春天栽的，我记得是你挖的坑，浇的水，你看，现在也挺旺盛的。”

我顺着李校长手指的方向看去，那棵樟树比刚栽下时精神多了，显然它已经扎下了根系，适应了这片土地。如果没有特殊情况，它将一辈子扎根于此，十年、二十年，变成一棵真正的参天大树。李校长曾经说过，有了树，校园才有个校园样子嘛。学校就是树人的地方，十年树木百年树人，其实啊，树人也难，树木也不容易。

“我年轻时，也不愿待在这里，但哪有机会走啊，那时候啊，比现在更艰苦。你师娘要和我掰，我就死皮癞脸地缠，她末了还是没甩掉我。”李校长说这话时自己也笑了，“时代变了，人往高处走，很正常。你师娘说得对，我有时候是老思维，何必去挡年轻人的路，就像小松，一直在生我的气。其实啊，我都后悔了，当初去拦他，可拦也拦不住啊，你看现在，他不也过得不错嘛。小玉啊，你努力点，能走就走吧。”

李校长的一席话，湿润了我的眼睛。

他说完，背着手走了，他家离学校还有两三里路呢。临走时，嘱咐我：“晚上也别看那么长时间，劳逸结合。”看着他日益苍老的身影，我竟想起了我的父亲，他们年龄相仿，虽然一个是人民教师，一个是地道农民，但他们因长久地生活于这片土地上，已然被这片土地塑造成了相似的老人，他们的情感、他们的愿望、他们的梦，都有着泥土的属性。农村人重视传宗接代，而乡村教育人也重视传承有序。

我被选调到了县城，我对象也进了城。我们买了房，成了家。

我很是感谢李校长。一个周六，我们提前约好了他，要到长安小学去看望他。他欣然允诺了。显然，他并没有因为我的调离而与我产生隔阂。

周末的校园很清净，当我的摩托车刚到校门时，李校长就迎了出来，他听到我的摩托车声音了。师娘也在,她夸我有出息了,成了县城的老师了。嘿,师娘的话说重了,在城里,在乡下,都是一个普普通通的老师,有什么出息不出息的啊。李校长早已通知了原先的几个同事,晌午,他们纷纷到来,为我庆贺。

那是一顿很欢庆而简单的午宴。大家都喝多了,但没人大醉。在乡下,醉了也无妨,倒在了路畔,也会有人把你扶回家的。饭毕,他们络绎地离开了,个个都是摇摇晃晃的,他们真是替我高兴啊。他们刚来时都是青丝少年,经过二十年三十年的熬煎,都成了白发老者。他们中间,年轻时谁没梦想啊,后来梦想都破灭了,或者说都重新调整了一个梦想——乡村教育梦,他们希望自己的学生都能学好,走一条有希望的大道。

我和李校长并排站在操场上,他有点醉意了。站了一会,他指着两棵樟树说:"这棵就是我,那棵就是你。"

一阵晚风吹拂着稀疏的树叶,已经 12 月了,万物都开始凋零。我很郑重地跟李校长说:"你是一棵伟大的树,我是一棵渺小的树。"

李校长听了哈哈大笑:"没什么伟大、渺小,都只是一棵树而已。树呀,种在那里其实都一样,都一样春华秋实,都一样历经风雨,都能给后人撑出一片绿荫,这就足够了,也算尽力了。"

李校长的这几句话一直铭记在我的心里。作为一个普通的教师,不追求什么伟大,也不抱怨自己的渺小,就应该像一棵树一样,深深地扎下根,努力地在春天长出叶子,这样才能在夏天的时候撑出更大的绿荫。那两棵樟树啊,一棵代表着老教师们,一棵代表着新教师们,会把叶子长到一起,联袂成更广的绿荫,并完成使命的交接。不一定是我,但肯定有另外一个人,他会像李校长那样,心系乡间,生死不离。

那天,我临走时,捡拾了一枚樟树叶,压在我办公桌的玻璃片下。有时候我厌倦了,我烦闷了,我苦恼了,就看看它。

那清晰的叶脉是曲折的,像这人生,在往往复复中,在起起伏伏中,在坎坎坷坷中。但,不管遇到何种境况,都要前行。像一棵树一样,我们有着更苍老的一棵树做我们的榜样,他们还站在三尺讲台上、一方净土里。

(祝宝玉,1986 年生,安徽省作家协会会员。有作品发表在《诗刊》《诗选刊》《诗歌月刊》《骏马》《星星》《作品》等文学期刊。)

爱喝茶的王老师

程维平

我没有太多的爱好,平时就喜欢喝点茶,闲暇时总会饶有兴致地为自己泡杯心仪的茶,一边品茶一边看看书,我觉得这是一件非常惬意的事情。品茶是一种生活方式,也是一种生活态度,更是一种生活境界,难道不是吗？其实,我爱喝茶还有另外一个重要原因,缘于我的一位高中时的数学老师王老师。

品茶是我的最爱,也是王老师的最爱。每当端起茶杯的时候,那种香醇的独特韵味总会在鼻尖萦绕,入喉之后浸透心扉,叫人为之倾倒。同时我也会不由自主地想起我的恩师王老师,点点滴滴的往事就好像发生在眼前一样,令人记忆犹新。

王老师很爱喝茶,不过我们是从高三下学期的时候才突然发现的。他有只灰褐色的保温杯,杯子时时伴随在王老师的左右,似乎从来不曾离开过。有一天课间休息时,有一个好事的同学好奇地问:“老师,请问您喝的茶是什么味道的呀？看您把它当作宝贝似的。”王老师神秘地一笑,然后悠然自得地说:“好,很好,非常好。”这叫什么话啊？正当我们都觉得答了等于没答时,王老师小心翼翼地从他的手提包里拿出一个精巧的小盒子,非常自豪地说:“这盒子里装的就是老师经常喝的茶,是我女儿特意托人从外地买来孝敬我的。”

王老师说完,习惯性地端起茶杯,抿了一口茶水,接着兴致勃勃地说:“这茶啊,是我一辈子的钟爱,味道好着呢!”

真没有想到,王老师对他手中的茶如此深爱。可是王老师喝的茶真的如他所说的那么好喝吗？看着意犹未尽的王老师,我暗暗下定决心,一定要亲口尝尝王老师的茶,看看究竟是什么样的好茶,竟然让他如此神往、如此爱不释口？

功夫不负有心人，一次课间休息时间，我终于逮到了好机会。那天王老师外出时竟然破天荒地没有带走他的茶杯，真是天助我也！我箭一般冲到讲台，在同学们面前迫不及待地拧开保温杯的盖子，然后猛喝了一大口。我念念不忘的茶啊，入口怎么会又苦又涩呢，完全不像王老师所形容的那种出神入化的好味道啊？

当我将品茶体验绘声绘色地讲给同学们听时，他们都惊讶不已，这事真是奇怪了，同学们对我说的话自然是将信将疑。我偷喝茶的事情，王老师似乎有所察觉了，从那以后，他和茶杯更加形影不离了，以致一些对我的描述疑惑不解的同学，想亲自品尝一下老师的茶，却再也没有找到一次下手的机会。

一直到了高考的前一天，王老师居然亲自在教室里为我们泡茶，泡的茶正是他平时爱喝的茶。只见一排一排的一次性塑料杯中，茶叶的条索紧细，随后优美地舒展开来，就像一件件精致的工艺品镶嵌在清澈的茶汤之中。“太漂亮了！”同学们不禁脱口而出。

后来，王老师笑笑说：“我知道，有很多同学想尝尝我所说的茶的味道，今天就让你们也来品品这款难得的好茶吧！”同学们看着眼前的茶水，似乎想起了我之前的描述，都面面相觑，根本就不敢轻举妄动。可是这是老师亲手泡出来的茶啊，怎么可以推辞呢？于是有勇敢的同学端起杯子，一副“风萧萧兮易水寒，壮士一去兮不复还”的神态，将杯中的茶一饮而尽，然后他们的目光又齐刷刷地看向了我。从他们尖锐的目光里，我看得出来，他们对我以前的说法是完全不认同的，持有反对的态度。

这其中究竟发生了什么？我也很好奇，情不自禁地将茶杯端起来闻了闻，顿时一股美妙的茶香掠过鼻尖，我轻轻地抿一口，那滋味醇爽的茶汁流入喉中，特有的香味久久不曾散去。这应该才是茶真正的味道吧！那我上次喝的又是什么呢？两次的味道竟截然不同。虽然心中满是疑虑，但我肯定不会去问王老师的，或许其中的秘密王老师不想让我们知道吧！

谢天谢地，高考终于结束了。那天我们返回学校参加毕业典礼时，突然听说王老师病倒了，病情相当严重，估计还会有生命危险。同学们慌了神，急急忙忙结伴同行赶到医院。病榻上的王老师见到风尘仆仆的我们，努力地对着我们笑笑，似乎有很多很多的话要对我们说，但是又力不从心，他只是朝我们点点头，浑浊的双眼里有无助，有希望，也有感激。对于我们的到来，老师是高兴的。

我们不忍心看到敬爱的老师被病魔折磨着，女同学已经控制不住了，眼泪夺眶而出。可是，令我们不理解的是，在高考前夕，王老师还精神饱满地为我们讲课、给我们冲泡他所钟爱的茶，根本就没看出老师有什么异常啊？才仅仅几天的时间，怎么说病就病了呢？事实叫人无法接受啊！

在我们迫切的追问下，王老师的女儿哭着把事情的真相告诉了我们，每句话、每个字就像针尖一样，刺痛着每个人的心，一阵一阵如刀绞似的疼痛。

其实，王老师的病早就查出来了，可是他不配合医生的治疗，拒绝住院，因为我们即将参加高考，他怕治病会影响我们的情绪和学习，所以，王老师依然坚持站在课堂上，甚至没有落下一节课。陪着我们顺顺利利地结束高考是他最大的心愿，为此他心甘情愿地承受着病痛的煎熬，一切等高考结束再说。但是王老师的病不得不治疗，否则后果不堪设想。在王老师的一再请求下，医生勉强同意对王老师采取药物治疗，并辅助大量的冲剂，原来，那天我喝的茶正是老师治病用的药啊！我差点叫出声来。

静静地听完王老师女儿的陈述，同学们一下子怔住了，那股难喝的“茶”味道再次充斥在我的口腔里，顷刻之间它变得那么回味悠长、情深义重……王老师终究没能战胜病魔，不久后永远地离开了我们。但他一直活在我们每个人的心里。

王老师在生命的最后时刻为我们泡出来的茶的味道，不仅香气醇厚，而且蕴藏着浓浓的师生情怀，就好像他金子般的品质，这种久藏在心中的味道将伴随着我一生、影响着我一生。

（程维平，江苏省宝应县人，2000 年开始边打工边进行文学创作，2001 年正式发表文章，先后在全国各大报刊发表数千篇作品。2011 年从工厂辞职，做自由撰稿人，在全国征文大赛中获奖三百多次，曾获赣州市教育局举办的“园丁颂”征文活动一等奖，连续两年获得全国散文作家论坛征文大赛二等奖，获海峡两岸［奉台］婆媳文化节征文一等奖，获广东省委宣传部、省人口计生委联合主办的“公开信发表 30 周年”有奖征文三等奖，等等。）

一次艰难而漫长的离别

袁曙霞

离别，有时显得比较容易，挥一挥手就离开了；有时又很难，酒过三巡，仍“更进一杯”，骑上马背又频频回头。但离别的时刻一般还是短暂的。

我和肥东一中的那次离别，曾持续了两年多时间。算得上一次艰难而漫长的离别。

我自1989年从肥东师范调往肥东一中，1998年8月离开至上海，在那里待了整整九年，教了三届，任两届班主任、九个班的语文课。

说实在的，在肥东一中当老师，尤其是做班主任，实在是太累了，可以说累到了没有自我，连一家人的日子天天都在糊弄中。

因为住在一中校园里，没有了上下班的分界。一年四季，除去寒暑假和雨雪天气，清晨起床铃一响就得起床，来不及洗漱，就得下楼直奔操场，迅速地奔到自己班级的场地，清点人数；如果发现有谁没到，又急速奔向学生宿舍，查询没出操的原因；再快速奔回操场，和学生一起跑步，一起做操。学生做完操，到教室晨读，班主任们也跟着学生爬上教学楼。到了吃早饭的时间，学生从书桌下拿出饭碗，去学校食堂买早饭。我也和他们一样去买早饭。家里的其他人要上班，孩子要上学，厨房里什么都没做，不吃食堂怎么办?！每天清晨下楼做操时，可以不洗脸，不刷牙，但一定得记住拿好饭票，否则又得多往家里跑一趟，耽误时间。

上午一般是四节课，三个班的语文课，一般情况下都是一班一节。早饭后，迅速地收拾碗筷，拿上课本、备课本等教学资料去教学楼。课间就不下楼了，得利用课间十分钟，找个别同学面谈，解决一些他们学习上的问题，开个小灶。上午一下课就带着课本直奔菜市场，见到什么买什么。如果说有选择的话，就是不买那些难以收拾、做法费时的菜，即使那些菜是自己喜欢吃的，孩子想要吃的，营养丰富的，只要费时，就会视而不见，有时稍作停留，算算时间来不及，也得忍痛割爱。

午饭后学校安排学生短暂的午休，这时得去学生宿舍一趟，悄悄地听听宿舍里有无说话声。到时间点，即使饭没吃完，也得放下饭碗。至于孩子和家里其他人是否吃完，饭后碗筷的收拾，多不在考虑范围之内。

晚自习我一般会在教室的后排找一个座位，学生做题我批作业。晚自习下课后，学生回宿舍我回家，待会儿还得去宿舍，蹑手蹑脚地站在窗外听一听。那时学校好像还没有宿管。

周末似乎可以休息一下，早上睡个懒觉，或者斜靠床头看一篇小说或散文，算是犒劳一下辛劳一周的自己，让自己得到短暂的放松。我特别喜欢那种情境，阳光透过窗帘斜斜地照进来，看一篇自己喜欢的，和教学无关的文字，安静、祥和、慵懒、闲适。但是往往正看到精彩处就听到敲门声。不得不丢开书立即起床，开门一看，是一个学生家长，或者是一个周末未归的学生。紧接着是要解决他们的问题。等他们走后，想到办公桌上的几摞作业本、练习卷，尤其是三大摞的作文本，你还能在家待着吗？还能考虑自己想干什么吗？只能迅速地填饱肚子，提着暖瓶，去办公室。

那时我们一般都有两张办公桌，一在年级组，一在教研组。我往往把比较容易处理的作业本放在年级组办公室，在处理中碰到问题方便立即找来学生当面解决。而作文本则放在教研组办公室，那是为自己周末准备的。那时我们教研组的办公室在教学楼一层东头，不用上下楼，图的是节省一点时间。往往是批了很长时间，看看没批的本子似乎还没见少，心里着急，就想赶赶速度，一目十行。但是这样反而会更费时间，看到结尾不放心，又回转到开头，重新读一遍。批作文，看一遍是不够的，有的得看好几遍，才能把评语写得切中肯綮。准确还不够，再翻到封面上的名字，针对这个学生的个性特征，想着怎样表达，才能对他有所帮助。

批考卷的时候，一张张学生的脸在我面前晃悠，一个个家长也似乎走进试卷。想到学生在写下这些文字，书写这张考卷时的神态和心情，也似乎能推想他们的父母看到这些文字、这张考卷时的心情和神态。看的是文字，面对的是一个个活生生的人，这样批起来速度就很慢。站在讲台上，面对的是几十个学生，而实际上是几十个家庭。每个学生对我来说只是我们班几十个学生中的一个，但他们却是每个家庭的唯一。他们优秀就表示他们所在的家庭教育上的成功。一张考卷可见一个家庭的喜怒哀乐。想到这些，倍感自己责任重大，那些文字、那张考卷也浸透了我的喜怒哀乐。

所以，我平时的工作状态，常常是如履薄冰。

如果遇到一点不正常的情况，就会让你更着急。特别是高三那一年，特别是在晚自习，特别是没有星月的夜晚。如果发现教室里有一个空位，是男同学的，还好一点，如果有两个空位，是一男一女的，那时我的每根头发都会立即炸出火花。我拿着手电筒在黑乎乎的校园里找遍他们可能在的所有的角落，直到找到。人家家长把孩子送到一中，是来考大学的呀，如果出岔子了，怎么对得起人家？

那时候肥东一中的升学率在三县中排名遥遥领先，在合肥市也排名靠前，那不是某一个人的努力，那是一个群体的努力。那些前辈同事比我更有经验，也更努力。像我们的级长谢老师、我们语文组长伍老师，在家都是甩手掌柜，只管工作不干家务。特别是教物理的秦老师，她曾对我说，每天晚上如果不做完一张卷子就睡不着觉。那时候学校有考核条例吗？当时没注意，我想那些老师也都没注意。就像一个物体进入了一个轨道，不用外力作用，就会自觉地顺着那个轨道运行。肥东一中就是那轨道，人在一中的环境中，那样努力的作为是一种主动和自觉。时间长了，习惯成自然，觉得人生本该如此。

但是，有一天我对这种人生产生了质疑，想脱离这个轨道。我向往有上下班分界的日子，向往周末的早晨阳光斜斜照进房间，我随便看一本自己喜欢的书，并沉浸其中的闲适而慵懒的状态。20 世纪 90 年代中期，好多大城市都向外地引进人才，我向广州、上海投了简历。在肥东一中工作的第七个年头，也就是我开始带第三届学生的第一年寒假，我迅速地结束手头的期末工作，去上海参加浦东的大型招聘会。

结果是意料之中的。我有那么多的获奖证书，发表那么多篇的论文。我一走进招聘现场，就有几个学校的工作人员注意了我，他们主动和我攀谈，他们对我共同的感觉是我身上有一股浓浓的“气息”，会是一个负责任的老师。我想那“气息”是在肥东一中的几年里熏陶中形成的。

按规定，寒假后我需要来上海试教一个学期。我犹豫了。假如来试教一个学期，我的一中的学生怎么办？那时我在一中的工作是三个班的语文课和一个班的班主任。肥东一中是没有多余教师的，一个萝卜一个坑，每个零件都有用，而且教师多是超工作量的。怎么开口向学校请假？更何况我当时来上海应聘是悄悄地进行的。我想放弃了，但是想到上海那边学校的期待和当时自己的承诺，我犹豫了一阵子，还是去了。

好在上海那边学校的开学时间比安徽早一个星期。就是说那边开学，我们还在寒假里。我利用了这个时间差。

结果是，我在上海只上了一个星期的课就考核通过了。因为要办相关的手续，耽误了一天。这一天肥东一中已经开学，学生报到。在上海，我想到我们班学生、学生家长来学校找不见我的情景，三个班语文课堂上没有老师的情景，我办完手续，立马赶回。

感谢现代交通。第二天早上，我便出现在自己班级的讲台上。同学们先是不解，然后惊喜，接着出现掌声。之前，我从来没有无故缺席过一节课。天下教师千千万，天下学生万万千，不早不晚正正好，我和他们在肥东一中相遇，是偶然还是必然？也许先有了缘分？我们应该相伴至他们毕业，怎么能中途离开？我猜度，昨天其他班级同学都找自己班主任报道，班主任领着大家大扫除、领课本、收拾宿舍的时候，我们班的同学是怎样的失落和无序。为此我在心里深深地自责。

按照上海市人才引进的规定，我这边的手续属于我自己办，比如迁户口，转“关系”（记得那时还有粮油关系），然后寄给他们。但是，后来我一直没有转各种关系，他们那边多次电话或者书信催促，我一直以各种借口往后推着。说实在的，我那时在犹豫中接近放弃了。同时广州那边联系的学校也在催促我转关系，已被我果断拒绝了。

想到自己真的要离开时，好像是真的离不开了。

学校的事，无非还是那样的惯常。一节课接着一节课，一册作业本接着一册作业本，一张考卷接着一张考卷，从早操到晚自习，从每月的定时练习到期中、期末考试。有时候突然间想到即将离别，对这种惯常的心理反应似乎和以前不一样了。上课的铃声也显亲切，早操时《运动员进行曲》也变激昂为柔情了。到了高二文理分班，觉得自己更离不开了。学生来征求意见，家长来征求意见，似乎这个班级离不开自己。今天回过头去想想，到底是高二（7）班离不开我，还是我离不开高二（7）班？好像还是自己离不开这里吧。人若重情，处理起这类离别就显得特别艰难。这一段时间内，不知道为什么，我总心怀着愧疚，且更加努力而细致地工作着。

一直到 1998 年 3 月，那边的学校校长来电话，同时寄来书信，如果我再不到岗，区里就要收回这个招聘指标了。是的，从 1996 年寒假我去应聘成功，到现在已经过去了整整两年。我去应聘时，我的学生是高一，现在已经是高三下学期了。我必须立刻做出抉择。但我的学生离高考只剩下几个月，在这么关键的时候，我怎么能离开？这回是真的离不开了。我向他们说明了情况。他们通情达理，说人可以暂且不到岗，先把各种

“关系”转出寄过去,这边我等高考完再过去。

我向肥东一中做了书面保证,等高考结束之后离开。当时的校长也口头承诺,如果上海不发给我工资的话,肥东一中补发。

于是我在肥东一中做了六个月只工作没有报酬的教师。每个月发工资的日子都在提醒着我,我不是肥东一中的教师了。但这并没有影响我的情绪。

那一段时间,我常常想到过去那些让我快乐的事情、快乐的时刻。在哪次统考中,我的学生成绩喜人;哪次作文中,某篇作文出彩,甚至哪几个句子特精彩。尤其是晚饭后、晚自习前那一段黄昏,夕阳西下,教学楼在余晖中一片宁静。电教楼边那一片水泥砌成的乒乓球台边却一片欢腾。每个台子都有人打球,我走过去,我的学生就有主动给我让位的,我的球技差,他们常常故意手下留情而被我发现,我指出来,和他们一起哈哈大笑。

晚自习时,月明星稀,教学楼灯火通明,我中途回家喝水,一个女生快步追上我,向我吐露心声:老师,我想最近在寝室自习。然后吞吞吐吐说明了原因:最近我不能看见“他”,一见“他”就心跳。青春期的孩子,会把这种心境告诉自己的妈妈吗?但她告诉了我。

周末,窗外小鸟啾啾,办公室内寂寂,蒯老师走过来,给我一把葵花籽。“我现在特别理解男教师抽香烟。”不敢做过多交流,埋下头来,对着那摞作文本。

……

那些日子我只要有空闲就在校园里转悠。

在不舍中,日子大踏步地走来,又走过去。月考、联考、学业水平考、合肥市统考。高三的考试特别多,接着就是高考了。我把我的学生送进了考场。

过后,我像他们一样,盼着出成绩。这期间,总有学生来我家,三三两两的,似乎是在无目的的聊天。

高考成绩终于在期盼中出炉,我们班考得很好。填报志愿的那几天,我和他们、他们的家长反复斟酌、讨论,连烧饭也忘了,于是大家一起吃盒饭。但心情是愉快的,这是收获的日子,而且是丰收。

紧接着班主任就得配合教导处投档,提前批的、一本重点大学的、二本的,直忙到8月中旬最后的高中专投档结束。上海那边的学校催得紧,我在不舍中匆匆地离开了肥东一中。

几十年过去了，现在回想起来，在一中的九年对我这辈子所从事的工作是很重要的。那强烈的责任感，那重重的压力、浓浓的师生情感凝结成肥东一中特殊的氛围，这氛围几乎重塑了我。突然想起一句台词“有这碗酒垫底，什么样的酒也能对付”，在漫长的教师生涯中，我拥有了肥东一中这碗“酒”，一辈子少拿半年的工资算什么呢？

（袁曙霞，退休教师，安徽省作协会员，1982 年毕业于安徽师范大学中文系。退休后偶尔为文，有多篇散文在报刊上发表。）